追梦之路
潮涌珠江向大海

荔枝园的笑声

广州乡村振兴纪实

陈典松 著

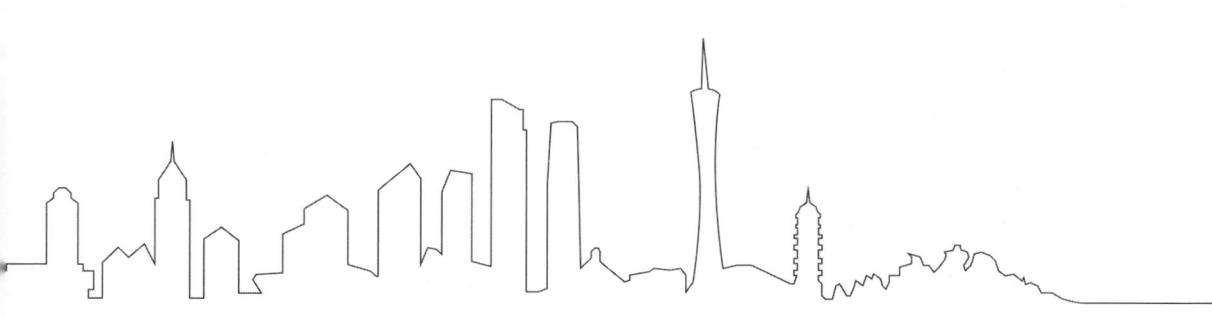

花城出版社
中国·广州

图书在版编目（CIP）数据

荔枝园的笑声：广州乡村振兴纪实 / 陈典松著. -- 广州：花城出版社，2021.11
（追梦之路：潮涌珠江向大海）
ISBN 978-7-5360-9476-5

Ⅰ. ①荔… Ⅱ. ①陈… Ⅲ. ①报告文学－中国－当代 Ⅳ. ①I25

中国版本图书馆CIP数据核字（2021）第178029号

出 版 人：肖延兵
策划编辑：张　懿　陈宾杰
项目统筹：陈诗泳
责任编辑：邹蔚昀　陈诗泳
技术编辑：凌春梅
封面设计：荆棘设计

书　　名	荔枝园的笑声：广州乡村振兴纪实 LIZHIYUAN DE XIAOSHENG GUANGZHOU XIANGCUN ZHENXING JISHI
出版发行	花城出版社 （广州市环市东路水荫路11号）
经　　销	全国新华书店
印　　刷	深圳市福圣印刷有限公司 （深圳市龙华区龙华街道龙苑大道联华工业区）
开　　本	787毫米×1092毫米　16开
印　　张	18.5　2插页
字　　数	270,000字
版　　次	2021年11月第1版　2021年11月第1次印刷
定　　价	66.00元

如发现印装质量问题，请直接与印刷厂联系调换。
购书热线：020-37604658　37602954
花城出版社网站　http：//www.fcph.com.cn

追梦之路
潮涌珠江向大海

本书编委会

编委会主任：徐咏虹
编委会副主任：胡训军
编委会成员：（按姓氏笔画排序）
皮 健　朱文健　刘 华　刘 鉴　何 龙　杨 兵
陈 思　赵金涛　唐凤灶

总序

在百姓生活中感受自信

中共中央总书记习近平在庆祝中国共产党成立100周年大会上庄严宣告:"经过全党全国各族人民持续奋斗,我们实现了第一个百年奋斗目标,在中华大地上全面建成了小康社会,历史性地解决了绝对贫困问题,正在意气风发向着全面建成社会主义现代化强国的第二个百年奋斗目标迈进。"

当今世界正处在百年未有之大变局。伫立云山珠水,面向浩瀚的海洋,在实现全面小康社会迈步向建设现代化国家征程的大道上,探寻其奋斗与梦想的实践逻辑和文学逻辑,是一件很有意义的事情。报告文学是一个很好的表达方式。

文学作品是一种价值创造。一个社会的发展，往往充满了曲折、坎坷、苦难，坚定就成为一种重要的力量。当面对黑暗，寻找那一缕星光，梦想就成为一种重要的力量。任何一种文明的发展，肯定会出现这样或那样的问题，任何问题都有其多面性，但向上的力量永远是其主要价值。这也是文学作品的一个价值取向和重要功能。一切的形式都要服务于作品的内容，好的形式深化了好的内容，这就是价值创造。有价值就有灵魂，有灵魂的东西能让人走远，能让人看到希望。

文学作品的含金量就是这个时代的含金量。当面对纷繁复杂的世界，聆听时代的声音，揭示社会本质，寻找发展规律，让人看到内心的光芒，让温暖成为一种强大的力量。文学是追寻大道的脚步，是人类文明的音符。

文学作品能看见未来。上接"天气"，下接"地气"，是人与自然的邀约。从出发的地方看初心，从改革开放的大潮中看远方，写的是现在，看到的是明天，走过一道道坎坷，遇见的是美好，成就的是未来。

文学有根才能见到魂。苦难从这里开始，辉煌从这里起步。在这里，感受广州，读懂中国。风云激荡后留下的满天霞光，都将成为人类所仰望的美景。

广州是中国民主革命的策源地，具有红色文化的独特气质。中国民主革命的思想建设、组织建设、人才建设、武装力量建设、农民运动、工人运动、青年运动、妇女运动、武装起义和发生在近代史上的一系列重大事件，很多是在广州发生发展的。广州，对中国革命产生了深远的影响。

广州是中国改革开放先行地，具有开放、创新的独特气质。"敢为天下先""杀出一条血路"的勇气与担当成为这座城市又一独特的精神标志。市场经济的发展，吸引成千上万的人南下务工。"东西南北中，发财到广东。"从产权确认、价格闯关、商品流通到全面开放，从个体到民营、合资、独资，各种不同类型的企业在这里创业、融合、激荡、成长。在短短四十年的时间里，广州就成为世界制造中心，走完资本主义国家几百年才能走完的路。从计划经济、商品经济、社会主义市场经济到十九大报告进一步明确，市场在资源配置中起决定性作用，广州更好地发挥了政府的作用，形成改革开放建立市场经济的基础理论架构，创建一种前所未有的、科学的经济结构和运行体制，运用中国理论、中国方案、中国实践解锁了一个时代的禁锢。广州，为中国特色社会主义制度的形成与成熟提供了生动的实践，为推动深化全国改革开放提供了重要经验，见证了国家整个工业化发展的进程，成为人类发展史上的奇迹，对中国和世界都产生了深远的影响，成为中国特色社会主义改革开放的重要窗口。

广州是粤港澳大湾区文化中心城市，具有多元文化的独特气质。"粤港澳大湾区"不仅是一个地理概念、经济概念，同时也是一个文化概念。香港、澳门与珠三角文化同源、人缘相亲、民俗相近。鸦片战争以来，大湾区人民一起历经苦难、一起斗争、一起流血、一起奋斗，共同成长，在国家民族争取独立解放的过程中，做出了不可磨灭的贡献。特别是改革开放以来，共同创造、共同发展、共同富裕，岭南文化在不断吸收国际文化元素中碰撞、融合、创新，焕发出新的无限的魅力。创造性转化、创新性发展，逐步形成了大湾区人民的国家认同、民族认同、文化认同等多元文化特质。

一个时代有一个时代的主题。建党百年全面建成小康社会，这是人类文明发展史上的大事件。十四亿人口摆脱绝对贫困，成为世界第二大经济体，完备的工业体系、强劲的科研态势，成为人类发展的奇迹。这次蔓延全球的新冠肺炎疫情给人类带来了灾难，也引发了思考。哪种制度机制更有效,哪里的人民生命财产更安全,哪里的幸福更多、更长久,在老百姓的生活里都能得到答案。没有对比的生活,很难让人找到坐标。眼前没有硝烟,觉得和平很平常;没有饥饿,感到温饱很平常;没有灾难,感到团聚很平常。几十年的和平、几十年的发展,让人们心里淡化了危机。小康社会是党的功劳,也是人民的功劳,在分享这份荣光的同时,人民感受到的是小康生活背后的制度优势。数字化、全球化、市场化是我们这个时代的必然生态,社会主义制度的体制机制是引领时代的内在逻辑和根本主题。

一个崛起有一个崛起的密码。追求梦想,实现全面小康,我们为什么能成功?是什么基因?有什么密码?奔跑的每一个人都清楚,从出发到现在的成就,都超出了自己的想象。从一个文盲大国到一个人才大国,从一个农业大国到一个制造大国,从一个贫穷大国到一个经济大国,从一个制造大国到一个科技大国,短短几十年,中国让世界震撼。在回顾历史,感受辉煌中,我们很容易找到"四个自信"的理由和逻辑。我们走过的路、做成的事,没有哪一件是容易的,但中国人做成了,广州人是先行者。中国的发展用西方理论解释不通,中国自己也没有教科书,是摸着石头过河蹚过来的。中国特色社会主义有两个让人们看得到的逻辑:一个现实逻辑就是每一次大的改革、大的阵痛之后,人们都能过上更好的日子;一个理论逻辑是只要以人民为中心,一切的矛盾都可以化解,一切的敌人都可以战胜。这是共产党人成功的密码。

一个生态有一个生态的滋养。全数字化时代,有什么样的需求就有什么样的传播,有什么样的传播就会形成什么样的舆论。生态的核心是受众。全数字化时代的全球化,人们的视野是世界的,但不一定看得清;人们的信息是海量的,但不一定都有用;人们的工作和生活离不开物质享受,但其品质需要精神追求。人们在浮躁后的冷静中,对精神文化产品的需求会有一个很大的提升。用读者喜欢的方式做传播,用读者成长所需的内容做连接,用读者正向需求做引导才会有一个好生态。生态的动脉是时代。社会转换中的矛盾点、人们精神需求的提升点、产品呈现方式的吸引点,就是时代的脚步声。生态的感动是故事。故事是焦点性、支点性的,具有创新性和深刻性。读者在故事中感动,在故事中思索,用一种舒服的方式聊天,和心中的迷惑和解,让内心光明,充满力量,在寻找故事的本真中发现更好的自己。

  站在世界看广州,站在广州看未来。"追梦之路:潮涌珠江向大海"丛书,讲述的故事鲜活、深刻、有力量。我国全面建成小康社会,让我们有了足够的自信和底气,昂首阔步迈向社会主义现代化国家新征程。只有经历风雨,走过坎坷,才能遇见美好,看见未来。

目录

第一章　荔枝园的笑声 001

　　一　潮涌荔枝红 003
　　　　广州之美，美在四季 003
　　　　蝉鸣荔熟时 004

　　二　欢笑满荔园 009
　　　　"云"赏花海，美"荔"定制 010
　　　　以"荔"为媒，化危为机 013
　　　　一湾水绿，两岸荔红 014
　　　　百年佳荔，"荔"久弥新 015

　　三　广州，一座乡村托起的现代化超大城市 018
　　　　金兰寺贝丘文化遗址 019
　　　　华南植物园内的"广州第一村" 020
　　　　鹿颈村"南沙人"遗址 021
　　　　吕田新石器时代遗址 022
　　　　乡村，广州城市的摇篮 023

第二章　彩云常在山水间 027

　　一　从化有什么不一样 029
　　　　于战"疫"中开新局 029

01

　　　　打开格局提升区域能级　032

　　　　建设城市发展的后花园　033

　　　　绿色崛起吸引全球目光　034

　二　花香西和　036

　　　　授人以鱼，不如授人以渔　037

　　　　花香四季，蝶变重生　040

　三　诗意南平　045

　　　　山因水青，水依山绿　046

　　　　企业帮扶，珠联璧合　048

　四　酒醉莲麻　052

　　　　溪水缓流的世外桃源　055

　　　　红色旅游的文化名片　057

　　　　莲麻小镇的辐射效应　058

　五　飘在鸭洞河畔的国际旗帜　062

　　　　蓝天白云迎客厅　062

　　　　农贸市场"逆袭"成长　064

　　　　美丽乡村走向世界　066

　六　一镇一业，带动从化产业振兴　069

　　　　温泉小镇的财富密码　069

　　　　西塘小镇的童话色彩　070

　　　　米埗小镇的风情民宿　071

　　　　凤二村的凤凰涅槃　072

　　　　乌石村的产业突破　073

第三章　白云飘过的天空 077

一　蝶变大源村 079
"巨无霸"的城中村 080
重拳出击抓整改 080
打出乡村治理的组合拳 081

二　蛙鸣秀水村 085
稻花香里说丰年 085
一水护田将绿绕 086
柳暗花明又一村 088

三　建设新良田 089
基层突破，焕发生机 089
拆除旧貌，展现新颜 091

四　沙田柠檬香 094
开发柠檬延伸产品 095
专业合作带来有力保障 096
人才回乡带动产业发展 097

五　空港新蓝本 101
一个曾经的"空心村" 101
空港建设带来曙光 102
文化艺术焕发光彩 103

六　"白云模板"初现雏形 109
千村示范，整体提升 109
党建引领，助推振兴 111

第四章　海鸥的故乡　113

一　鱼跃海鸥岛　115
绿色生态游引人注目　116
渔业创新引活水　118

二　玉带绕大岭　121
水乡灵秀，荷韵悠扬　123
耕读传家，古村遗风　124

三　奶香满沙湾　127
舌尖上的乡愁　127
原汁原味广府风情　129

四　珠宝点亮大罗村　134
时代浪潮中的华丽蜕变　134
一直在前进路上　137

五　精品创变，番禺势头正猛　139
乡村公路展新颜　139
产业兴旺是重中之重　140

第五章　花卉之都　143

一　古色古香塱头村　145
旗杆石诉说千年荣光　146
古风遗韵犹存　148

二 黄花风铃满竹洞 151
名副其实的最美村庄 151
文明理念开花结果 153

三 瑞岭盆景领风骚 155
党建发力迎来新生 157
方寸间的浓缩微观世界 159

四 蓝田空中草莓园 163
智慧农业崭露头角 164
空中草莓园人气火爆 166

五 最美村庄，花都独占鳌头 168
足不出村，"一元钱看病" 168
资本引入落户港头 169

第六章 何仙姑故里 173

一 闻名遐迩荔枝村 175
荔枝品种新贵"红"出圈 177
"仙进奉大王"的美"荔"人生 178

二 南风树树熟枇杷 182
"一村一品"枇杷香 182
民族风情助推振兴 184

三 讲好红色文化故事 186
红色"密码"的激活 186
荔枝产业的发展 188

四　番石榴香满太史乡　190
　　树立产业兴村样板　191
　　卖番石榴的女董事长　193

五　大埔围村的"美丽魔方"　196
　　四季花海，以花育人　196
　　一村一景，美丽宜居　198
　　城里来的"大学生村官"　201

六　小楼镇出了个"菜心王"　206
　　迟菜心的春天　206

七　宜居宜业，美丽增城　209
　　青山做伴，绿水同行　209

第七章　满山梅荔自成庄　211

一　白兰香溢莲塘　213
　　白兰花醉了莲花池　213
　　历史中走来的文化印记　214

二　梦回水乡南湾　217
　　老房子背后的故事　218
　　古今交融，让水"活"起来　219

三　航天小镇洋田村　222
　　党建引领，凝心聚力　223
　　旧村改造，农旅结合　226

四　稻香大吉沙　228

少有人知的江心乡村岛　228

是什么让袁隆平选择了大吉沙　232

五　打造现代农业的"黄埔军校"　237

万象更新，乡村"再生"　238

践行"两山"生态理念　239

第八章　湿地唱晚　241

一　东涌镇的绿色沙田　243

人文底蕴深厚的岭南水乡　244

大稳村变身"城市氧吧"　245

二　万顷沙的沧海桑田　248

南国水乡，都市绿洲　248

百万葵园与南沙湿地　249

"中心沟"渔业产业模式　250

三　榄核镇的硬核　253

冼星海故里湴湄村　253

兰花香满牛角村　255

国际舞台上的香云纱　256

四　古港深湾展新颜　259

最古老的海边村落　259

新时代的新面貌　260

五 乡村如诗,南沙风光如画 262

乡村改造如火如荼 263

实现美丽乡村"全覆盖" 264

后 记 266

一个时代的乡村真实记录 267

超大城市城乡融合发展的广州模式 269

| 第一章 |

荔枝园的笑声

2020年是广州乡村振兴三年行动的收官之年,是全面建成小康社会之年,是国家"十三五"计划完成之年,是国家乡村振兴事业发展的关键之年。

荔枝是最能代表广州农业农村农民的标志性产品。

荔枝丰收的初夏时节,来自荔枝园的笑声,从花香果熟的山间、田野传来,传遍广州城里,传遍珠江三角洲,传遍粤港澳大湾区,并通过即时的直播平台,传遍全国,走向世界。

一　潮涌荔枝红

广州之美，美在四季

广州的乡村越来越美了。

2020年，或许是人类历史上最不平凡的一年，年初的新冠肺炎疫情肆虐，蔓延全球，不仅影响了中国社会经济的发展，也给人类生命健康带来严峻挑战。

这一年，也是中国全面建成小康社会之年。

走进小康，共享小康，成为全体中国人民的共同向往。

广州人，广州的农民，与全国人民一起，以愉快的心情，迈步进入小康社会。

农业农村农民问题，始终是中国共产党治国理政最重要的内容，乡村建设从来都是国家建设最核心的部分。

乡村振兴战略是党的十九大报告中提出的国家战略。

十九大报告指出，农业农村农民问题是关系国计民生的根本性问题，必须始终把解决好"三农"问题作为全党工作重中之重。

广州市积极行动起来，调动各方力量，以乡村振兴的国家战略为契机，掀起了新一轮美丽乡村建设浪潮，广州的乡村翻开了与广州超大城市体融合发展的新篇章。

广州作为国家中心城市，现代化的超大城市，城乡融合发展取得了重大进展。这座由乡村托起的中国南方重镇，满目生机，水更清，山更绿，花更

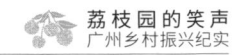

红，果更熟，路更畅，人更欢，一派欣欣向荣之气象。

在2020年，广州的乡村振兴事业显然交上了一份令人满意、值得骄傲的答卷。

广州是著名的花城，广州之美，美在四季。四季有花，四季有果，四季花果飘香，这就是广州。不管你什么时候来广州，都可以看到最美的花，可以尝到最美的果，这就是广州的四季。

广州最美的时候，是每年的4月至7月，七千余平方千米的土地上，水满江河，荔红山野，生机盎然。

荔枝熟时，正是广州雨水最多的时节，从北部山区奔流向南的河流属于丰水期，与南海大潮从珠江口往内陆涌入的海水相互顶托，形成全域潮涌江河满的山水乡村之壮丽景观。

端午节前后，龙舟水起，是珠江天文大潮涌起的时候，广州乡村的乡亲们会把去年埋在河泥中的龙舟挖出来，洗干净，晒干，重新涂上防水桐油或漆，组建各个龙舟队，穿梭往来于连着各村的河道与水涌。

广州地处珠江三角洲腹地，河网如人的血管一样密布其间，在地势低平处，每一个村子都有水路可通，因而，每到赛龙舟的时节，到处都是划龙舟、赛龙舟的欢乐人群。

2020年的端午，龙舟活动与往年不一样，那种大规模的人山人海的龙舟竞赛场面，在新冠肺炎疫情防控常态化的形势下没有出现，但各个村、社，依然以各自独特、自有的方式，举行各种龙舟巡河活动，将这个古老的乡村娱乐活动，以创新的形式呈现，表达大家对进入小康社会的喜悦与庆祝。

这个时候也是广州荔枝熟时，正是采摘荔枝的丰收时节。

蝉鸣荔熟时

广州的乡村，山岭、田野、沟渠旁、村屋边，到处都可以看到荔枝树。荔枝可以成片地种，也可以零星地栽。

荔枝是一种古老的热带水果,是广州乡村标志性水果,有许多地理标志性品种。

荔枝在广州全域可栽种,已完全城市化的越秀、天河、海珠、荔湾等区,在空隙地也能不时见到荔枝树,白云、番禺等也有一些乡镇以荔枝为重要产业。如番禺的化龙等镇的荔枝产量大、果质好。荔枝颜色鲜红悦目,果肉状如凝脂,清甜幽香,风味独特。6、7月为荔枝旺产期,名贵品种有糯米糍、桂味、妃子笑等。

荔枝也是白云区当前种植面积最大的水果品种,钟落潭地区是白云区荔枝的主产地,且一度凭借果品优质闻名珠三角。其中,又以流溪河沿岸的钟落潭片区的龙岗村、涟湖村,竹料片区的寮采村、米岗村,良田片区的陈洞村、华坑村等的荔枝种植最为集中。

荔枝种植在广州的乡村有悠久的历史,中国第一本与荔枝有关的农学著作,与广州乡村种荔枝有直接关系。

北宋初年,有一个叫郑熊的人,以广州荔枝生产情况,写了一部与荔枝相关的农学专著,名《广中荔枝谱》,记录了广州乡村荔枝种植的情况,是我国最早的关于荔枝的农学著作之一,由于时代久远,加上在古代荔枝主要是南方水果,在全国范围内还不普及,因而这部书没有完整流传下来,但在南宋学者吴曾的《能改斋漫录》中,保存了《广中荔枝谱》中记录的荔枝的22个品种。

广州的荔枝,是中国古代文学叙事的重要题材。

说到关于荔枝的古诗词,人们最容易想到的是苏东坡的《食荔枝》,其中有为大家所熟悉的名句:"日啖荔枝三百颗,不辞长作岭南人"。

其实在苏东坡之前,已经有不少文人墨客为荔枝题诗作赋,其中唐代的张九龄所写《荔枝赋》就很有代表性,张九龄所写内容就是广州的荔枝。

自张九龄之后,历唐宋元明清各朝各代,皆有文人雅士留下关于荔枝的吟咏之作。到了现当代,广州的荔枝仍然是许多文学家笔下的书写对象,其中以著名散文家杨朔的《荔枝蜜》最为时人所乐道。杨朔是这样写广州的荔枝的：

今年四月，我到广东从化温泉小住了几天。四围是山，怀里抱着一潭春水，那又浓又翠的景色，简直是一幅青绿山水画。

原来是满野的荔枝树，一棵连一棵，每棵的叶子都密得不透缝，黑夜看去，可不就像小山似的！

从化的荔枝树多得像汪洋大海。

荔枝是广州乡村的传统产品。在近年的乡村振兴进程中，荔枝产业在产业振兴中发挥着独特的作用，又焕发了新的生机。

荔枝是广州几乎全域可以种植的典型热带水果，除从化最北的莲麻等少数高寒山村，广州的土壤基本都可以种荔枝。以2020年的数据计，广州全域荔枝总种植面积近50万亩，总产量约10万吨。

广州的荔枝不仅入诗、入赋、入画、入文，广州的荔枝也是有故事的。

广州许多知名的荔枝品种，如从化钱岗的糯米糍、黄埔的帝进奉、增城的仙进奉等，皆有有趣的故事或传说。其中流传最广、最有影响的，当然还是增城的挂绿荔枝了。

历史上，增城出了一位全中国家喻户晓的人，那就是八仙传说中的何仙姑。

相传，何仙姑是广州增城小楼镇仙桂村人，生于唐代开耀二年（682），原名何秀姑，其父何泰、母亲吉氏，以制售豆腐为生。明代吴元泰著《八仙出处·东游记》载有：何仙姑者，广东增城何泰女也。

传说秀姑诞生时紫云绕室，白光闪耀。她自幼喜读诗书，手不释卷，更兼勤劳秉孝、知礼重德，深得村民邻里赞誉。

秀姑年少时，即得仙人梦中指点，后拜罗浮山麻姑为师，修道成仙。

当地也有秀姑少年时修道，常去往罗浮，家中为其私配婚姻，后秀姑逃婚跳井遗履成仙的传说。

何秀姑成仙后，邑中乡绅广建何仙姑祠、庙奉祀之，明末清初尤盛。至今，小楼镇仍保留有清咸丰八年重修的何仙姑家庙，庙内一古井相传为当年何家做豆腐用的，上面刻着"仙源涓涓，饮者万年"。

增城是荔枝盛产区，其中以挂绿最为著名。

增城挂绿荔枝原只有一株，相传何仙姑修仙得道之后，常在这棵树下休息，荔枝树受到仙气之化，结出了不同一般的荔枝佳果。

这棵独立的荔枝树曾经难以扩种，自清康熙年间挂绿荔枝被定为贡品后，荔农们想了很多办法，数百年间仅培育出第二代共72株。

增城人认为挂绿是神圣之物，挂绿荔枝最大的特征是其果壳上有一条绿线，当地相传是何仙姑去蓬莱"八仙过海"前为父母织绣花鞋，无意间留下的绿丝带所化成。

何仙姑与挂绿的传说，将挂绿荔枝这一岭南佳果与何仙姑的形象联系起来，以口头传述方式而形成的民间故事，是民间集体智慧的结晶。

在增城、博罗、龙门等地，众多何仙姑的传说和古迹，已经融入当地的社会生活，成为人们的一种精神寄托。

数百年来，何仙姑与挂绿的传说，在一代代的民间叙述中渐趋完整、成熟，可见这个扎根在民众沃土中的故事具有极强的生命力。

春末夏初的广州，潮涌珠江，正是蝉鸣荔熟之时，广州市各涉农部门及涉农区，主打荔枝品牌，以"荔"为媒，举办形式多样的荔枝节。

2020年的这个时候，与往年有些不一样，疫情防控刚刚进入常态化，广州各个涉农区的荔枝节也按不同地区、不同品种荔枝成熟的时序依序展开，而且加入了许多新的科技元素，新媒体应时登场，把广州荔枝丰收的喜讯传遍全国，传到世界各地的荔枝消费者那里。

以增城、从化两个荔枝主产区为代表，花都、白云、黄埔、番禺、南沙等各个荔枝生产地，荔枝节的活动一个比一个精彩，一个比一个有活力生机。

荔枝节期间，除了品尝、观赏荔枝这种岭南独有的优质水果之外，还举办了歌舞表演、体育表演、美术摄影、图书展览、商品展销、贸易洽谈等

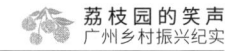

活动。

荔枝之乡声名远播，海内外游客络绎不绝。商家们在这里洽谈生意，铺路搭桥，共同推动当地经济的发展。

广州的各涉农区政府"以荔为媒"进行招商引资，以荔枝节为平台，为当地乡村振兴事业广开新途径。

借助荔枝招商引资，曾一度成为荔枝节举办的目的与主要内容，随着"旅游旺市"战略的实施，荔枝节不再单纯为招商引资服务，而是被赋予了更多的责任。

随着荔枝节内容的不断深化、扩充、发展，到了今天，荔枝节已是一个集休闲、娱乐、饮食、健康于一体的节日，已由最初的官方化，发展到现在的全民化。

荔枝熟，产业兴，乡村美。

珠江天文大潮起，荔枝红时，确是广州乡村风景最美的时节，到广州领略乡村美景，看乡村振兴的成就，最好是这个时候来。

二　欢笑满荔园

荔枝熟时，荔农笑了，商人笑了，游人笑了。

广州乡村种荔枝是传统产业，但在历史上并无真正的经济效益。文献记载里，荔枝更多的是作为一种地方贡品被官方作为向朝廷的进献之物，或者文人墨客笔下的岭南地方鲜果而已。

尤其在自给自足的小农经济状态下，荔枝种植在村前屋后的自用果园更为普遍。

进入近代社会以来，荔枝被更广泛地认识与传播，作为热带水果进入经济作物行列。适宜长途运输和保存的荔枝干作为商品，被营销到中国北方及世界各地，但由于保鲜要求高，鲜荔枝作为经济作物仍然受到运输和保鲜技术等方面的限制。

随着中国改革开放进程的加快，先行先试的广州城市经济飞速发展，广州的城市地位迅速提高，作为国家中心城市之一，进入到中国最快最大的一线城市体和超大城市的发展行列，与世界各国的城市交流越来越频繁，与国际许多知名城市结成友好城市，举办了许多有国际影响的展会和多个领域的国际会议。

随着人流物流越来越便捷，荔枝作为广州乡村特色明显的经济作物，更加受到重视，荔枝产业在乡村经济发展中的作用越来越明显。

国家实施乡村振兴战略以来，广东省、广州市紧紧抓住乡村产业振兴的牛鼻子，把荔枝产业作为最主要的乡村支柱产业之一，重视顶层设计，先后出台了广东省和广州市发展荔枝产业的规划与指引，为广州乡村的荔枝产业发展创造了条件。

政府在政策、技术、经济扶持力度、专业人才建设等方面，全方位助力荔枝产业发展。

在传统的干荔枝产品基础上，借助现代化便捷的物流运输和保鲜技术，把鲜荔枝产品销往全国，销往世界各地。

荔枝丰产丰收了，首先得益的是广州的乡农，他们想自己种荔枝，政府有技术和经费的扶持；他们如果把荔园交给专业的机构打理，同样可以获得荔园租金，还能到承包自己荔园的企业就业。荔农们的经济收入显著增长，荔农笑了。

标准化种植，使荔枝园产业不断升级，管理、营销方式不断创新，荔枝产业给农民带来了更多收入，壮大了乡村的集体经济。

现代科技的广泛应用，荔枝产业的发展，使得广州乡村的环境更美了，与广州超大城市实体的现代化进程更加融合了，在乡村一线工作的各级干部充分感受到自己与乡亲们一起努力的成果在乡村振兴的进程中发挥了重要作用，欢笑与喜悦，常常具有感染力，会越过时空，传播到远方。

广州荔枝园的欢笑，随着鲜荔枝产品的便捷流动，还通过现代多媒体技术平台，以电视新闻和网络直播平台的途径，被传递到全国各地、传递到世界上有荔枝消费者的地方。

"云"赏花海，美"荔"定制

2020年，广东荔枝营销第一枪在从化打响。

农业生产被认为是靠天吃饭的产业，现代农业技术为荔枝生产提供了基本保障，但荔枝的产量、品质依然与自然界的天气、气候状况紧密相关。

2020年是广州乡村荔枝的中产年，荔枝营销是荔枝产业发展的关键一环。

早春时节，微雨众卉新，花香满荔园。

广州市从化区30万亩荔枝花次第盛放，在网红直播、媒体镜头的引领下，刚刚经历了全民抗疫的全国各地网友，在疫情防控常态化的状态下，不必出门远行，也不需要亲自来到广州、来到从化，就能在线"云"赏从化漫山遍野的荔枝花海。

荔枝花开，勤劳的蜜蜂在暖暖的春阳里专心采蜜，粉蝶在荔园旁的花草里扇动着色彩斑斓的翅膀，白云飘过荔园的天空，清澈的溪水，或绕行于荔园旁，或穿行于荔园中。

在疫情挑战下，从化区委、区政府提前谋划，与广东省、广州市涉农政府部门一起，建立联动机制，提早行动，转危为机，把当地的荔枝生产、经营机构组织起来，形成合力，复工复产，成立从化美荔定制联盟，打造"荔枝＋电商＋慈善＋旅游＋直播带货＋N"荔枝推广模式，率先全面启动2020年从化"云"赏花海，定制荔枝活动。

美荔定制联盟理事长张秀富介绍，联盟作为"从化美荔定制"活动主力，为从化荔枝定制提供优质服务，实现品牌统一、宣传统一、种植统一、销售统一，共建共享美荔庄园。

这次活动在各直播平台累计吸引超7000万人次观看，第一批1000棵荔枝树在1小时内就被全部预订，当地的销售额即达数十万元。

从化位于广州的北部山地，相对而言，是广州荔枝晚熟的地区，这次活动却是2020年最早开启的一次新媒体助推荔枝营销。这个时候，那些被各地客户预订的荔枝树上还挂满着荔枝花呢，早一些的才刚开始挂果，离荔枝成熟收获还有些时间，能够这样受到欢迎，产生这么广泛的影响，这说明从化荔枝是深入人心的。

这次直播活动在从化区南平村设立1个主会场，在井岗村、钱岗村、从化荔博园设3个直播分会场，有10名人气网红穿梭荔枝花海间，带在线观看的网友们足不出户"云赏荔花"。

荔枝园里，荔农们正忙着为荔枝树疏花，蜜蜂穿梭在荔枝园和蜂箱之间。

推销荔枝的主打产品的同时，荔农们还不忘宣传和推销与荔枝相关的产品。

南平村蜂农刘叔桂介绍，从化荔枝品质好，由中华蜜蜂采集酿造的从化荔枝蜜，较其他产区的荔枝蜜气味更清香浓郁、甜而不腻。

网红主播们还和蜂农同框分享从化荔枝蜜的养生食用方法、鉴别真假蜂蜜知识等，并现场"开箱鉴蜜"。此举引起了许多"云"上客户的兴趣与好奇，引发了"云"上客户强烈的品尝与购买欲望。

2018年，从化区首次推出"定制荔枝"系列活动，通过建立"果农—消费者"直供链条，通过"线上＋线下"营销平台，大幅缩减了"果农—采购商—中间经销商—批发商—消费者"传统供销环节。

线下通过各种渠道及新媒体手段提前宣传推广，线上通过从化荔枝定制商城销售，实现了农产品从传统的自产自销到产品定制、定向销售的转变。

每年定制的荔枝价格会随市场行情有所变动，2020年从化荔枝的定制价格是499元"定制"一棵树一年，客户通过网络直销平台在各个参与的荔枝园或荔枝生产企业提供的荔枝树中选择喜欢的一棵或数棵，甚至成片的荔枝树，进行荔枝鲜品定制，供应方会以保底的数量为每棵定制的荔枝提供产量保障，定制者在荔枝收获时，可以带着亲朋好友亲自到现场采摘，来一次亲近自然的荔园之游，也可以委托供应方代为采摘、运送，这种生产与消费直接对接的荔枝营销模式，被广州的荔农们称为"美荔定制"，受到生产者与消费者的双向欢迎。

"好想拥有一棵荔枝树！"已经成为许多广州或珠江三角洲城市荔枝消费者的新时尚。

2018年"美荔定制"活动开展以来，从化的荔枝每年都有数千棵被消费者定制。2019年，从化荔枝整树定制近9000棵，累计销售荔枝数十万公斤，销售额逾1000多万元。

从化区以荔枝为主导产业，从加强荔枝产业规划发展、打造特色生产格局、培育推广优质荔枝品种等方面着手，着重科技创新，延伸荔枝产业链条，在荔博园落地荔枝产业研究院、荔枝大数据中心、荔枝文创基地、5G数字农业智能化示范果园等，服务和带动荔枝产业发展。

以"荔"为媒，化危为机

荔枝熟时，广州各个涉农区都开展了丰富多彩的荔枝文化旅游节。

6月中旬，正是广州乡村荔枝全面丰收的时节。

2020年6月，为期两个月的2020中国·广州增城荔枝文化旅游节在仙村镇皇朝御苑酒店开幕。

增城每年的荔枝文化旅游节都会有一个鲜明的主题，2020年的主题是"荔为媒，知增城"。

增城区借荔枝文化旅游节之势，以荔为媒，化危为机，为增城与外界扩大交流、群策群力、共谋发展搭建起一个重要平台。

以荔枝为媒，以节庆会友，吸引各界人士以品尝美味荔枝为契机，到增城来观光旅游、休闲度假、投资发展，助推增城乡村产业复工复产。

作为本届荔枝文化旅游节的一大亮点，增城区在开幕式上同步上线增城首个官方智慧旅游系统——"金牌解说"VR全景在线解说系统。

"金牌解说"VR全景在线解说系统是增城文旅产业发展的又一项创新。

该系统为增城20个景区和景点拍摄制作了720°VR全景视觉作品，通过在线VR视频及语音讲解，让全国各地，甚至其他国家的广大网友足不出户就能"云游"增城。

在这次活动中，增城区趁势发力，现场举行了广东省旅游文化特色村表彰授牌仪式、"广旅手信·增城有礼"增城手信产品发布仪式和"荔枝节首发旅游团"授旗仪式，并公布增城区成功入选第二批广东省全域旅游示范区。

现场设置了"广旅手信·增城有礼"增城手信展示区，除增城主要的荔枝产品外，还有丝苗米、榄雕、剪纸、如丰酱菜、迟菜心面等十多款增城特色手信产品逐一亮相。

在美食展区，增城区粤菜师傅代表和各大酒店带来了荔枝脆皮咕噜肉、糯米鲤鱼饭、稻草鸡等特色美食。

在这次荔枝旅游节开幕式上,增城区专门推介了七条主题精品旅游线路,包括"湾区文旅,自驾增城"自驾旅游线路、"一带一路,走入增城"商务考察线路、"粤菜师傅美食游"线路、"青山不老,常乐增城"中老年健康养生线路、"少年增城说"青少年研学旅行线路、"坐标行者,感知增城"运动旅游线路、"荔枝红透,南粤传承"红色传承暨古驿道旅游线路。

增城荔枝文化旅游节期间,增城万达广场、小楼镇正旭农业园、万科金色里程、增城富力万达嘉华酒店、红火火直播基地、三英温泉度假酒店、增城恒大酒店、广州凤凰城酒店、森林海温泉度假酒店以及正果兰溪等地开设了分会场活动,通过不同的活动形式,向广大游客展示增城独特的文旅魅力,擦亮增城荔枝文化旅游品牌。

一湾水绿,两岸荔红

2020年,白云区荔枝迎来20年一遇的大丰收。

对于整个广州荔枝产区而言,2020年或许是一个中产年,但广州的白云区却迎来了近20年来荔枝最大的丰收之年。

荔枝丰收了,如何将荔枝产品卖出去,将产品优势转化为经济实惠,使之惠及荔农,助推荔乡的社会经济建设与发展,当然也成为白云各界人士群策群力的大事。

"一湾江水绿,两岸荔枝红",这样画卷般的美景图,正是白云区钟落潭镇的荔乡风景写照。

在清流弯曲的流溪河沿岸,钟落潭镇的荔园错落分布,多个品种的荔枝也陆续挂果收获。

白云区曾是广州面积最大的城市郊区之一,20世纪末21世纪初,是白云区荔枝种植面积、果品产量的顶峰时期,种植面积达数万亩,果品产量达数万吨,其中钟落潭地区年产达数十万公斤,是当地农民的主要经济来源之一。

后来随着行政区划的变化，白云区的一些乡镇被划归周边的其他区，加上城镇化进程的加快，慢慢地荔枝逐渐退出白云区经济水果的历史舞台，白云区完全以种植荔枝为生的农民越来越少了。

尽管白云区多数荔枝已分树到户，但管理很分散，经营规模小。然而，2020年，白云区的荔枝却比往年呈现更加丰收的气象。

荔枝种植大村之一的龙岗村，其新老荔枝种植面积有1300多亩，到处都能见到荔枝丰收的景象，树上硕果累累、鲜红欲滴，新雨之后，荔农们正忙着采摘成熟的果实。龙岗村大岭头社沿流溪河绿道旁官塱岭的五六十亩荔枝林，品种主要是糯米糍、桂味和淮枝三种，大多数都是有百年树龄的老荔枝。荔农说，今年荔枝的收成很可观，由于未采摘完，预估有500公斤。"20年来，第一次挂果量这么大。"

拥有800多亩荔枝树的寮采村，同样迎来了多年不见的大丰收。

"与去年相比，我家的荔枝产量足足多了10倍。"寮采村村民笑着说。

"往年荔枝的产量不高，价钱也不高，主要招呼一些亲朋好友过来采摘，今年的收成实在太好了，有部分也要拿到市场上卖。"

当地村镇特地在水上乐园举行了荔枝狂欢节，吸引了数千游客前去游玩以及品尝荔枝。

至于白云区荔枝大丰收的原因，农业专家认为，今年各个品种的荔枝花期都躲过了雨水的频繁期，所以坐果率相对较高。

另外，荔枝花期对空气、雨水很敏感，空气污染会导致降的雨是酸雨，不少果花就会霉烂自动脱落，因此，荔枝丰收也从侧面反映了白云区空气质量经过整治后有了明显的改善。

百年佳荔，"荔"久弥新

2020年6月，黄埔荔枝文化季在贤江公园广场盛大开幕。

本次黄埔荔枝文化季举办了"品百年荔枝、成百年企业、做百年事业"啖荔文化沙龙、"美荔黄埔"直播带货等系列活动。

黄埔区在萝岗街和永和街设置了荔枝销售市场，市民纷纷前往品尝、购买新鲜又正宗的萝岗荔枝。

2020"荔久弥新"黄埔荔枝文化季首场特色活动特意选在荔枝文化浓厚的贤江公园，该公园至今保留了近千棵树龄达300年至500年的古荔枝树。

贤江村有好几个百年古荔枝群，老龄荔枝树面积达5000亩，最有名的就是双肩红糯米糍。

老树荔枝成熟期较晚，但相比普通荔枝，汁水更加饱满，味道更清甜，少渣，不易上火。

为了宣传和推广黄埔荔枝产品，黄埔区特地制作了《手绘黄埔荔枝地图》，并在贤江公园活动现场正式发布，披露了黄埔区现存的主要古荔枝林和荔枝文化历史遗迹。

千年时光流转，黄埔传承和积淀了深厚的荔枝文化，通过村民选育嫁接种植，打造了萝岗桂味、笔岗糯米糍、萝岗糯米糍、贤江双肩朱砂红糯米糍、帝顶仙进奉等20多个名优荔枝品牌。

在《手绘黄埔荔枝地图》中，这些"百年荔枝"名品分布也有明确的标注，为岭南荔枝保留了珍贵的基因图谱和文化地标。

荔枝熟时，欢笑满荔园。广州涉农区皆有荔枝丰收，从化、增城、白云、黄埔的荔园固然是热闹的，而花都竹湖村荔枝"竹湖王"、番禺化龙荔枝、南沙黄阁镇的荔枝等也都是广受消费者青睐的优质荔枝品种。

广州最早的荔枝4月底挂果，最晚熟的荔枝一般在从化、增城的山区，可以延续到每年7月底。也就是说，在广州，一年至少有三分之一的时间可以吃到刚从树上采摘的鲜荔枝。

随着保鲜技术的不断进步，飞机、高铁等现代化高速运输设施的完善，鲜荔枝已经能在数小时、最多一两天的时间内远销到千里之外，甚至全球不同的国家。

广州荔乡荔园的欢笑，不仅仅只回响在广州的乡村。这欢声笑语，飞过了千山万水，超越时空，传遍全国，传遍世界，成为2020年广州步入全面小康社会进程中的最悦耳动听的乡村时代最强音。

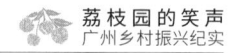

三 广州,一座乡村托起的现代化超大城市

广州,一座有着两千多年历史的古城,乡村是它最原始的基因,乡村更是现代化广州最广阔的腹地,乡村是这座现代化超大城市最美的风景。

人类是大自然的产物,城市作为人类文明的重要标志,远比乡村的历史短暂得多。

广州是中国著名的历史文化名城,是世界文明史上重要的国际知名城市,有两千余年的城市发展史。官方认可的广州城市始建时间,是公元前214年任嚣城初建之时,至2020年,广州的城市历史时间为2234年。

任嚣城,初建时,规模不大,其地位于今天广州中心城区仓边路以西、越华路以南、中山四路以北、北京路以东一带的老城区内,是广州历史上的第一座城池。

这个地方,当时北依越秀山,南临珠江,山水相间,地势易守难攻。

秦始皇统一六国之后,致力于建立一统天下的中央帝国,在巩固中原地区的统治的同时,将势力向南扩展,于公元前222年派兵攻打岭南,失利。再派任嚣与赵佗率军入岭南,于秦始皇三十三年(前214)统一岭南。任嚣被任命为南海郡尉,并节制岭南南海、象郡、桂林三郡,故称"东南一尉"。以番禺(也就是俗称的任嚣城)为郡治。

任嚣病逝,正值楚汉战争之时,继任南海郡尉的赵佗下令封关,建立南越国,定都番禺,并扩建任嚣城,城周达十里,被称为"佗城"。

这就是广州早期的城市建城史。

然而，广州有人类生活的历史却比这久远得多，从原始部落，到乡村，到城市，到现代化的超大城市，广州经历了更加漫长的发展进程，在这个过程中，乡村就是广州城市发展的根。

广州最早有人类居住的地方，并不在任嚣城或佗城，而是在广州的乡村。

以考古发掘遗址为依据，至2020年，广州最早有人类生活的时代应该是新石器时代，这正是人类文明开始出现的时间，也就是人类生活由原始部落向村落、墟市过渡的时期，城市则是人类文明产生之后的产物。

广州的新石器考古发掘遗址主要有四处：一为增城区金兰寺村的贝丘遗址；二为天河区华南植物园内被称为"广州第一村"的新石器遗址；三为南沙区鹿颈村"南沙人"遗址；四是从化区吕田镇狮象村流溪河新石器遗址。

金兰寺贝丘文化遗址

贝丘，古代人类居住遗址的一种，以文化层中包含人们食余弃置的大量贝壳为显著特征。大都属于新石器时代，有的则延续到青铜时代或稍晚。

贝丘遗址多位于海、湖泊和河流的沿岸，在世界各地有广泛的分布。

在贝丘的文化层中夹杂着贝壳、各种食物的残渣以及石器、陶器等文化遗物，还往往发现房基、窖穴和墓葬等遗迹。

由于贝壳中含有钙质，所以骨角器等往往能保存完好。

根据贝丘的地理位置和贝壳种类的变化，可以了解古代海岸线和海水温差的变迁，对于复原当时自然条件和生活环境也有很大帮助。

增城金兰寺贝丘遗址是广东境内较早发现的古代文化遗址之一，也是目前发现的广州最早的人类生活遗存。

历经数千年的历史变迁，金兰寺一直有人类居住。

广州乡村振兴的大潮给金兰寺村的乡村发展带来了新的活力与希望，

金兰寺人非常珍惜祖先们留下的历史文化遗产，保留了许多原生态的旧时风物。

金兰寺村的乡亲们知道，乡村振兴，更需要发挥主观能动性，不能坐等，不能失去良机。为此，他们积极争取各方支持，发挥资源优势，高起点规划和开发建设好贝丘文化遗址公园，深挖文化内涵，围绕建设贝丘文化博物馆、仿制新石器时代古人类的工艺品、蚬壳堆积成的小山丘等大做文章，展现古人类以贝类生物为主食的渔类经济生活方式，形成特色景点。

华南植物园内的"广州第一村"

在广州天河区华南植物园内，考古学家发现了新石器时代晚期遗址——飞鹅岭。

经考证，这是广州人的发祥地之一。

该遗址位于华南植物园内，总面积约3公顷。

现在已经在这处考古发掘遗址现场以复原图景的形式，重建了一处"广州第一村"原始人生活场景。

该景点由标志性广场、遗址观光暨遗址保护群、大型塑像与主题雕塑群、模拟原始生态村落、模拟考古现场、历史文化展馆等构成，全面展示4000多年前广州先人们的生活和生态环境。

当然，由于华南植物园已经成为中心城区的大型植物公园，"广州第一村"也就不再是自然的村落了，而是以复原的原始村落模型展示给今人和后人广州原始的乡村风貌。

鹿颈村"南沙人"遗址

2000年，考古人员在广州南沙区鹿颈村，发掘出一处面积超过1万平方米的先秦墓葬遗址。

经鉴定，该墓葬距今约3100年。

这也是广州首次考古发现3000年以前的人类墓穴。

在这处墓葬中，还发现了一具保存十分完好的人形骨架。

经专家鉴定，这副人骨架的主人是一名男性，属于亚美人种，身高170厘米，死亡时的年龄在45—50岁之间。

人类学家根据该人体骨架，成功复原了他的头像，并命名为广州"南沙人"。

这是迄今为止确定的广州人最早、最完整的头像。

鹿颈村又名鹿颈寨，因村后山势延长，形如鹿颈得名。位于广州市南沙经济技术开发区的东南部，靠近珠江虎门出海口，据传该村始建于元代至顺年间（1330—1333），这是当地百姓追溯到的开村年代。

根据文物普查掌握的情况看，南沙区尤其是旧南沙镇有史可查的开村时代大抵也就是南宋到元明阶段。

鹿颈村遗址最令世人关注的无疑就是骨骼保存基本完好的"南沙人"的发现。

为什么时隔几千年的人骨架还保存得这么完好？

这与当时的埋藏环境有关，墓葬所埋藏的地层中包含有大量的贝壳，使得人体骨骼逐渐钙化，变硬变结实了，因而这具人体骨架被完整地保存在地层之中。

根据体质人类学测量的数据复原的"南沙人"的头像陈列在广州博物馆供市民观赏，而沉睡多年的"南沙人"则被整体搬迁到文物仓库，安置了"新家"。

吕田新石器时代遗址

吕田镇位于广州市从化区东北部,北接新丰县、龙门县,南临良口镇和广州市流溪河林场,距广州市中心城区约120千米,105国道贯穿全镇南北。

吕田镇在清末称流溪洞,因曾设纸厂,又名纸洞。

另据载,宋代该地曾建一庙,因庙为吕氏所建,故称吕田庙。今天的吕田镇即得名于此。

吕田镇的狮象村出土了一处新石器遗址,距今约3500—4000年,是广州最早有人类活动的乡村之一。

狮象村遗址是广州地区目前所知年代最早的古代遗址,也是少数几个面积较大并保存有较完整地层的遗址之一。

该遗址有两个不同时期的遗存,对广州地区的考古编年和历史重构具有相当重要的意义。此外,该遗址新石器时代晚期遗存既有珠江三角洲的文化特点,又有粤北石峡文化的因素,对于研究两个区域的史前文化交流与融合也有相当重要的意义。

狮象村被广州市和从化区列入"千企帮千村"的乡村振兴行动中,由星河湾集团捐资1.19亿元人民币援建。

星河湾集团在捐建款中安排经济发展基金数千万元人民币用于成立产业公司,发展本地畜禽养殖、苗圃种植及旅游业,调动百姓的积极性,并加强培训,提高村民素质。星河湾集团优先采购产业公司的产品供应各地星河湾酒店餐饮原材料。

考虑到流溪河水源地的生态保护,星河湾集团将产业基金的收入首先供应狮象村每户每月的煤气(约两个月三瓶/户),以避免村民砍伐林木破坏生态。余下收入的70%合理分配给村民,30%扩充发展基金,以促进产业公司的良性运作,解决村民的就业及提高村民的收入和生活水平。

星河湾集团是广州一家民营非公有制房地产企业,一直以来,星河湾积极响应党和政府的号召，争当乡村振兴坚定的支持者、推动者和参与者。

早在2011年，星河湾就对从化革命老区狮象村进行整体帮扶，通过创新模式、科学规划、集约用地，将原有分散居住在15个片区的村民，集中到3个片区，进行联排房屋建设，规划新建房屋近600栋已全部交付使用，使得村庄环境得以彻底改善，又盘活了原有沉淀的耕地资源500多亩，奠定了当地经济发展基础。

同时，星河湾通过产业带动、加强保障、技能培训等多种措施，持续为当地发展注入动力。帮扶工作取得了显著效果，狮象村逐步走上脱贫致富的道路，美丽乡村建设取得明显成效。

乡村，广州城市的摇篮

广州的乡村不仅远比城市历史久远，而且，广州的乡村保留着这座城市历史文化的根。

广州历史上的许多本土精英大多来自乡村。

汉朝的张买父子、杨孚来自当时广州的城郊乡村；宋代名臣崔与之，明代才子陈子壮、学者湛若水，分别来自白云和增城区的乡村；清初号称岭南文化三大家的屈大均、陈恭尹和梁佩兰，除陈恭尹来自顺德外，屈大均来自番禺乡村，籍贯为南海的梁佩兰的故乡也在今荔湾区的乡村；近代以降，被称为戊戌变法领袖的康有为即为南海人，那时的南海就是广州今天城市的西郊乡村，康有为的祖居即在现在荔湾区的芳村。

千百年来，广州这座城市由于时代变迁和战火毁坏，几废几兴，城市人口换了一茬又一茬，但广州的乡村却一直保留了这座城市最持续的记忆，不仅风俗、语言、村落、建筑、人口在乡村一代一代永续发展，而且那些在乡村建筑上的雕刻或文字记录、古寺旧庙、宗族祠堂，保存了这座城市没有中断的文化源脉。

乡村，是广州城市的摇篮，是广州城市的根。

今天，乡村依然是广州这座现代化超大城市的最坚实的依托。

广州是一座幸运之城，尤其近代以来，整个中国近现代化的进程中，广州都扮演着举足轻重的角色。

在清代，这里曾是中国唯一的对外通商口岸，以鸦片战争为标志的中国近代化进程是从广州开启序幕的。

近现代的中国革命中，广州这座城市更是与国家、民族的命运紧密相关，许多重大历史事件都发生在这里。

改革开放以来，广州又站在了历史的前沿，城市社会经济飞速发展，成为国家中心城市，成为人口超千万的现代化超大城市，在国家经济建设和国际城市交往中，发挥着越来越重要的影响力。

2019年底的统计数据显示，农业收入在广州的城市经济中占比显然有限，但作为支撑城市发展的广阔腹地，乡村建设对广州城市的现代化进程继续发挥着至关重要的作用。

即使在完全城镇化的越秀、荔湾、海珠、天河四区，虽然没有农田，但还有不少城中村的存在，这些城中村保留了传统乡村社会生活的习惯，以宗族祠堂为联结，村社经济形式还保留着，乡风、乡情、乡俗继续在社区经济生活中发挥影响力。

对广州而言，乡村振兴不仅仅是涉农区的事情，而且是与广州这个现代化超大城市整体发展紧密相关的全局性事业。

改革开放以来，广州市经济体量已居全国前列，各项事业有了巨大发展，在国内国际拥有越来越强的竞争力和影响力；在农民增收、农业发展和乡村建设方面也获得不俗的成绩，广州在农村产业的优质化、特色化方面，在美丽乡村建设和乡村振兴行动方面，也在持续推进，走在全国前列，城乡差别趋于缩小。

乡村振兴战略是党的十九大报告中提出的战略。十九大报告指出，农业农村农民问题是关系国计民生的根本性问题，必须始终把解决好"三农"问题作为全党工作重中之重。

与之相对应，广州市成立了由主要领导负责的乡村振兴领导机构，区、镇、村各基层组织皆成立了实施乡村振兴的责任机构，层层落实责任制，在广州市全域实施乡村振兴。

没有乡村振兴就没有广州的全面现代化，乡村振兴是破解广州发展不平衡不充分的关键之举。

广州市抓住时机，按照产业兴旺、生态宜居、乡风文明、治理有效、生活富裕的总要求，制订了实施具有广州特色的乡村振兴战略三年行动计划，完善城乡融合发展体制机制和政策体系，为乡村振兴注入了新动能。

广州生态资源特征以山体、水系为骨干，形成北部山林，中部城镇，南部水网、农田和海洋的生态基底，兼备"山、水、城、田、海"各类景观，乡村生态环境优越。

尤其是北部的从化区，拥有100多个湖泊水库、180多万亩青山，森林覆盖率高达69.1%，享有"北回归线上的绿洲"和"珠三角天然运动场"的美誉。

乡村振兴必须留住绿水青山，要求生态宜居。

生态宜居的环境，不仅可以满足农民对美好生活追求的需要，而且能够带来多重效益。

广州乡村振兴，把生态文明建设摆在更加突出的位置，推动乡村绿色发展。总体战略为生态优先，包括区域发展考核标准都做了相应调适。

广州的乡村振兴转变发展方式，坚持质量兴农，走质量效益型发展之路。

结合全市产业结构调整，转变农业发展方式，构建现代农业产业体系、生产体系和经营体系，完善农业支持保护制度。

加强农业科技创新，加大金融支持力度，推动农业从增产导向转向提质导向。

壮大新型农业经营主体，发展农业总部经济，建设广州国际种业中心，促进农村产业融合发展。

依托大都市，发挥岭南特色都市现代农业特色，广州乡村在发展观光休闲农业上大有优势，紧紧抓住特色小镇、美丽乡村建设的发展思路。

在乡村振兴中，加强和改善党对"三农"工作的领导，提高新时代党领导农村工作的能力和水平。尤其要加强基层党组织的建设，充分发挥党组织的带头作用。乡村振兴，提升基层党组织的话语权、公信力和战斗力至关重要。

加强"三农"工作干部队伍的培养，把到农村一线锻炼作为培养干部的重要途径，形成人才向农村基层一线流动的用人导向，造就一支懂农业、爱农村、爱农民的农村工作队伍。建立合理的激励机制，包括突出基层的干部选拔机制，对本领强、肯干事的干部大胆提拔使用。

广州的乡村振兴，走质量兴农之路，让农业成为有奔头的产业，让农民成为有吸引力的职业，让农村成为安居乐业的美丽家园。

农业强不强、农村美不美、农民富不富，决定着全面小康社会的成色和社会主义现代化的质量。

大力推进乡村振兴工作，提高城乡发展的平衡性、协调性，对于广州实现高质量发展具有重大而深远的意义。

正是基于这个原因，中共广州市委、广州市政府适应时代要求，在实施国家乡村振兴战略的具体行动中，提出了"努力在全省乡村振兴中当好示范和表率，走出一条具有广州特色的超大城市乡村振兴之路"的指导思想，开启了广州探索新时期国家中心城市和现代化超大城市城乡融合发展之路的乡村振兴新篇章。

| 第二章 |

彩云常在山水间

从化，从来山水绿，化作彩云飞。

生态环境良好的从化，践行"绿水青山就是金山银山"的发展理念，生态环境成为从化乡村振兴最具优势的资源，到处是绿水清流、青山叠翠的美景。

流溪河，蜿蜒曲折，穿过山间，流过田野；两岸青山，郁郁葱葱；黄绿红相间的农田、果园、花海，遍布周边，放眼四望，豁然开朗，满目葱绿。

放眼广州全域，从化如一块天然的翡翠，又似一只仰天变形的大拇指，镶嵌在北部。

秋山枫叶赤，春水鳜鱼肥。
独傍渔船去，沙头雁不飞。

这是明朝时期广东顺德陈村学者欧大任所写的《从化山水诗十首》中的第九首《流溪》，描写了数百年前从化流溪河的自然风光。

从化是广州乡村振兴的主战场。

从化是广州的农业大区，农村是从化的主体，农民是从化的主人。

国家乡村振兴战略的实施，为从化的乡村发展提供了一个重大机遇，为从化的"三农"工作指明了方向。

一 从化有什么不一样

从化位于广东省广州市东北面,东与龙门县、增城区接壤,南跟白云区毗邻,西和清远市、花都区交界,北面同佛冈、新丰县相连。

北回归线横跨境内南端的太平镇,气候温和,雨量充沛。

自然环境优美、民俗文化淳朴、民宿舒适恬静,这是从化乡村给人的印象。

从化正在成为广州及珠三角旅游目的地的新"网红"。

于战"疫"中开新局

2020年的春天,面对新冠肺炎疫情的严峻挑战,从化区一手抓疫情防控,一手抓经济社会发展,思想不懈怠,工作不松劲,发展不停步。

2020年初的疫情突发,全国社会经济被按下暂停键,社区封闭管理,人流物流全面受到影响,公开集会等各项活动皆受疫情防控要求的限制,从化的农业项目受到严峻挑战,但从化人没有坐以待毙,而是积极思考应对之策,利用疫情防控转为常态化的一切可以利用的条件,适时而动。

党政部门、各个乡村、帮扶企业,都行动起来了,化被动为主动,将各个项目及时启动、推进,为减少疫情对从化的乡村振兴的影响,各尽所能。

作为广州的农业农村大区,从化坚持面向湾区、服务湾区,有序推进农业复工复产,不误农时抓好农业生产,积极助力粤港澳大湾区"米袋子""菜篮子""果盘子"等稳产保供，为全省战"疫"稳住"大后方"贡献了从化力量。

从化把"绿水青山就是金山银山"理念贯穿于乡村振兴行动的全过程，坚持一体推进乡村振兴战略实施、粤港澳大湾区建设，加快建设全省乃至全国乡村振兴示范区。

在疫情进入常态化控制状态下，从化发挥乡村区域广、空间大、人口流动密集程度低的有利条件，展示乡村振兴的坚定信心和面对疫情困扰的坚强决心，各个项目有序推进，加快复工复产步伐，为2020年乡村振兴三年成果验收迈大步，开新局。

作为广州面积最大的一个区，从化森林覆盖率近70%，100多个湖泊水库和两个国家级森林公园点状分布，流溪河贯穿全境，环境指标常年保持全市最优。

每年9月，在从化甚至可以欣赏到对生态环境最为敏感的一行行白鹭。

青山常在，绿水长流，空气常新，良好的生态成为从化的最大名片。

加快建设幸福美丽生态之城，成为从化区解决"三农"问题工作的重中之重。

从化区有关负责人表示，特色小镇建设为乡村振兴奠定良好基础，深化实施特色小镇网状特色空间布局，以提升建设品质、增强核心竞争力为重心，全面提升小镇建设管理运营水平。

良好的生态环境是乡村振兴至关重要的基础。

"要牢固树立并始终践行'绿水青山就是金山银山'的理念，咬定绿水青山不放松，毫不动摇坚持生态立区，研究制订生态环境质量提升三年行动计划，统筹推进山、水、林、田、湖系统治理，继续擦亮广州作为国家重要中心城市的生态名片，当好全市生态文明建设的排头兵。"从化区负责人对全区生态保护工作提出了总体要求。

从化区坚守生态底线，坚决打好大气、水和土壤污染防治三大战役，加快促进"一河两路"沿线业态升级。

北部三镇坚决不上工业项目，环境竞争力和空气质量排名长期领跑广州全市各区。

以整体规划、差异布局、突出特色、协同发展为原则，着力把新旧温泉区域打造成为践行绿色发展理念的新高地，以温泉风景区和流溪温泉旅游度假区联动发展为纽带，推动全域温泉资源的整体良性利用。

同时，建立健全生态公益林区级管理机构，和区、镇、村、社、户齐抓共管机制。

实施全域旅游发展三年行动计划，加快创建省级全域旅游示范区，推动旅游业从景点旅游模式向全域旅游模式转换。

从化区坚持把特色小镇作为实施乡村振兴战略的重要平台，按照"以点为基、串点成线、连线成片、聚片成面"的实施路径和网状空间布局，在全区布局20个各具特色的小镇，通过示范引领，带动全区乡村共同振兴。

经过3年多来的努力，生态设计小镇、莲麻小镇、南平静修小镇、西塘童话小镇、西和万花风情小镇、温泉财富小镇、米埗小镇、艾米稻香小镇等已对外开放，形成了较好的辐射带动效益，带动周边村庄迈向振兴之路。

千年古官道、可爱稻草人、汩汩温泉水……凭借着各自的特色，莲麻小镇、西塘童话小镇、西和万花风情小镇、米埗小镇、温泉财富小镇已经成为从化的"网红"乡村、广州全域乡村游的旅游胜地。

从化区围绕"产业特色鲜明、人文气息浓厚、生态环境优美"的总体要求，因地制宜、分类施策推进一批特色小镇建设。

行走在从化这片土地上，看到的是，这里既留住了青山绿水，又传承了乡土文化，物质文明和精神文明两条腿"跑"起来了。

经过多年努力，莲麻、古田、联溪（阿婆六）、份田、南平、西塘、西和、温泉、米埗、锦洞10个市级特色小镇建设工作有序推进。

10个特色小镇在立足于原有特色产业基础上，面向市场需求，整合优势资源，形成了产业特色鲜明、文化气息浓厚、生态环境优美的核心竞争力，实现了"一镇一业"的发展目标。

围绕产业"特而强"、功能"聚而合"、形态"小而美"等目标，从化20个全域特色小镇串点成线网状分布，注入乡村振兴动力。

特色小镇打破传统的行政区划边界，既不是行政区，也不是产业园区和单一功能区，而是融合文化、旅游、社区功能的乡村创新创业发展平台。

以特色小镇建设为抓手，开展美丽乡村建设，从化区深入开展农村人居环境综合整治工作，全面提升农村人居环境。

开展"洗脸"工程和"三清三拆三整治"行动，深化实施"一路一园一林"绿化工程，大力开展农村"厕所革命"，成片连村推进农村河道综合治理，加快补齐农村水利建设短板，全力打造生态宜居的农村人居环境。

走进从化的乡村，你会发现，过去杂乱无章的庭院被整理得井井有条，不少地方家家户户都建了卫生厕所，路边的垃圾少了，有的村里还形成了垃圾清理机制……每一个细微之处都传递出同一个信号，从化的乡村正变得越来越美。

从化区落实广州市"千村示范、万村整治"的要求，以垃圾分类处理、污水治理和"厕所革命"为主攻方向，扎实推进"五个美丽"行动，高质量建设粤港澳大湾区最美乡村。

打开格局提升区域能级

从化的乡村振兴，从来不是孤立进行的，始终都与广州超大城市发展的整体进程同频共振。

对接广州枢纽型网络城市建设，加快构建"一核两翼三带"空间布局，是从化区打开发展格局、提升区域能级、推进区域协调的重要部署。

其中，强化"两翼"支撑能力，提升工业园区功能品质，是有序推进新型城镇化建设，推动乡村振兴的重要举措。

在"两翼"的发展建设中，作为其中"一翼"的太平镇以地铁14号线、105国道及118省道沿线区域为重点，着力布局高端生态住宅和文化创意、生命健康等现代服务业，并加快建设太平城市广场商业综合体。

作为"两翼"中的另外"一翼"，鳌头镇以镇区为中心，着重优化中长期发展规划，加快盘活存量土地，重点布局现代物流和新能源、新材料产业。

生物医药、新能源汽车及零部件、新材料等是从化两大工业园区重点发展的产业。

明珠工业园区引进了立白集团华南新兴产业基地、国际医药港从化医药产业基地、现代中药产业园、省中医药科学院从化院区、广发集团分布式能源站等12个重大项目。

建设城市发展的后花园

从化最大的资本就是土地面积大，集中了广州北部主要的山水资源。从化以珍稀温泉闻名于世，有"中国温泉之都"之美称。

从化被称为广州的后花园、北回归线上的明珠、粤港澳大湾区的生态屏障。

从化有旅游景区近20处，包括碧水湾温泉度假村、广州抽水蓄能电厂旅游度假区等国家级旅游景区，流溪河国家森林公园、石门国家森林公园、流溪温泉旅游度假区等广州重点生态旅游区以及广裕祠、五岳殿等国家、省级重点文物保护单位，还有新石器时代的吕田狮象岩人居遗迹、明朝时期的众多古村落文物古迹、世界最高的北回归线标志塔等一批文化景观。

广州从化北回归线标志塔位于太平镇油麻埔村三甲子坡地上，是目前世界上南北回归线上高度最高、规模最大的一座标志塔。主体部分为花岗石混砌结构，基础部分为坛式，地板石的排列为八卦图形。塔顶有一钢球，其圆孔的垂线与塔底正中的经纬线交点相互垂直，北回归线正从这个圆孔经过。每年夏至中午12时26分，太阳直射光线经过这个圆孔，人站在这里，有立竿不见影的奇观。

绿色是从化的底色，生态是从化的王牌，密林幽壑，孕育着淙淙溪流，风光旖旎的流溪河纵贯全境，青山悠悠，绿水潺潺，蓝天净土，不负花园之美名。

绿色崛起吸引全球目光

香港赛马会从化马场坐落在山坳之中,流溪河蜿蜒环绕,180多匹马在此安营训练。

专业马术训练对环境要求很高。"不少马主看到这里绿水青山,不禁赞叹马匹有了'五星级的家'。"香港赛马会两地马房营运及马主服务部主管郑奇龙对从化的自然环境给予了高度评价。

从生态设计小镇启航到高端国际会议,从国内首个设计师村、院士工作站到现代马业落地,从化乡村的绿色崛起吸引了更多的全球目光。

"从要素配置、产业发展、生态保护等方面把工业和农业、城市和农村有机联系起来,正是探索以生态优先、绿色发展为导向的高质量发展新路子的生动实践。"华南农业大学广东农村政策研究中心副主任谭砚文说。

发展的质量更高,积蓄的动力更强,梦想的种子已经在从化的乡村里发芽、生根。

"未来这里的产业一定是绿色的、智能的、有创意的、可循环的。"专家们这样预测从化乡村的未来。

放眼粤港澳大湾区和"一带一路"建设,通过生态设计、会展会议、国际合作,从化正打开一扇观察超大城市生态文明建设的窗口,让世界在广州领略中国新乡村。

从化的乡村振兴图景,体现了城乡融合发展的整体思路。

广州自始至终都把乡村振兴放在城乡融合发展的格局中定位,不是就农村而农村,更不是为农业而农业,而是把城乡关系、工农关系坚定不移地放在城乡融合发展的乡村振兴格局中思考,通过振兴乡村,让乡村更好地对接城市,让城乡更宜居宜业,城乡居民各得其所,在振兴乡村的进程中,不断强化综合城市功能，提升城乡品质。

广州把实施乡村振兴战略摆在优先位置，走出一条具有广州特色的超大城市乡村振兴之路，努力在全省乡村振兴中当好示范和表率。

从米埗到西和再到西塘，流溪河串联起的特色小镇变迁，为乡村振兴注入动力，既是广州从化建设生态宜居美丽乡村的生动缩影，也是广州实现老城市新活力、建设国际大都市的乡村投影。

从化承载着广州乡村振兴建设的重任，是新时代文明实践中心建设全国试点区、全国乡村治理体系建设试点区、国家城乡融合发展试验区、国家水系连通及农村水系综合试点区。

乡村建设促进了农业经济的发展，从化农业发展正乘着建设乡村振兴战力示范区的东风，以产业发展为抓手，围绕打造粤港澳大湾区优质"菜篮子"基地为目标，以"菜篮子""米袋子""花瓶子""果盘子""茶罐子"五子工程产业为基础，创建10个产业研究院，打造从化现代农业科技创新中心，通过深入研究规模化、标准化、品牌化、信息化、企业化的关键技术，以科技创新驱动产业发展，解决乡村振兴发展过程中的现实问题，真正打造具有广州特色的乡村振兴助推新模式，为加快创建高端现代都市农业奠定坚实的基础。

美丽乡村是国际大都市的重要组成部分。

乡村振兴，进一步拉近城乡距离，改变一座城市的外在面貌和内在肌理。

从化的乡村变化，正反映了城乡融合发展这一新趋势。

二 花香西和

西和村位于从化区城郊街北部,交通便利,东与光联村相接,南与红旗村相连,西与光辉村相邻,北毗邻城康村。

西和是广州市从化区花卉国家现代农业产业园的核心区,西和村通过土地流转,建成以花卉观赏、水果采摘、精品民宿、休闲体验等现代服务业以及观光农业、乡村旅游等富民兴村产业。

从化西和万花风情小镇被称为"花的海洋",是从化在乡村振兴行动中着力打造的知名特色小镇之一。

宝趣玫瑰世界、天适樱花悠乐园等景点,让人仿佛置身于童话世界。

2019年9月,西和村入选"广东省文化和旅游特色村"。

2020年9月,西和村入选农业农村部办公厅公布的"2020年中国美丽休闲乡村"。

西和村在乡村振兴中的成功经验被概括为"西和实践"。

实施乡村振兴行动以来,西和村经济持续发展,集体经济不断壮大,与此同时,乡村公共事业进一步发展,村容村貌大为改观,呈现出舒适优美的人居环境。

春天的西和,鲜花绽放,花香扑鼻;夏天的西和,蝶舞蜂飞,蝉鸣蛙唱;秋天的西和,桂馨菊香,溪清河畅;冬天的西和,日暖风煦,笑语声喧。

每逢节假日,这里游人如织。

依托万花园的花卉技术平台，50余家花卉企业和一批青年创客项目，沿路铺开，"花卉+文化""花卉+研学"等富有特色的业态，打响了西和万花风情小镇的品牌，小山村不仅花卉产业兴旺，而且成为深圳、香港、澳门等粤港澳大湾区都市游人的网红"打卡地"。

西和实现了与周边超大城市城乡良性联动的生机与活力，乡村花卉产业紧盯珠江三角洲和粤港澳大湾区的城市群现代化发展新动向，向全国辐射，向全球流动，使得西和万花风情小镇的美名广泛传播，促进了当地旅游、经济、产业、民生、环境的全面提升与进步。

在建设初期，西和万花风情小镇依托明显的区位和土地资源优势，通过流转土地集约经营，推动了宝趣玫瑰世界、天适樱花悠乐园、飞腾兰业、正欣园艺等众多花卉企业集聚发展，逐步形成以兰花、樱花、玫瑰花等为主题的休闲农业旅游景点。通过"龙头企业+基地+农户"的生产方式，带动农民收入近三年增速均超15%。

西和村曾经是典型的镇街交界、城乡接合地带，路网不通，传统农业难以适应新的社会经济发展需要，基层干部和农民思想相对保守，基础设施建设缺位，导致整个西和村的社会经济发展滞后。

自实施乡村振兴战略以来，西和村及周边村庄企业集聚发展，效益迅速提升，基础设施及村容村貌明显改善，村民增收致富，西和村实现从"万花园"到"和美西和"的蝶变。

授人以鱼，不如授人以渔

西和村距从化区的中心城区只有9千米，发展花卉产业，其区位优势明显。乡村振兴的主人是农民，农民的利益始终是西和人进行产业规划的第一要素，因而发展乡村产业必须把农民的利益放在第一位。

西和村以花卉产业著称，花卉产业园已成功入选国家级现代农业产业园。

在花卉产业基础上，乡村旅游业也在蓬勃发展，"旅游+美食"已成为西和乡村旅游的"新引擎"和"新招牌"。

每到节假日，西和村每日的游客都以数万计。

乡村变景点，带动山村抱团差异化发展，释放了小镇活力，也打开了从化乡村振兴新天地。

西和村打造万花风情小镇，并非只是炒作一个概念，而是立足于深处珠江三角洲和粤港澳大湾区腹地的区位优势，紧盯周边城市现代化发展的需要，以花卉产业作为乡村振兴的主要产业，从本村村民利益和乡村产业可持续发展的规划出发，吸引了不少花卉企业入驻，不仅拓展了当地产业发展的道路，为当地农业创新发展注入了活力，为农村建设带来更为丰富的资源，为乡村建设和农村人口生活改善带来更多财源，还为当地农民提供了就近就业的机会。

以正欣园艺场为例，该园艺场里70多名员工中有超过40名是当地村民。

"这些村民年龄多在50—60岁之间，对于他们而言，能在家门口工作，并且每个月收入最高能达到4000多元，是非常理想的了。"曾任西和村第一书记的刘辉鹏说。

授人以鱼，不如授人以渔。

为了全面提升村民尤其是年轻农民的就业竞争力，强化农民职业的可持续后劲，注重新型农民的职业技能培训，适应广州这样超大城市郊区因农村乡村环境美化带来的新兴乡村旅游业的发展需要，利用广东省、广州市文化旅游部门推动的粤菜师傅培训计划，西和村抢占先机，于2018年成立了广州第一家粤菜师傅培训室，吸引了村镇的年轻人前来拜师学艺。

粤菜师傅培训计划是广东省和广州市文化旅游部门为了助推乡村振兴而实施的一项惠民行动计划，主要为了配合乡村旅游经济的发展。

在西和村的粤菜师傅培训室内，十多位农家乐厨师、村民、学徒聚在一起，向前来授课的烹饪师傅取经。

泥焗走地鸡、乌鬃鹅、流溪大鱼头、吕田炆大肉、桂峰酿豆腐，经典的从化五道菜本是普通的农家菜，经过白天鹅宾馆、广州酒家的粤菜大师的

"点拨"，成为西和乡村农庄的金名片。

"每一节课我都会来！"西和村何溪农庄老板周燕琼是培训室的常客，周边环境的改变及游客结构的变化，她在经营过程中有明显的感受。如何应对这样的情况变化？此前她正苦于农庄的转型，迷茫彷徨，无所适从。在粤菜名厨郑国忠大师的指导下，她学会了玫瑰花鸡、西和醉鹅、荔枝柴碌鹅等新菜式。以此为契机，她全面调整了农庄经营的菜色菜品，丰富了餐饮经营内容，很快打开了新的局面，许多游客慕名而至。

城郊街西和村万花园管理服务中心主任陈敬良说，由粤菜大师带着技术和人才"下乡"，"手把手"教学，很受群众欢迎，这种将公益培训和引导产业发展相融合的方式，满足了村民学习需要及农家乐发展的需求。

陈敬良本来是从化区的机关干部，2018年，从化区为区、镇（街）两级精准选配多名干部担任特色小镇建设村、软弱涣散村（社区）党组织的"第一书记"，选拔培养村党支部书记后备干部"金种子"100余名。通过抓住关键重点，实施四强"头雁"工程，努力打造一支能够扛起乡村振兴沉甸甸历史责任的基层党组织带头人队伍。陈敬良是众多的驻村干部之一。

陈敬良被派驻西和村，从区政府到村里驻点工作，年轻的他带领村民利用人居环境、小镇建设等项目，以"西和最美一千米"为核心区域，推动文旅资源的集聚。"花卉种植业是这里的优势产业，打好花卉牌，从农业到科普、文旅体验才能让农村的优势最大限度发挥出来，让一二三产业融合发展。"他说。

由派驻干部到西和村万花园管理服务中心主任，陈敬良的身份发生了根本的转换，他真正地扎下根来，成了西和万花园的一位实职管理者，承担起带领村民、驻村企业共同发展的责任。

花香四季，蝶变重生

花卉产业，是西和村的主要产业。该村持续夯实基础，不断壮大花卉种植产业。西和村及周边4个行政村内流转的土地达1.3万亩，投入花卉生产的面积超过1.1万亩。

早期的西和村并不叫"西和村"。

由于村里山地较多，地理位置偏僻，那时取名为西山村。后来因为附近多处村庄同名而改名为"西和村"，寓意"和和美美"。

西和村地处广州北郊的传统农业区从化区。历史上，山水阻隔了这里与外部世界的联系，与中国大多数山乡一样，千百年来都是处在自给自足的自然乡村状态中，村民们祖祖辈辈，除了与周边村寨通婚之外，很少与外界接触，农业生产主要以满足自己和家庭的粮食和衣物需要为主，因而品类繁杂而且产值不高，几乎没有什么经济效益。

随着现代城市郊区农村发展的新变化和根据国家对新农村建设的新要求，这种状况已经严重制约了西和的农村经济、社会发展，影响了农村环境的改善，更不能满足新时期当地村民对幸福生活的向往。

为此，西和人开始思考出路，寻找出路，创造新的生机。

国家的新农村建设和乡村振兴战略的实施为之提供了蝶变重生的新契机。

西和的产业融入广州城市发展的现代化进程，始于20世纪90年代初期。1993年，第一家农业企业——广州大丘有机农产有限公司进驻西和村。随后，几十家企业相继到该村开展花卉、水果、苗木种植，现代农业在西和村落地生根、开花结果，一个集花卉生产、销售、科研、展示、休闲观光于一体的现代农业园区逐步形成。以花卉为主的新业态在西和正式兴起。

进入21世纪，乡村旅游在全国蓬勃发展。西和村不甘人后，积极响应号召，依托优良的生态环境和现代农业资源，大力发展以农业观光、农事体验为主体的乡村旅游，火龙果园、玫瑰世界、樱花园相继开门迎客，到西和赏花摘果、寻找乡愁得到珠三角各地游客的青睐，西和的乡村旅游迎来快速发展。

2015年，从化区委、区政府将西和村作为实现"绿水青山就是金山银山"的一个重要发展路径和最好的转化平台。西和万花风情小镇成为从化区首批建设的10个特色小镇之一。

2016年，以西和村为核心区的西和万花风情小镇被定为广州市首批建设的30个特色小镇之一。

2018年，在国家实行乡村振兴的大背景之下，广州市把从化作为广州推进超大城乡融合发展进程中乡村振兴的主战场，西和村又趁势而上，借力发力，在广州市、从化区及村镇各级政府部门大力推动下，实行花卉产业的全面升级，以花卉产业振兴为主导，西和村的产业全面兴旺。至2020年，已有50余家花卉企业沿路铺展，直播带货、花卉研发、研学旅游等业态充满活力与生机，给村民带来致富奔小康的希望。

西和村利用优美的自然环境，大力引进优质农业企业，以此为核心带动旅游、休闲、度假等一系列产业发展，同时加快实施新开的花谷花卉交易中心等现代花卉产业建链补链工程，重点抓好北星路现代商业轴、花卉大道现代农业轴规划建设，以及新开旺城商圈、东风商圈、西和万花风情小镇3个关键节点，以乡村振兴战略为总抓手，依托特色小镇建设，逐步实现"产业兴旺、生态宜居、乡风文明、治理有效、生活富裕"的新农村，建立起一座别具花卉特色风情的特色小镇，奋力打造城乡融合示范区。

最令西和人骄傲的宝趣玫瑰世界占地1000多亩，是国内首个以玫瑰文化为特色的主题公园，也是一个集生产、销售、展示、科普、休闲观光于一体的多功能综合性玫瑰主题公园，是国家AAAA级景区。

景区以满足创意休闲空间的需求为向导，以樱花等自然生态山林为背景，结合"最好玩"的穿越游线——国樱崛起之旅、最诗意的樱花营地，建设集世界名花观光、节庆体验、户外运动、营地休闲、生态养生等于一体的复合型生态主题景区。园内可以溯溪漫步、水上游乐，体验漂游岛屿的慢生

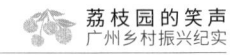

活和悠闲生活，感受自然万物的空灵之美。

西和村以花为媒，布局广州北部山区花卉产业，吸引了国内外不少花卉企业入驻，顺德陈村的飞腾兰业即是其中之一。

飞腾兰业专营国兰、杂交兰的生产、批发与零售，品种多样，有红美人、紫原素、银针、彩虹、彩凤、金丝马尾、快车剑、铁骨素、观音素、白墨、小香、大果、企黑、金华山、银边、银拖、马耳、小桃红、瑞玉、大屯麒麟、大富贵、桃姬、芙蓉峰、万代福、爱国、锦旗等数十个品种。

西和兰花产业的发展经历了三个阶段：从深山野谷走入寻常百姓家，是初始阶段；从少数人玩赏到大众消费，是发展阶段；从庭园种植到产业化，是成熟阶段。

兰花文化催生了兰花产业，兰花产业绿化了环境和居所，丰富了人类美的享受，以兰花为媒，沟通了人们的情感交流。兰花种植业为处于弱势的农民提供了谋生和致富的机会。

广州正欣园艺是一家以经营花卉为主业的民营企业，2009年落户西和小镇，是目前国内最大的仙人掌类与多肉植物专业生产商之一。年产销各种仙人掌及多肉植物盆栽400多万盆，销往全国各地，部分产品还远销东南亚各国。

在正欣园艺温室景观区域有1500多平方米的仙人掌专题景观区，分5个部分，包括仙人掌科、百合科、景天科、大戟科、龙舌兰科。

在这里，人们可以观赏到不同品种、不同形态的仙人掌植物，置身其中，仿佛到了一个仙人掌的童话梦幻世界。

西和的万花园有很多花卉生产经营企业，以"花"为主题的产品，不仅有可以游乐的花的世界、可以品尝的与花有关的美食、可以住的以花为主题的房子，这里的花卉产品，还通过现代网络信息平台，销往全国各地，销往世界其他国家。

一望无际的花海，排列整齐的青瓦白墙建筑在花的海洋里，绿道如长长的飘带，蜿蜒伸向远方，人在花丛中，笑语声喧，蓝天白云下，鸟儿欢飞，碧水清溪里，鱼儿畅游……这，就是今天的西和万花风情小镇。

作为小镇建设的核心区域，西和村的花海世界形象早已声名在外，以至于任何时候，只要广州人脑海里浮现"西和村"三个字时，都自带着花的颜色。

乡土文化"活"起来，为乡村振兴注入了精气神。

乡村振兴，既要塑形，更要铸魂。

西和村在复兴传统乡土文化的基础上，依靠创造性转化、创新性发展，与城市文化形成互动，重建新的乡村精神和乡村理想。物质与精神两手抓，唤起农民的文化自觉，传统乡土文化中孕育着的向上力量，不断辐射，进村入户，大大丰富了村民的精神生活。

随着社会经济的发展，在广州这样的超大城市，文化公益资源越来越丰富，有关机构和有识之士已趁着近年国家推行乡村振兴战略的东风，将这些公益文化资源服务于乡村建设。西和村抓住这个契机，创造条件，主动提供服务平台，开设绘画、书法等文化类公益课堂，为西和村及周边乡村的学生和村民送来了艺术的启发和文化的熏陶。

一方水土养育一方人，文化是"里子"和根脉。

美丽乡村不仅仅代表着绿水青山的好风光，更是在乡土的文化里、悠然的古村落中慢了的时光。

通过村民自治组织，广泛开展乡风评议，以道德模范正面引领，开展西和"好婆婆""好媳妇"等评选，寻找西和最美家庭、最美庭院、最美民宿、最美农家乐等活动，组织"风情西和是我家"和谐美讲座，以"传家规、立家训、扬家风"为主题的道德讲堂、"书香乡村"读书活动等，培育好家风，引导村民崇德向善，乡风民风日益清朗，提升了村民的凝聚力，为西和的乡村振兴工作提供了内在助力。

既有青山绿水，又孕育着乡风乡俗、家规家训、民俗技艺，这些都是乡土文化的具体承载形式。

这些结合传统文化理念举办的创新型文化活动，不仅丰富了村民的文化生活，也增强了村民对家乡的认同感和自豪感。

走进西和村，万亩花海迎风盛放，来来往往的车辆让这条小村庄热闹非凡。

看花开，闻花香。每到花开时节，各地游客都聚集于此，感受大自然的美好，西和万花风情小镇也成为"网红"打卡点。

西和，对从化人而言，对广州人而言，已成为花的代名词，这里的花产品已经销往全国、销往世界。这个以花为主题的特色小镇，在新一轮的城乡融合发展进程中，还会吸引更多来自全国、来自世界的游客。

西和，一个声誉远播的花香四季的特色小镇。

三 诗意南平

"静"是南平小镇的主题。

生活在大山深处的南平人,把静修当作了休闲产业的创意,这在广州,甚至全国的乡村,都是独一无二的。

静修,成了南平村特色小镇的代名词。

城市现代化,许多事物都在变化中发展,激烈的时代变局及社会竞争,使得人们更需要有一个宁静的环境,沉静一下,歇一歇,停驻一下人生快步向前的脚步,净化一下身心。

南平村的自然环境,正好适应了这种超大城市发展进程中,人们郊外休闲的生活需要,并以此作为产业发展的定位,创造了一种广州从化山村特有的特色小镇发展模式。

宁静,是南平村给人的第一印象。

这里青山环绕,一条栈道连通里外。

南平静修小镇位于粤港澳大湾区腹地,地处广州从化区与增城区交界处,被凤凰山系以双龙抱珠之势环绕,紧邻派潭镇大封门森林公园、石门森林公园、从化温泉风景名胜区、南昆山及白水寨景区。

一条凤溪贯穿整个南平,家家户户依山傍水,每走一步都是风景。

瀑布、溪石、竹林、枫林构成了南平特有的景观,荔枝、红柿、青梅、乌榄等山区果品为小镇的休闲业提供了体验载体,保存相对完整的客家古村落风貌,更增添了静修小镇的历史厚重感。

南平村以"山、泉、林、溪、石"五大特色生态要素为依托,通过凤溪栈道景观改造、升级环山绿道、建设红叶公园（12棵古树及生态林业）作为旅游景点等方式，以修身、修心和修意三个层次旅游休闲活动的组织为脉络，以建设自然与现代有机结合，打造出一处宜居宜游的生态型身心休养静地。

南平静修小镇先后获得"广东省文化和旅游特色村"、第九批全国"一村一品"示范村镇、农业农村部颁发"2019年度全国美丽乡村"称号、国家林业和草原局认定的"国家森林乡村"、"广东十大美丽乡村"等荣誉，入选首届广东农村基层党建十佳创新案例，是从化乃至广州乡村振兴建设成就的一块金字招牌。

南平村的乡村振兴成果，被概括为南平经验。

南平村位于从化温泉镇东南部，是温泉镇的偏远山村，只有一条公路出入。

在乡村振兴战略实行之前，由于地处城郊的偏远山区，南平村集体经济较差，村民以种植荔枝、蔬果为主要收入来源。主要农产品有荔枝、红柿、青梅、黄皮。

农民生活在自给自足的小农经济时代，乡村经济落后且脆弱，与现代社会特别是广州超大城市发展的进程要求，有极大差距。

乡村振兴的具体行动在南平实施以来，南平人在广州市、从化区和温泉镇多级政府推动下，把劣势转化为优势，适应现代城市快节奏生活背景下都市人对慢生活的需求，集智发力，建设以静修为主题的美丽新乡村。

山因水青，水依山绿

到南平，一定要游凤溪。

凤溪，凤凰山的溪流，多么美而令人神往的名字。

水，是山村的灵魂，一曲清泉，一条溪流，常能串起山野里那些如散落珍珠般的一处处小景，使之成为一处完整风景。

第二章
彩云常在山水间

山因水青，水依山绿，凤溪似柔情的少女，凤凰山如壮实的青年，正如那首台湾歌曲《阿里山的姑娘》歌词中所唱：绿水永远绕着青山转。

蜿蜒千年不息的凤溪，源头就在凤凰山上，一路流过山间空谷，不时地有从旁边汇入的细流，时而曲水流觞，时而平静如镜，流淌的淙淙清泉，映着凤凰山脊的影子，照着人面，不时有小鱼儿游过，花开时节，还有彩蝶、蜜蜂。有诗意，如画境，是一首可以轻吟细咏的古老的歌。

千金难买溪水清，千年流动不息的溪流，那么清澈，那么流畅，那么明亮照人，那么撩人心动，这就是凤溪。

很多人来南平，会被这里的山景所吸引。而对南平人而言，他们更以那条清澈的凤溪为荣，这条溪流从远古以来，从来没有被污染过，至今还是那么澄清婉曲。

南平村地处一个相对封闭的山间溪涧旁，山水阻隔了山乡与外界的联系，也为这里保留了一处清静的自然生态环境。青山满目，一条凤溪贯穿而过，花果飘香，几乎将这里变成了一个世外桃源。贯穿整个南平村的凤溪，因在凤凰山下而得名。

南平人自他们的祖先在这里开基建村，就对自己生存的这片自然环境倍加爱护，而且世代相传。

以前，南平村由于交通不便，农作物生产主要为满足村民的家庭生活所需，几乎没有经济效益，村民收入的渠道非常单一。

"20年前就有老板想租下我们的地，砍下原始的树林，种植桉树，我们都拒绝了。"南平村党支部书记张国华告诉采访他的记者说，"桉树种植对水资源的消耗大，我们只有一条凤溪，是村子的命脉所在，一定要保护好。"

有山必有水，山间的水流为山乡带来灵气与生机，南平人非常重视对村边溪流的保护。

广州大部分河流都是向南、向东流动，但是纵贯南平村的凤溪则是逆向向北流，南平村充分利用这一特殊的生态资源发展新经济，定制农业等新业态的出现为村民带来了实实在在的收益。

"绿水青山是一座富矿，也是发展的最大本钱。"张国华以自己深切的体会告诉人们。

南平的静修小镇依托当地荔枝、柿子和青梅产业，开发利用"空心村"，吸引游客来"静修"，村民的年均收入得到了明显增加。

如今的南平，青山环绕，绿树成荫，宽敞整洁的水泥路直通农家，一座座房屋错落有致。一幅"天蓝、山绿、水清、地净"的美丽新农村画卷呈现在眼前。

崭新的柏油路、小广场、白墙黑瓦……

为方便游客戏水，村里修建了一条长2.8千米的栈道。

沿着乡间小路盘旋而上，一路能看见凤溪清澈、泉水碧透、山果飘香、古木参天，累了就在进士亭里小憩，静静欣赏这独特的山水风光。

漫步栈道，一步一景：每隔几十米就有一处用青砖、鹅卵石、麻石、木头和绿色植物建成的小景，每一处都不同。

企业帮扶，珠联璧合

村企合作新模式，助力南平在乡村振兴的大潮中蝶变重生。

珠江实业集团的帮扶，对南平村的新建设做出了巨大贡献。

南平村与珠江集团，在传统的产业结构下，一个是城郊偏远的山乡贫村，一个是广州国有资产的骨干企业，八竿子都联结不到一起，正是乡村振兴之风，让珠江实业集团走进了南平村。

南平有青山绿水，珠江实业集团有资金、有人才，一企一村，珠联璧合，成为乡村振兴画卷里村企合作的典范。

俗语云：一个篱笆三个桩，一个好汉三个帮。

在乡村振兴的道路上，单一地靠一个山村自身的觉醒和努力，有时候会力不从心，纵有凌云志，也难结凤凰窝。这就需要各方协调，聚智引力。

南平村地处传统山区，原生态的青山绿水是其最大的资源，然而，完全要依靠自身的力量去改变，适应新形势对乡村振兴带来的新要求，至少有两大根本困境：一是基础设施跟不上，对外联系的道路不畅，通信设施落后，村民生活条件简陋；二是村集体经济和村民家庭收入都处于贫困落后状态，只能维持最基本的封闭状态下的山村生活需要，而无法适应城乡现代化发展进程。

在这样的情况下，即使南平人自身有改变的愿望，客观条件与环境也无法满足国家乡村振兴战略背景下的乡村建设发展需要。

广州市委、市政府在乡村振兴战略的政策制定和推进过程中，有一项重要内容，那就是"千企帮千村"计划，在广州市和从化区政府推动下，南平村与珠江实业集团结成了帮扶对子。

珠江实业集团在参与南平静修小镇的建设过程中，不仅释放了企业自身富余的潜能，也展现了大型国有企业参与国家乡村振兴战略的社会责任。

珠江实业集团是伴随着中国改革开放的历史进程成长起来的成熟城市经济实体，成立于1979年6月，开创中国工程总承包业务先河，先后建造了白天鹅宾馆、中国大酒店、花园酒店、天河体育中心等广州市标志性建筑。经过40多年的磨砺，已发展成为包括设计勘察、城乡规划、房产投资、总包建设、建筑设计、建筑装修、施工监理、商业经营、物业服务、长租公寓、产业园投资运营、城市设施安全监控、大型体育场馆运营管理等产业链条完整、专业资质齐备、人才队伍健全的广州市属全资国有大型智慧城市运营综合服务集团。

珠江实业集团的经济、信息、管理、人才等资源方面的扶持，无疑给南平村这样一个山区乡村的振兴带来了强大的支撑。

一个只有一条路通往外界的偏远山村，道路崎岖泥泞，农舍破旧，公共设施缺乏，原生态的家禽家畜圈栏杂乱分布，用茅草搭建的厕所紧挨着村民的屋舍，猪狗鸡牛在村边乱闯乱跳，不避行人。这曾经是南平村的乡村情景。

南平村静修小镇的成功，得益于创新建立的村企合作模式，村委会和珠江实业集团成立合作公司，建设南平静修小镇。

珠江实业集团主动承担起在乡村振兴战略实施进程中的社会责任，不仅仅是以企业雄厚的经济力量为南平村的基础设施建设服务，更立足于南平村的长远发展，把这个藏在深山人未识的乡野山村振兴之路，放在新形势下发展的整体格局中谋篇布局。

企业把物管理念"搬"进了南平，在村里成立了乡村综合管理办公室，对村域公共区域的公共秩序、环境卫生、设备设施等进行统一管理。

2017年和2018年，珠江实业集团捐助款项用于南平村建筑立面整饰及酒店项目污水治理，完成建筑外立面整治。

基础设施和环境的改善，使得南平在硬件方面脱胎换骨，然而珠江实业集团与南平人并未止步于此，他们集思广益，更加重视当地人文环境的永续发展，以文明实践站和文化中心、文化广场、村史馆等精神文明相关的项目建设，着力于南平人和到南平来旅游的游客的精神提升和情操陶冶，在与当地物质生活水平提高相关的村民精神文明建设方面，精心谋划，实力推进。

珠江实业集团与南平人更加清楚，企业的经济投入只能是一时的，要永续发展，更需在产业提升方面下大功夫。因而他们积极结合本地的自然资源条件和传统农产品生产格局，适应现代都市人的生活消费习惯，推行以荔枝产品定制的新型农产品营销途径，并通过荔枝文化节、网络直播等电商平台，向整个大广州地区，甚至珠江三角洲、粤港澳大湾区以至全国营销南平的农产品和旅游休闲资源，为南平经济的可持续发展营造良好的内外环境。

为了让南平静修小镇建设的成果效益更大化，带动周边美丽乡村建设，推动更全面的乡村振兴成果，广州市还动员更多的城区企业和机构参与相关帮扶，展现城市主体对乡村振兴的责任意识。

广州市天河区相关部门，与南平周边山村结成手拉手帮扶对子，先后投入款项用于石坑村、新南村、南平村的村道升级改造，使南平静修小镇的成效辐射到周边乡村，为当地乡村振兴的成片发展创造了很好的条件。

在南平静修小镇，走在乡村路上，望着时隐时现的农家屋宇，听着凤溪潺潺流水之声，鸟儿从空中飞过，果香从林间飘来，天上白云在徘徊，微风拂面，阳光透过树荫洒在地上，追寻着先祖的足迹，听着前人的故事，是不是很美？

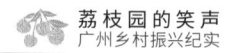

四　酒醉莲麻

俗语说：酒香不怕巷子深。

从化莲麻村的酒却不在城市的巷子里，而是在山雾缭绕的山村里。

莲麻小镇作为从化五大美丽乡村群之一，在广州市乡村振兴推进过程中，从化区委、区政府紧紧抓住有利时机，集合各方面有利条件和资源，倾力打造这个广州最北乡村的特色小镇。

莲麻有流溪河北源头、千年古官道、农家乐生活体验中心区、黄沙坑西片生态农业观光区，有葡萄沟、百花园、七彩花田、农事体验园等。

村内四周环绕的是连绵的青山，有着得天独厚的生态优势。

在莲麻小镇，人们不仅能欣赏以青山绿水为主题的美景，还能吃上当地的特色农家菜和住上特色民宿，吃、住、玩、乐，一应俱全。

酒是莲麻的地标性产品。

进入莲麻村的路口，有一处山中酒窖，是莲麻酒业协会的所在地。

这是一处由20世纪山区防空洞改建的酒窖，位于进入莲麻村的村口左侧半山腰处，洞口有书法家书写的"洞天"二字石刻，整个山洞里放满了标有不同年份的陶质酒缸，有50公斤至100公斤等不同规格，大者有500公斤。

山洞呈蜂窝状结构，里面四通八达，在山的四周有多个不同出口，反映了当年备战逃生的防空思维。

建成酒窖的这处防空洞，现在保留了前后两个出口，在山后的出口处，同样有书法家书写的"福地"二字石刻。

走出酒窖，顺着山腰往村口转，是一处制酒作坊，摆满了各种蒸煮、发酵、酿酒、储藏设备。这里摆放的酒缸，大多比酒窖内的大得多，其中最大者达1吨，也就是1000公斤。

进到莲麻村，是一条酒鬼街，这个街名很有意思，体现了莲麻主打酒文化的特色小镇建设思路。

在酒鬼街最显眼的还是离村口不远的一个大大的酒作坊。

这里犹如一个制酒博物馆，摆满了各种制酒、品酒设备，以及有关于酒文化和莲麻当地酒制作工艺的介绍，游客可以亲自在这里品尝莲麻当地的美酒，这个酒作坊还被当地村民用于承办各种喜庆酒宴。

酒鬼街栈道边有一条小溪，涓涓细流，缓缓由上而下地流着，清澈透明，溪里的沙石可以清楚地看到。小溪边种满笔直的竹子。

跨过桥去，是一片花海，金黄色的小菊、多彩的格桑花，还有一条绿树成荫的幽静的瓜果长廊，这里没有污染，没有噪声和灰霾，是一个天然的大氧吧。

漫行在莲麻村内，放眼四望，到处都可以看到与酒有关的景致：酒缸、酒旗、酒屋，无处不在。

走过酒鬼街，来到一处风雨桥边，就是莲麻村的酒庄。

一个大大的旧式算盘，一个大大的酒缸，还有一排由陶质中小酒缸密叠成的弧形矮墙，一座用石头垒起的山头上，有一座有着岁月痕迹的四角楼。

沿着石阶拾级而上，这里便是各家酿酒的作坊。

酒庄保留着黄土泥砖的墙，灰色的瓦，屋边一般都有一个开放式的摆满酒瓶的架子和桌椅。很显然，是供游客现场尝酒之处。

在酒庄门口，就能闻到一股香气扑鼻的米酒味，往里屋走，可看到大大的木制酿酒桶，米酒从管里细细地流出来。

再往里走，一股热气腾腾的米饭香扑鼻而来，一缸缸的酒用白色的毛巾盖着，静静排着队，有种岁月静好的感觉。

莲麻村的莲麻白酒有着悠久的历史，它以蜜香清雅、入口绵柔、口味怡畅著称。

制作工艺并不复杂，用的是中国民间传统的酿酒技术，选用优质大米为原料，小曲固态堆积，先行培菌糖化后，加水进行半固态发酵，蒸馏而成。

由于莲麻地处流溪河的源头，水质特别好，如果用当地的稻粮酿制，酒品更加纯香宜人。

有游客光临，店家常会大方地让客人体验一下，给酿酒灶里添加柴火，热情地倒杯香酒让客人品一品，这就是有名的莲麻白酒。

"酒文化"一直是莲麻村的传统特色文化。以前村民酿酒大多是自家酿自家喝，不成规模。2015年，莲麻小镇将酒业作为支柱性产业打造，经过招商引资，莲麻酒业作为首批进驻的企业，向村民提供酿酒技术培训，并建立起莲麻头酒的品质和标准。

莲麻人将莲麻白酒作为富民兴村的旅游产品，广泛宣传、推广。同时制订了相应的激励措施，鼓励年轻的村民，借助建设特色旅游小镇的东风，返乡创业。

精心打造酒类、民宿等产业，莲麻小镇走出了一条产业兴则乡村兴的新路。

"山香酒坊"的酿酒师白杰鹏就是一位返乡创业的年轻人。

几间其貌不扬的泥砖房连成一体，被白杰鹏打造成一个蒸煮、发酵、蒸馏、包装等一条龙的酿酒工坊。

白杰鹏本来是一位外出务工人员，他知道莲麻人喜欢酿酒，且因莲麻地处流溪河源头，山泉清凉甘甜，所酿的酒入口醇正、绵甜爽滑。他出身于一个酿酒世家，他的爷爷、父亲都会酿酒，且开了酒铺。可以说，酿酒、卖酒是他们家族的老本行。

2015年，莲麻酒业公司成立，采用"分散制作、集中管理、质量监控"的方式，与酒铺合作经营。白杰鹏抓住时机，从佛山辞工，回到莲麻村从事酒业生产、经营，在这里开了三家酿酒作坊。

回家乡酿酒，把酒卖给游客，还通过电商平台卖到全国各地去，每个月能赚不少钱。

不用在外面奔波，还能照顾家人，一家人生活在一起，幸福都洋溢在这些创业者的脸上。

近年来,莲麻村像白杰鹏一样辞工回乡创业的年轻人越来越多。

溪水缓流的世外桃源

2017年11月,莲麻村获评第五届全国文明村镇。2019年12月,入选第二批国家森林乡村名单。2020年8月,莲麻村入选第二批全国乡村旅游重点村名单。

该村北接韶关市新丰县,东临惠州市龙门县,是广州的北大门。

大广高速从莲麻村南侧通过,莲麻正式融入广州"1小时生活圈"。

莲麻村,因产莲麻树而得名。莲麻树又称五眼果,野生五眼果属漆树科落叶乔木,树高达30米;树皮呈灰褐色,纵线裂纹;羽毛状树叶,边缘有粗锯齿状;五眼果成熟时变金黄色,呈椭圆形,可鲜食,其滋味酸中沁甜,含有极高的营养价值。

莲麻树对生态环境要求甚高,有莲麻树生长的地方,一般原始森林密布,古木参天;山涧溪水,清澈透亮,四季不息;层峦叠嶂,云遮雾挡;山风徐徐,空气清新。自然环境极为优良。

莲麻村周边都是青山,不远处就是流溪河北源的源头桂峰山。各个自然村错落于山谷之间,溪流从村前流过,清澈明亮,山水相间,自然天成。

莲麻村属于从化区吕田镇,山峦丘陵遍布,清澈的莲麻河从村中缓缓流过,滋润了两岸的花草树木,养育了一代代莲麻村人。全村总面积约40平方千米,森林覆盖率将近90%,生态环境优美。

莲麻的村落在山间顺着地势和水流自然有致,山高林密,一栋栋白墙青瓦的房子依山而建,房屋高低参差,有的村民还在墙上画上图案来点缀,别有一番客家人的韵味。

大多数村民的房子还保留着以前土砖灰瓦的老式建筑,让游人感受到以前怀旧的时光。

穿过酒鬼街溪边幽静的瓜果长廊，有一条千年古官道，是一条弯曲的石子路，路的两边铺着鹅卵石的石阶，中间用青砖铺成，日晒雨淋，青砖上长有青苔，走上去有点滑滑的，两边是石子。

溪水伴随着千年古道缓缓流淌，溪边是笔直的竹子林。

竹荫里，潺潺的流水声，给游客们添了许多乐趣。

还有那小溪上的风雨桥，溪边的雕像和旧式的土砖房屋，都成为游客停下来的驻足之处。

走过莲麻桥，是个岔路口，一边是庙湾古寨，一边是莲麻花海和黄沙坑革命旧址纪念馆。

庙湾古寨犹如一个世外桃源。

一排整齐白墙的房屋立于寨前的中央，房屋前是一片菜地，两边皆有树木或花草围着。

穿过菜地，有一座三进式的旧式大平房，黄土砖墙，灰色的瓦，原来是一家名为华夏莲舍的客栈。

客栈三面环山，小溪潺潺，带着浓浓的乡土气息，屋前有个花园，各式的花灿烂地开着迎接四方游客。

平房内古香古色，有着明显的农家特色，有许多民间风情的装饰物，鼓风机、挂墙上的斗笠、屋顶上的纸伞、屋边的芭蕉树，给人一种温馨而质朴的感觉。

走过一座石桥，有一座仿古楼的建筑，上面写有"上湾古寨"四个字。

古寨里的村民已做起了客栈和农家乐，庭院前种满了花和青菜，他们都不忙着拉客做生意，而是悠闲等客。只有当客人有示意时，这些客栈里的老板或伙计才会热情地回应客人的询问，并介绍自家的客栈服务项目。

从2015年开始，莲麻村就开始打造特色旅游小镇，到2020年，莲麻村已经从贫困村成为建设美丽乡村的范本，走上了发展生态旅游带动经济发展的道路。

村内有千年古官道、百年客家围龙屋、官运石山，有超百年的桂花树、万寿果、中华锥等古树名木，还设有生态农业观光区、河洞森林氧吧区等。

走在莲麻的林间小径，每一个角落都是干净整洁的，人与自然和谐融合。

从特色小镇建设初期，莲麻村就非常重视开发和环境保护相结合。

一方面，村委带头大力整治村容村貌，完善村内基础设施，认真听取群众意见，筹集资金建立环卫保洁队伍并制定落实上门收集垃圾制度，实行了村民门前三包和地段责任制。

另一方面，在村内建起两个污水处理池，处理村民的生活污水，实行垃圾分类，引导居民和游客自觉维护当地的生态环境。

抓卫生、建村道、装路灯等整治村容村貌实实在在的具体行动，既改善了村民出行和居住环境，吸引更多游客到当地体验农家生活，更好地保护了生态环境，也为莲麻生态旅游的长远发展打下了基础。

莲麻村依托当地的优越自然环境、独有的红色革命资源和客家传统文化进行科学规划与开发，打造特色小镇的同时尊重自然，既发展了经济带动脱贫，也留住了乡愁。

红色旅游的文化名片

经过莲麻花海，就是黄沙坑村。

这里已建成重要的爱国主义教育基地和革命传统教育基地。

黄沙坑革命旧址纪念馆，如今成了莲麻村的"宝地"，每天都有不少村民在茶余饭后来此重温"东江纵队红色之路"。

"红色文化是村里宝贵的财富，不仅让游客有新的体验，最重要的是让村里人在平日就能获得红色革命文化的洗礼和熏陶。"莲麻村老党员潘光灶说。

这个纪念馆同时也是广州市和从化区重要的红色爱国主义教育基地，为莲麻村又添了一张红色旅游的文化名片。

莲麻小镇的辐射效应

莲麻村所在的吕田镇,是流溪河北部山区的水源地,是广州市、从化区的重点生态环境保护区,完全没有现代工业经济,农业生产企业也严格受到生态建设要求的制约,加上位于最偏远的城郊北部山区,社会经济的发展全面受到限制。

没有经济支撑的乡村振兴是很难持续发展的。

莲麻村的崛起,给周边乡村建设起到了很好的示范作用,产生了积极的辐射效应。

莲麻的酒是吕田酒的代表,从化吕田是一个传统酿酒乡镇,近年来,随着莲麻等特色小镇的兴起,吕田的酒成为当地农民致富的一个重要产业。

吕田是客家人聚集的乡镇,唐宋以来,客家人从江西赣南,过梅岭,经粤北,通往珠江三角洲地区,广州北部的从化吕田是一个重要的途经之地,许多客家人被这里的青山绿水所吸引,就地停了下来,开村立业。

他们把许多客家乡俗带到吕田,其中也包括传统的民间酿酒工艺。

无论是外来客还是本地人,逢年过节或者亲友欢聚时,都喜欢品一坛好酒,吃几味佳肴,畅叙彼此情谊。

吕田头酒已经成了本地酒文化的一种符号。

吕田头酒源自山水自然的恩泽,得益于传统酿造技艺传承,更离不开酿酒人的坚守与努力。

在吕田,有许多家族都有自家独特的酿酒工艺,一代一代在家族成员中流传下来,因而,在吕田的许多村子里,都有掌握着各自家族酿酒工艺的酿酒师传人。

吕田头酒酿造技艺有独特的工艺流程。

工艺只是制酒的外在条件,而真正影响酒的品质的是酿酒的原料:粮食与水。

吕田得天独厚的自然环境,为生产天然的优质粮食提供了条件,奔流于山间的清冽的水，更是别的地方的水难以替代的。

吕田头酒的生产，千百年来，皆以家族传统与生产为特征，特别是改革开放后，小酒业、小作坊如雨后春笋般蓬勃发展。但也造成无法管、无人管的混乱局面。

在乡村振兴行动中，当地政府有关部门因势利导，加大管理力度，使吕田的小酒坊更加健康地发展。

至2020年，吕田的小酒作坊有近70家，在政府有关部门的指引下，这些分散在各村各户的酿酒作坊联合起来成立了"吕田酒协会"，就是要将"吕田头酒"这个品牌做大做强，带动地方经济的发展。

吕田酒协会在政府的指导下，已经进行了行业标准化酿制生产，制定了统一口味标准，月生产白酒5万公斤以上，做到产销两旺。

许多酒坊的酒销往珠江三角洲地区，部分头酒销往外省，深受酒客的喜爱，特别是有家酒坊的酒在深圳已经开拓了市场，单价每公斤100元以上，甚至有往中高端酒的方向发展的趋势，产生了很好的示范作用，成为当地农民致富的一项重要产业。

利用当地的自然条件，借力发力，吕田人借着当地乡村旅游经济发力的东风，不断将传统的乡村产品向产业方向转化。

如果深秋时节到吕田的乡村来看风景，你会看到近公路边的山村边，落光了叶子而果实依然挂在枝头的柿子树，在秋阳的照射下，显出别样的山乡风光。

从这个时候开始，人们还可以看到周边村子里的农家院落或者某处平房的天台上，挂满了各种乡村腊味制品，有一排排的腊肉、腊肠，也有腊鸡、腊鸭，甚至还有腊鱼，规模小一些的是在自家的农家院内，而规模稍大的腊味制作工坊则将数亩农田临时变为冬天的腊味制品场。

吕田的腊味体现了自然腊味特有的品质，它的制作工艺特别简单，就是用盐腌制、晾晒的方式，因为利用了山区自然风的风干方式，加上当地的水质特别好，因而吕田的腊味制品深受游客们的欢迎。

游客可以现场品尝腊味，观摩腊味制作的全过程。

吕田的年轻人还借助互联网平台，将这种原本只是当地村民用于存储或者备用待客的腊味制品卖到全国各地，为当地村民劳动致富开拓了新的途径。

随着莲麻村的知名度和影响不断扩大，周边其他乡村风光也受到游客的青睐。

离莲麻村直线距离约6千米的桂峰山，是从化北部最高的山峰，位于惠州市龙门县与从化的交界处，由于交通和当地基础设施限制，这里的青山绿水以往并不被人们所注意，随着流溪河北部水源地的确认，从广州专门到莲麻的游客也不忘到桂峰山下探寻一下流溪河的源头，感受流溪河上游的美丽风光。

桂峰山下的桂峰村是一个山水环绕的传统村庄，村民以陈等姓氏为主。作为流溪河的源头所在地，这里不仅工业完全受限，而且发展农业项目也受到环境要求的制约，对此，桂峰村人并没有坐等，而是化被动为主动，借着乡村振兴之风，找生机，寻出路。

以生产兰花为主业的广州生辉园艺有限公司的总部就坐落于桂峰村。

这个公司成立于2007年底，占地面积120多亩，是流转当地农民土地而来的农业用地。近年来，该公司积极利用乡村振兴的各项政策和有利条件，已建成自能高档温室4万多平方米，蝴蝶兰组织培养车间6000平方米，年产蝴蝶兰100万株，大中小苗200多万株，组织车间年产蝴蝶兰种苗600多万株。

企业员工有100余人，大部分为当地30岁至50岁的中年妇女。当地这些相对就业困难的村民在家门口就业，不必外出务工，既照顾了家庭，又解决了自己的工作，分享到了乡村振兴带来的成果。

这个将总部设在桂峰村的蝴蝶兰生产企业，还将生意做到全国各地甚至国外。在广东的东莞、甘肃的兰州等地都设有分公司或兰花生产、销售基地。近年来更是积极拓展国际市场，产品远销东南亚等地，同时还开辟了韩国和美国的蝴蝶兰市场。

桂峰村的党支部陈书记自豪地说："我们村有一个国际化兰花生产企业

的总部。"

  对于地处深山的桂峰村，广州生辉园艺公司的发展显然是当地乡村经济的一道亮色。

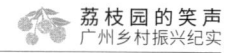

五　飘在鸭洞河畔的国际旗帜

从化良口镇的塘尾村，原本是一个极其普通的山乡小村，然而，在乡村振兴的大潮中，这个普通的乡村却成了一个有国际影响力的网红乡村。三年来，举办了许多有影响的国际会议和活动，成为从化乡村振兴中特色小镇建设的佼佼者。

蓝天白云迎客厅

鸭洞河位于广州市从化区良口镇，发源于天堂山，属流溪河一级支流，流经良口镇良平影村，良平碧水峡汇入该河后再经塘尾、良明村，最后在碧水湾注入流溪河。

关于鸭洞河之得名，当地民间流传，这里旧称"鸭峒"。古代开村先民从北方南下珠江三角洲，被这里的山水风景所吸引，留下来开疆拓土，逐水养鸭，认为这是一处风水宝地，定居下来，并将流经村前的这条河名之曰鸭峒。

鸭洞河拥有周边极佳的山水资源，山清水秀，花香蝶舞，孕育着一代又一代的人，耕读传家成为定居在这一带村民祖先们的传统，他们与外界无争，充分利用当地的自然资源，过着自给自足的生活。

但随着近现代城镇化的推进，这个曾经极少与外界联系的山村也受到了影响，工业经济没有发展起来，没有章法的农业开发又给当地环境带来了极大的破坏。水土流失严重，出现了水质污染、生态失衡等问题。

2018年，塘尾村兴建生态设计小镇，建立了由企业和当地村民共同合作的小镇运营团队。

小镇运营团队以政府鼓励和扶持乡村振兴中的创新为契机，秉承"设计的生态，希望的田野"的发展理念，经过全面考察评估后，决定对鸭洞河流经塘尾村的河段实施微改造，让古人临河而居的田园山水风貌，再现于鸭洞河畔的绿水青山间。

2018年以前，鸭洞河沿岸，许多违法建筑盘踞在河岸沿线，河岸上杂草和各类农作物夹杂而生，人居环境亟待整治，违建一直是困扰当地乡村治理的老大难问题。

经过半年左右的改造，该村清理了河床中的杂草杂物和淤泥，把周边流入河中的污染源进行有效净化，河岸边修建了防土堤，增加了绿化树，种植了有利于保持水土和美化环境的不同花花草草。

经过改造后的塘尾村，水更清了，天更蓝了，山更绿了，山村风光倒映于水中，如仙界，似画境，呈现出一幅全新乡村山水图像，成为生态设计小镇的"蓝天白云迎客厅"。

生态设计小镇团队在改造鸭洞河过程中，特别注重原生态环境的保护，避免大规模开发造成的破坏，将鸭洞河生态廊道作为带状景观进行规划，高效串联周边的生态要素，形成傍山串水的生态体系。

河岸微改造的重点是生态修复，将鸭洞河沿岸的山、水、林、草作为一个生命共同体进行统一保护，重新恢复鸭洞河的生物多样性。

在严格保护原生自然环境的同时，采取复绿破损山林、增植生态公益林等措施，修补山体水土流失地区，并使蓝绿空间占比稳定在70%以上，维持生态平衡。

通过规划，将乔木、灌木、湿地植物、草地等进行不同类型的乔灌木组合种植。

由此构建的碳汇森林体系，能够实现制造氧气、涵养水源、保持水土等目的，对鸭洞河流域消除污染、净化空气、消声降噪、调节气候等方面都有重大的生态价值。

曾经淤积的鸭洞河河道变得更加清澈流畅了，河的两岸曾经被流水侵蚀的沙地被多个绿岸滩涂、观景平台、生态湿地和亲水步道所取代。

在生态设计小镇二期改造工程里，重点对境内水土流失严重的鸭洞河，进行"一河两岸"改造。

通过低碳环保技术和生态设计表现手法，清理侵占河床面积1700平方米，鸭洞河逐步实现了河道功能恢复、空间品质提升。

改造工程将水系自然特征与小镇人文特性相串联，在鸭洞河两岸建设一个融合亲水步道、景观平台、舞台的生态公园，打造"河畅、水清、岸绿、景美"的"会客厅"。

经过改造与修复，曾经淤积的鸭洞河道被多个绿岸滩涂、观景平台、生态湿地和亲水步道所取代，两岸的向日葵、格桑花争相绽放，郁郁葱葱的草坪成为郊游野餐、亲近自然的上佳场所。

2020年五一假期，全国疫情防控刚进入常态化不久，生态设计小镇和鸭洞河景观就接待游客超过10万人次，俨然成为从化旅游的一张新名片。

生态活力推动城乡巨变。优化基础配套、修复自然水土、改善人居环境，生态设计小镇正是一个缩影，反映了从化区在城乡有机融合推动下"脱胎换骨"的扩容提质。从化的特色小镇，正逐步成为都市人畅享生活的生态空间。

农贸市场"逆袭"成长

在鸭洞河畔，蓝天白云绿水间，宽阔的台地上有一个看上去全新的巨大的国际生态设计会展中心。

门前广场上除了会展中心的标志外，在数十杆高高的旗杆上飘扬着许多不同国家和国际组织的旗帜，仅从展馆主体看，人们很容易认为这是在一个国际大都会的城市中心呢，然而，这里却是从化区良口镇的一处乡村——塘尾村。

塘尾村位于从化北部山区，塘尾村委距离从化市区28千米，105国道穿村而过，地缘优势较好，环境优美。

但是，由于长期的城乡二元发展造成的环境污染，乡村环境受到极大破坏，曾使这里的乡村变得杂乱无章，绿化被破坏，河流生态恶化，河岸崩塌，水土流失，植被没有得到保护，鸭洞河一度污浊，违章农舍等在鸭洞河两岸野蛮出现，无序出现的农家乐等场所成为严重的污染源。

生态设计小镇是从化区第二批建设的特色小镇，位于良口镇塘尾村、良明村区域，在流溪河和鸭洞河交汇的一片河谷地。

绿树成荫、路面宽敞平整的共青路人来车往，阳光和煦、流水潺潺，各国的国旗在蓝天下迎风飘扬，四面环山的生态设计小镇展现出一片生机与活力。

2018年前，这里只是一个不起眼的普通小山村，贯穿了一条水质污染、生态失衡的鸭洞河，河畔有一个废旧的巨大的乡村农贸市场，混乱不堪。

2018年，正是广州在全域乡村吹响乡村振兴号角的时候，这个流溪河畔的小山村等来了属于它的高光时刻。

为落实中瑞低碳城市合作项目，面向粤港湾大湾区建设，争创全省乃至全国乡村振兴示范区，2018年，在广州市有关部门的支持下，从化区抓住时机，在良口镇塘尾、良明、良平3条村内规划建设生态设计小镇，在不新增一平方米建设用地的基础上，通过盘活废旧农贸市场等乡村闲置资源，在89天内完成了生态设计小镇会议中心、生态设计大道、湾区设计开放大学等设施的改造更新。

谈起当年这座废旧农贸市场改造的情景，生态设计小镇塘尾村第一书记曾新颖作为亲历者，感触尤深，她很自豪地指着宽敞的生态设计大厅和周边设施说："这些展厅都是由原有的老旧房舍及空间设施改造而成，完全遵循生态原则，不浪费一砖一瓦，一草一木。当时，这里作为一处老旧的乡村农贸市场，环境差到了极致，但我们没有被困难吓倒，改造团队与村干部、村民一起，共商共议，以极高的效率，在最短的时间内，完成了这个主展厅的改造翻新任务。很多材料都取自我们这里的乡村。那个时候，我们吃住在现场，日夜都在工作。1000多人日夜施工，生态设计小镇每日一'变'，设计人员与管理人员在现场监督、协调、统筹，一个农贸市场在两个多月时间里'逆袭'成为容纳千人的世界级高端会场，这是一个奇迹，也开启了工程建设的'从化生态设计小镇速度'。"

曾新颖认为小镇改造的点睛之处，在于对生态理念的坚持，不搞大拆大建、不搞一刀切，运用低碳环保建造技术和采用竹、石、花、草等当地原生态素材，"用设计的力量来改造环境"。

美丽乡村走向世界

2018年12月，在联合国工业发展组织的支持下，生态设计小镇举办了首届世界生态设计大会，来自全球30多个国家和地区的政府代表、设计组织、设计院校、企业以及全国工信系统代表、部分省市代表等1200多人参加了大会活动。大会发布了《世界生态设计产业发展从化倡议》，将这里设为永久会址。随后，数十场国际、国内重要会议在此落地，这片小山村迅速进入到国际视野，从化生态设计小镇"一夜成名"！

生态设计小镇在很短的时间内就形成了世界影响，吸引了国内外更多的会议到这里召开。

这个曾经无人问津的小山村，也由此开始了以设计赋能乡村，推动生态价值创新的生动实践。

除了会展业，生态设计小镇更加重视产业平台的可持续建设与发展，打造以生态设计为核心的综合性创新创业平台，聘请了中国工程院陈纯院士为小镇首席科学家，建立了院士工作站；成立了国际生态设计促进中心、中瑞设计中心、湾区设计开放大学、粤港澳生态工业设计研究院，落户67家生态设计企业，吸引聚集了大批生态设计方面的高端人才。

"2019从都国际论坛"闭幕式上，来自世界各地的260多位重要嘉宾围绕"多边主义和可持续发展"议题，在从化展开了一场思维碰撞。贡献中国智慧的"从都声音"从良口的美丽乡村走向世界。

农民是国际生态设计小镇最大的受益者。

生态设计特色小镇建设的有序推进,带动了当地村民技能的提升,挖掘了各类能工巧匠,为当地培养了一批农村建设人才,村民收入也随之增加。

生态设计小镇充分发挥世界生态设计大会品牌和生态设计产业创新平台优势,辐射带动周边多个村共同发展,按照政府引导、村企合作、社会参与、市场运作模式,通过引进产业、村企合作形式,持续为当地居民就业"造血",带动盘活旧厂房、旧农房、旧市场等,让乡村"沉睡"的资源,搭上了生态小镇建设的快车。

塘尾村委利用自然资源优势发展村集体经济,引入外商发展法国飞龙种兔场、利用清澈的鸭洞河水搞密集养鱼等增加集体经济收入。

充分盘活旧有乡村资源、重塑美丽乡村新空间,用活绿色生态设计理念,围绕生态设计小镇改造为中心的"塘尾模式"特色小镇建设,不但美化了家园,打造了旅游"网红"打卡点,更集聚了一批生态设计产业,带动了富民兴村。

良口镇农民陈艺菁多年来专注于高山珍菌养殖,凭借从化区北部山区的优质水土,她家农场种出来的灵芝质量很好,但受限于交通等现实条件,以往她的灵芝跟当地大部分农户的农产品一样,"大多直接装进塑料袋就拿到市场上卖,靠的是熟客口口相传"。生态设计小镇建成后,陈艺菁成为首批入驻展会中心创业空间的个体农户之一,在会议中心商业街区开了一家土特产店。随着小镇会展活动增多,络绎不绝的访客为她开拓了新的商机,入驻企业的设计师还给她制作了LOGO、海报、包装盒等,赋予土特产现代品牌的卖相,使她家的灵芝产品销售通道迅速扩展,大大提升了经济效益。陈艺菁很自豪地说:"看到我家灵芝等土特产有了这么好的新出路,在外读书的孩子都想回家帮我了。"

村民官美泉一家在生态设计小镇周边经营民宿。她介绍,小镇为很多民房做了外立面改造,也升级了村道和绿化。很多村民在她的带动下,把自家多余的房子改为民宿,或租给入驻企业当宿舍。她说,一栋民居的租金加上打工或做小生意的收入,能为当地村民带来人均数万元的年收入,"虽然比不上大富人家,但在本地可以过得很滋润"。

数十家设计、创意类企业入驻生态设计小镇,带动周边多个行政村集体收入增加数百万元,基本实现规划范围内村民家门口充分就业,按规划,今后将为周边提供数千个就业岗位。

村民杨秋银早年在外面打工,没法照顾家里,小镇的建设让她可以回来,在家门口安心工作。

当了14年电工的良口镇溪头村村民蔡秀兴,在小镇会议中心当弱电工程师,为小镇举行的大小会议、活动提供保障。他高兴地对前来采访的记者说:"小镇让我的一技之长得到发挥。"

良口镇的乡村蝶变,伴随着国际生态设计特色小镇的崛起。

这个坐落于绿水青山之中的小镇,正是广州高质量实施发展乡村振兴的探索样本,成为广州和从化践行"绿水青山就是金山银山"发展理念、全力推动乡村振兴的精彩注脚。

六 一镇一业,带动从化产业振兴

从化作为广州乡村振兴的主战场,以特色小镇为抓手的乡村建设全面展开,"千村示范、万村整治"工程,到2020年已取得了明显成效,一大批享誉广东省,甚至全国,乃至有世界知名度的特色小镇或美丽乡村,在从化这片乡村热土上涌现出来。

打造"一镇一业"带动乡村产业振兴。每个特色小镇根据自身资源禀赋,差异化发展,形成了各具特色的主导产业。

温泉小镇的财富密码

温泉镇位于从化区东北部,东与增城、东莞相邻,西与清远、韶关相望,向北与惠州等相连,可通江西。

从化温泉又名流溪河温泉,是闻名海内外的风景区与疗养胜地,此处已设立省级旅游度假区。

以水质好、水温高、泉景佳著名的从化温泉被人们称为"岭南第一泉",是世界上仅有的两处珍稀的含氡苏打温泉之一,与欧洲的瑞士温泉齐名。从化温泉荣获中国世界纪录协会中国第一含氡苏打温泉、世界气候及养生联合会授予的"世界珍稀温泉"等称号。

至2020年,温泉镇已建设成为经济繁荣稳定、产业结构合理、旅游产业发达、生态环境优良等有机结合的生态型多功能城镇。

从化区利用广州乡村振兴实施过程中特色小镇建设的扶持政策，着力推进广州温泉财富小镇建设，完善小镇的规划和建设，聚集发展基金类和财富管理企业。到2020年聚集了100家以上企业，成为广州区域内乡村金融中心的重要功能区。

在财富小镇的带动下，温泉镇突出旅游业主导地位，以健康养生旅游为主要发展方向，通过完善旅游、会议、运动、健康、疗养、文化、商业等服务设施，积极发展包含休闲度假、生态旅游、特色商业、运动休闲、文化创意、互联网金融在内的多元化服务产业，形成了集多功能于一体的宜游宜居宜业综合型小镇。

西塘小镇的童话色彩

西塘村就像一个童话世界，空气中充满了花草的清香，还有可爱的稻草人。

沿着西塘村的村道漫步，溪水潺潺，竹林环绕，炊烟袅袅。

来这里可以体验农家生活，农场一年四季都有蔬菜采摘活动，田边的小水沟可以摸鱼、摸蝌蚪、摸田螺。

西塘村地处从化西南的鳌头镇，青山常绿，碧水长流，四季如春，花香蝶舞，生态环境好，气候宜人。

然而，受乡村交通等基础设施建设的限制和传统乡村建设在现代大都市进程中的无序开发影响，农业经济发展滞后，乡村风貌受到环境污染。

国家实施乡村振兴战略以来，西塘村牢固树立"绿水青山就是金山银山"的理念，深入实施乡村振兴战略，发掘本乡本土优势，准确定位，建设西塘童话小镇。

西塘童话小镇坚持盘活乡村"沉睡"资源，以田园风光、农耕文化、童话创意为特色，先后引进了农耕田缘、启迪农业、龟博园、羊城之旅、恒健集团等近十家知名企业。一个"农研文旅"相融合的特色小镇正日益呈现。

西塘童话小镇深入挖掘、继承、弘扬、发展传统乡村的稻田文化、编织艺术、传统饮食、稻草文化等优秀乡土文化,将"广州西塘稻草节"打造成了有口皆碑的广州乡村振兴农耕文化展示典范。

村党支部书记陈海涛对前来访问的国际友人自豪地谈到西塘变化的秘诀:守住田园风光、农耕文化,发展休闲文旅、童话创意,特别是西塘乡村民宿,盘活利用旧学校、旧水塔、旧民舍,用环保的方法发展西塘童话主题乡村经济,这些得到来访的荷兰等国乡村建设专家高度认可。

进入2020年,西塘紧紧抓住国家实行乡村振兴战略的关键之年,调动入驻企业、农民等各方面积极性,继续全力打造童话主题突出、产业特色鲜明、人与自然和谐共生的童话原乡,努力为从化加快建设全省乃至全国乡村振兴示范区做出更大贡献。

米埗小镇的风情民宿

良口镇的米埗小镇正成为如火如荼的特色"网红"小镇。

走进米埗村,白墙黛瓦相连成片,村道两旁也种满了花草树木。

这里最有特色的是稻田,周围的山苍茫环绕,眼前一大片青翠稻田随风翻起,坐着小火车穿梭在稻田中,悠然闲适。

清澈的溪流绕村而行,洛溪河与磻溪河穿村而过,雅致的民居鳞次栉比。

放眼望去,一片绿意葱茏,田野与青山交相映照。

夏天稻熟时节,金黄的稻田成片,流溪河碧水环流,米埗小镇的"米社"农家小院处处流露着乡愁,独有的山乡稻香风光吸引了五湖四海的游客。

米埗村获得许多荣誉:广州市卫生村、全国新农村建设模范村等。

米埗村位于流溪河最美的一段河畔,"埗"与"埠"相通,这里原是北部流溪河的一个粮食转运和交易地,当地人称其为"米埗"。

村子坐落于从都国际会议中心附近，村里建筑白墙黛瓦，整洁质朴，环境优美，传统民间房舍特色明显，适宜发展乡村民宿。

米埗人特别注重传统文化和精神的传承，在重视传统乡村风貌保护的同时，也注重精神文明建设。

米埗村紧紧把握实施乡村振兴战略机遇，充分发挥区位优势，依托优美自然环境，大力推进特色小镇建设，盘活乡村"沉睡"资源，因地制宜打造岭南风貌凸显的乡村民宿群，激发乡村产业活力，促进农村一二三产业融合发展，推动乡村旅游提质增效，培育乡村发展新动能。

米埗村有6家不同特色的民宿先后改造完成开业，整体规模达到52间房左右，改造建设了稻田乡村休闲茶吧、乡村青年创业中心、土特产中心、竹工艺创作工作室、碾米坊、竹影休闲广场、绿道休闲长廊，合作建设了生态设计工作室，初步形成了高端民宿产业集群。

2018年以来，米埗小镇每年接待游客20余万人次，主要为珠三角区域游客以及部分港、澳和外国游客。

2020年12月，米埗获评"广东农房风貌提升名村"称号。

凤二村的凤凰涅槃

从化江埔街双凤山下的客家山村凤二村，曾是一个名不见经传的小山村。

广州市着力解决乡村基层组织涣散专项工作以来，在治理、整顿中，凤二村坚持以问题为导向，积极打好调研谋划、强基固本、基层治理、基础建设"组合拳"，认真下好乡村振兴"先手棋"，全力推进软弱涣散整顿。

经过整顿，凤二村于2019年12月通过软弱涣散党组织"摘帽"验收，整个村党组织凝聚力和战斗力明显提高，乡村村民整体面貌焕然一新，村集体经济与农民收入稳步提升，村民的获得感和幸福感明显增强。

对标产业振兴硬任务，推动实现村级产业由结构单一的旧产业向农旅结合的新产业转变。

凤二村党总支主动加强与结对企业广州国有资产管理集团有限公司的联动，得到该公司大力支持，实施村道硬底化建设、改造饮用水设施、修缮村贫困户残损住宅等，有效提高了村民的生活质量。

该村党总支同步成立了凤二旅游经济发展有限公司，共引入7个经济发展项目，较好地推动创新创业孵化基地、"定制式"种养业和特色产业逐步成形。

"凤凰鸡"在从化乃至广州地区小有名气，其肉质厚实，鸡味浓郁，齿颊留香，深受食客欢迎。而这只凤凰鸡，就来自凤二村，该村借引入项目之东风，全面推进凤凰鸡标准化生态养殖。

针对凤凰鸡养殖成本较高、销售渠道较窄等问题，广州酒家集团股份有限公司积极指导凤二村进行"从化凤凰鸡"标准化、产业化建设和宣传推广工作，着力将"从化凤凰鸡"打造成高端品牌的特色名菜；广州国有资产管理集团有限公司投入专项资金支持农户标准化养殖凤凰鸡，从资金和技术层面有效解决低保户"两不愁三保障"问题；凤二村所属的江埔街也划拨了专项资金支持凤二经济发展有限公司对凤凰鸡进行规模标准化养殖。

乌石村的产业突破

乡村振兴，产业兴旺是关键。

从化区认真研究国家、广东省、广州市的乡村振兴政策，谋划现代农业产业发展，以农业供给侧结构性改革为主线，围绕农业"生态化、特色化、产业化"的工作思路，发展壮大乡村产业，坚决守好广东省建设粤港澳大湾区的"菜篮子""米袋子"的乡村产业发展生命线，规划、发展适应粤港澳大湾区现代城市群兴起的城乡融合产业。

位于广州市从化区鳌头镇乌石村的一个公猪站作为广东省打造畜牧科技产业园的第一期重点项目，引进最优质的种公猪、最先进的公猪站建设和生产设施设备、最尖端的基因组学检测和种猪选配技术，建成世界单一体量最大的种公猪站。

这个公猪站建于2019年，占地面积180亩，是一家以生产高品质种猪精液为主的世界先进水平的公猪站。2020年8月份前完成建设，存栏种公猪达到1024头，年产杜洛克、长白、大白纯种猪常温精液10万剂量，商品代混合常温精液180万剂量。每年改良商品代母猪50多万头，覆盖1000多万头种猪、商品猪生产体系。按每头商品猪增收100元计，可带来经济效益超10亿元。

该公猪站采用世界先进的空气过滤系统、水过滤系统、猪舍排气净化处理系统、自动采精系统、精液气动传输系统、精液品质自动检测系统、精液自动稀释灌装分装等系统，全程实行智能化管理，能有效降低猪精被污染的风险，从而保障猪精的高品质。

公猪站的猪舍采用全自动智能环控系统、全自动智能空调系统、智能除臭系统、智能饮用纯水设备、全自动洗消系统、智能生物安全防控系统等，并与人工授精领域世界知名企业达成战略合作。

公猪站以建设世界一流核心基因库（公猪站）、技术研发、产品展销、人才培训、大数据平台为一体的现代畜牧科技产业园为宗旨，引进国内外最先进生产体系，打造具有国际先进水平和国内标杆的世界级育种平台，和行业共同打造生猪种业的最强芯。

以公猪站为重点项目的畜牧科技产业园的打造，整合了广东省内生猪种质资源和产业化发展优势，引领国内生猪产业向现代化、产业化、科技化方向发展，并辐射带动周边乡村花卉、水果等种植业发展，"生态、循环、绿色"种养业和循环经济，有利于不断提高从化现代农业发展水平，助力乡村振兴。

作为粤港澳大湾区北部生态屏障和广州实施乡村振兴战略的重点区域、主战场，从化正在稳步推动乡村全面振兴。

2020年12月，在中共广州市委乡村振兴办指导下，《广州日报》与《信息时报》主办的"广州最美村庄"评选中，从化有凤二村、锦二村、溪头村、宣星村、安山村、草埔村、锦村7个村入选。

为扎实推进全国乡村治理体系建设试点工作，从化加快建设"令行禁止、有呼必应"综合指挥调度平台、海塱"乡云"智慧治理云平台等新型乡村治理平台。同时，深入推进新时代文明实践中心建设全国试点工作，用好用活老温泉新活力实践馆、乡村振兴实践馆等一批特色实践平台，持续引导村民崇德向善、移风易俗。

从化区坚持以生态设计赋能农业农村发展，筹建广东省"一村一品"农业创新设计研究院，加快发展美丽经济。人居环境提升带来了生态设计产业为引领的"荔枝定制"、特色民宿、乡村旅游、会议会展、乡村培训的乡村产业发展，美丽环境正在助力形成美丽经济。

依托生态设计小镇大力推动"生态产业化"和"产业生态化"。通过充分发挥生态设计"转化器""推进器"作用，以生态价值创新为手段，从化区正在加快构建以生态设计产业为引领，以特色民宿、文化创意、智慧农场、定制农业为支撑的乡村产业体系。

念活"乡村经"，打好"山水牌""草木牌"，打造广州北部山区美丽乡村、粤港澳大湾区后花园，推动人才、土地、资金、产业汇聚形成良性循环，一幅"云山珠水、吉祥花城"的现代化乡村新画卷正在从化铺设，在广州全域乡村展开。

| 第三章 |

白云飘过的天空

《诗经·白华》："英英白云，露彼菅茅。"《庄子·天地》："乘彼白云，至于帝乡。"

白云山是广州的城市之魂，云山之南是城市，云山之北是乡村，这是改革开放以前的广州城市整体格局。

白云区与广州城市发展最为紧密，这里的大片地区，曾是广州历史上的南海和番禺旧县所属之地。

白云区深入学习贯彻"三农"工作的重要论述精神，按照省、市工作部署要求，紧盯"三年取得重大进展"硬任务，推动乡村振兴工作取得明显成效。

至2020年，区内行政村达到广东省定"干净整洁村"标准，农村人居环境整治成效得到充分肯定，其中太和镇大源村被评为"全国乡村治理示范村"。

一　蝶变大源村

大源村位于沙太公路与南湖交界处，白云区太和镇东南部。2019年12月，大源村被认定为全国乡村治理示范村。

绿葱葱的青山深处，白云浮在半山腰，潺潺流水顺着沙坑涌蜿蜒向前，一条干净整洁的绿道沿涌而建，时而是开阔的绿茵草坪，时而有庭园式的公园串缀其间。

沙坑涌两岸青山叠翠，一片秀丽风光，村中大小街巷整洁有序，小巧玲珑的口袋公园散布全村各处，穿村而行，举目四望，皆是安居乐业的美丽图景。

这样一个和谐美丽的城郊村落，很难想象，2018年以前，却是另一番景象：河涌黑臭，路窄坑洼，人声、拖车声喧嚣吵闹，违建遍布沙坑涌两岸和村中的各个角落，环境黑点多，社会治安差……

这是一个典型的问题城中村。

是什么推动了大源村的改变？

是什么契机让这个问题村成了全国乡村治理示范村？

如何能使大源村由乱到治、破茧化蝶，攻克这块在广州乡村振兴实施进程中的硬骨头，对于广州市、白云区创新基层治理、走出一条符合超大城市特点和规律的党建引领基层治理新路，当然具有重要的标志性意义。

"巨无霸"的城中村

大源村是全国著名的十大"淘宝村"之一，电商云集，物流发达，全国各地的创业者涌来"淘金"。至2020年初，大源村的流动人口达十数万之多，与常住人口比为22∶1，整个村子基本是流动人口的天堂。

2018年之前，大源村的"乱"是出了名的。

作为广州最大的城中村，大源村外来人口多，环境脏乱差，违建多，治安复杂、警情高发，实施乡村振兴战略之前的2017年，大源村案件类警情超过2000件，是治安问题的高发村。

了解大源村情况的人都知道，这是一条亟须重点整治的村庄。

重拳出击抓整改

2018年9月，广州市主要领导到大源村调研，指出大源村存在的突出问题。

在广州市委、白云区委的领导下，大源村以问题为导向，抓关键点，从最基本的问题抓起，不断织密、建强党的基层组织体系，确保党的全面领导能直达基层第一线。

率先将党支部建在经济社上，实现"一经济社一支部"全覆盖；搭建村级党建联席会，形成一贯到底、强劲有力的"领导主轴"。建立村级"大党委"，使党的组织有效融入基层治理。

大源村基层党组织的健全，为乡村振兴的基层治理奠定了坚实的基础。

大量涌入的流动人口，带来了房租地租的丰厚利润，因此带来的违建肆意扩张，受容量控制的水、电便成了村中不法分子垄断的重要资源。

大源村里的电一度被村里的"电老虎"把持着。

他们有的以宗族血缘关系结成利益共同体，有的以利益为诱饵组成村中的团团伙伙。

这个"电老虎"团伙垄断了大源村所有公、私配电的开建项目。任何用电设施的建设，必须经由这个团伙之手。

除此之外，这些人对村里的用电管理也进行垄断，村里的电流极不稳定，经常断电、跳闸，企业的生产、村民的生活都受到很大影响。

村里还有一个"水霸"垄断了大源村自来水资源，不仅高价承揽企业、私人用水或经营用水设施的施工工程，而且垄断自来水水源，经常自行调涨居民生活用水费用，甚至以商业用水价格来收取租房户的正常生活水费，高价卖水，村民、入驻企业和租客皆深受其害，无处投诉，怨声载道。

在广州市和白云区党组织的支持下，白云区纪委监委联合市、区两级公安机关雷霆行动、重拳出击，查清了垄断大源村用电的违法犯罪团伙，同步在大源村召开违纪违法线索举报动员会，开展群众性举证，形成广泛检举揭发和打击违纪违法问题的强大氛围，有数百名被迫向团伙行贿的人员前来自首和投诉举报，这个带有一定乡村宗法家族势力影响的"电老虎"犯罪团伙很快被侦破，受到法律的严惩。

垄断大源村自来水资源的犯罪团伙，同样也在这次声势浩大的整治行动中，被一举歼灭。

广州市的党政领导深知抓关键问题的重要性，由广州市的主要领导亲自挂点督导，区、镇、村多级联动，形成最强有力的整治机制，以雷霆万钧之势，将困扰大源村最关键的问题解决了，大源村的乡村振兴实施行动很快步入快车道，并走在广州市乡村振兴的前列，成为全国乡村治理示范村。

打出乡村治理的组合拳

整治村民身边的微腐败，树立风清气正的基层治理新范式。

群众的力量是无穷的，俗语云：水能载舟，亦能覆舟。

党的工作最坚实的力量支撑在基层，必须把抓基层打基础作为长远之计和固本之举，努力使每个基层党组织都健康成长起来。

成事在人，大源村把基层干部队伍建设摆在重要位置，落实农村干部选任制度改革，推行村党组织书记"三个一肩挑"、经济社社长任命制，建立正、负面清单，严查不担当、不作为问题，开展星级党员评选，党员亮身份、亮承诺……

在大源村，基层党组织总揽全局、统一部署、协调各方，实现了对辖区各类组织的全面领导，切实发挥党领导的核心作用。

整体提升党建质量和水平，把党的组织和职能嵌入到城市基层社会每一个细胞，基层治理就有了核心力量、根本支撑。

大源村的党组织类型多样，不仅有各个自然村的党支部，还有驻村企业或相关机构的党组织，还有一些由党员组建的临时的流动党支部。

如何将这些分属于不同体系的党员和党组织团结起来，形成合力，共同为大源村的基层治理做出贡献，成为新组建的大源村党组织和驻村第一书记思考的重大议题。

为此，他们广泛调研，征求意见，结合大源村党员和党组织的分布现状，专门制定了大源村《党委议事规则》《村社微权力清单》等制度，优化落实"四议两公开一报告"制度。加强了党组织对村级事务的领导，提升了村民群众对村社重大事项的知晓度，调动了村民参与村级事务管理的积极性，保障了村民的合法权利。

广州大道北黄庄南路段有一个面积约4200平方米的新能源车充电站，旁边还有一栋两层高的小型美食广场，是大源村一个新的乡村设施。不仅为游客和大源村的居民提供了一个品味乡村美、感受乡村美食文化的公共场所，而且为大源村第十八经济社村集体每年增加200多万元的集体经济收入。

农村集体"三资"（资金、资产和资源）是村集体发展的基础，关系到每个村民的切身利益。加强农村集体"三资"管理，对促进农村集体经济发展，推动农村党风廉政建设，强化农村基层组织建设具有重要作用。

白云区以大源村为突破点，创新财务监管模式，将农村财务管理由"单机版"变"网络版",并于2019年1月在大源村率先实行农村财务实时记账,集体资金和财务管理由此告别"潜水"状态,打造"全程监控"。在这个基础上,白云区以大源村经验为样板,在全区逐步推进财务实时记账。

实施实时记账后,财务人员可在线实时开具财务票据,监管人员可对村社财务收支和合同收款情况实施监督,以往因记账不规范引起的贪腐现象得到纠正。

2019年,白云区以大源村为试点,推动村务公开。微信公众号内容由村延伸到经济社,实现"三资"内容直接链接"三资"财务系统数据后台,实时上传公开,村务大小事情"一键链接"。

同时,将微信举报平台与公开平台捆绑,设置公众权力监督、监察站举报箱等微信举报平台子栏目,让群众在查看"三资"情况的同时,可以同步通过微信平台随时随地举报发现的问题,畅通监督渠道。

以人居环境整治为抓手,从拆违建上突破,建设美丽乡村,增强村民幸福感。

穿村而过的沙坑涌,两边曾是违建的重灾区,既有农家乐,也有各类厂房,涌里垃圾漂浮,沿途的洗水布厂、小作坊一开工,涌水就变得五颜六色,行人经过都捂着鼻子。因为环境差、交通不便,根本没人愿意来租房子,是村民口中的"黑龙江"。拆违建的战斗首先围绕着沙坑涌环境的整治展开。

整治沙坑涌,成为群众所盼。但整治,意味着要拆除违法建筑,要清理"散乱污"企业。要动某些人的现实利益,最开始阻力非常大。

但是,不得罪这些违建业主,村民就会有意见,乡村振兴的很多措施无法在大源村推进。白云区专门抽调公安、城管、来穗局等部门工作力量,针对大源村"人、屋、单位、设施、门禁视频、消防、违建、违法"等情况进行摸排,精准采集社会管理各类基础信息,为整治提供数据支撑。

在市、区、镇、村党组织的领导下,大源村委、各经济社、遍布全村的网格员等各方形成合力,组织排查,深入细致做群众工作。很快,一两百家"散乱污"小作坊被强力清理,周边拆迁面积达3万多平方米。

大源村趁势而上，加大投入，全力治水、治"散乱污"、治垃圾围城、治市容环境，清理"散乱污"场所300余家，全面完成截污纳管工程。

沙坑涌重新成为一道亮丽风景。

2018年以来，大源村环卫预算资金逐年增加，专门成立了整治"六乱"组，开展杂物清理行动，大力推进"厕所革命"。

全面铺开垃圾分类工作，改进环卫作业模式和垃圾收运体系，制定环卫收费办法。

同时，针对村内道路、消防、通信等基础设施和群众活动空间缺乏问题，筹集资金，在市、区、镇三级党委、政府的支持下，完成了内环消防通道和沙坑涌碧道景观建设、大源中路提升工程，推进自来水改水工程。

借智慧白云建设之风，开展大源东路、天宏小学区域通信基础设施整治试点，加快推进全村国土规划、"四标四实"、集体经济组织合同数据上图发布，形成大源"一张图"。

一个干净、整洁、青山环抱、绿水清流的美丽大源村终于呈现在广州城市的近郊，成为广州乡村振兴的一处最亮丽的风景。

大源村的破茧化蝶，仍在继续。2020年12月，大源村又获评"广东省特色产业名村"称号。

大源村以党建引领社会治理的持续探索，正为全国城乡社区治理贡献广州经验，提供广州样本。

二　蛙鸣秀水村

稻花香里说丰年

在烈日当空的夏天，一片金黄的稻田，一群人挥镰割稻，这场景，如果是在山区的乡村，那是再平常不过了，然而，在广州城郊的城中村里，这种久违了的乡村风貌重现，就显得格外地与众不同。

广州市白云区人和镇秀水村的村名很有诗意，秀水绕村反映了这里曾经美丽宜人的乡村风光。

2018年广州实施乡村振兴以来，这里再现了"稻花香里说丰年，听取蛙声一片"的田园风光。

2020年7月中旬，广州暑期最高温的时候，"水稻开镰庆丰年"稻穗收割仪式在秀水村成片的稻田里举行。

来自人和镇机关、周边各村社等机构的200多人组成的10支队伍，参加了"党建引领乡村振兴"知识竞赛、小组割稻谷竞赛、脱谷粒竞赛以及扎稻草人创意赛四项比赛。

一声响锣，比赛开始。

10支队伍在稻田里一字排开，挥起镰刀，埋头收割。

一些公务人员很笨拙地拿着镰刀，却不知道从何处下手，时而抓着稻穗，时而弯下腰去抓着稻草，弯弯的镰刀如果用力不当，会顺着稻草的秆滑动，伤到持镰者的手，有的人虽然戴了手套，但依然不敢过于用力，这样一来，身体也会随之东倒西歪，引得围观的村民们哈哈大笑。

这样的场景看起来似乎好笑，作为乡村工作的党建活动，却能融洽干群关系，加强镇、村干部与村民联系的情感，让大家在亲身体验中更加热爱乡村，更好推动乡村振兴事业向前发展。

这片离广州城市中心最近的城中村稻香丰收景象，吸引了不少来自广州城区和珠三角其他城市的游客前来观看，有不少游人还兴致勃勃地拿起镰刀，戴上草帽，卷起衣袖，加入到这个热闹的开镰仪式中，体验田间劳动的艰辛，感受收割稻谷的乐趣。

一水护田将绿绕

自《诗经》以来，在中国传统文化中，水就是文人墨客歌咏的意象。

《诗经》里的第一首诗《关雎》第一句"关关雎鸠，在河之洲"就提到两个与水相关的物象，一是"鸠"，一种水鸟；一是"洲"，水边的沙洲。

在中国历代的田园诗里，水与花、草、树、田野、山林、朝阳、落日、白云、星月，都是乡村风景的重要元素，即使在文人画中，水也是不可或缺的景致。

历代乡村诗画里，宋朝王安石的《书湖阴先生壁》一诗中对乡村水景的描写，最为人们所乐道：

茅檐长扫静无苔，花木成畦手自栽。
一水护田将绿绕，两山排闼送青来。

秀水村以水为名，青山绿水曾是这个乡村最值得骄傲的资本，然而，随着城市的不断扩张，外来流动人口涌入，乡村违建无序滋蔓，环境不断恶化，首当其冲的就是水环境的污染。

水之于乡村，如人体之血脉，曾经碧水畅流的秀水村，变得污浊起来，并弥漫于村子里的每一角落，蚊蝇滋生，臭气熏天。

从20世纪中后期开始，由于城乡接合部的社会经济出现无序发展状态，管网设施不完善，生活污水直排进河涌，河水变得又黑又臭。

加之部分村民外出谋生，田地就分散租给外来人员种菜、种草菇。为了追求短期效益，租种者过度施肥、打药，这种掠夺式种植方式严重破坏了土壤的土质。

穿村而过的泥坑涌是广州母亲河——流溪河的重要支流，由于包括秀水村在内的沿涌乡村环境污染，河涌里的水变黑变臭，反过来又影响了秀水村的环境，村里的水土皆被破坏。

泥坑涌地跨太和、人和、钟落潭三个镇，沿线涉及村落较多，由于该流域截污基础差，设施不完善，截污工程总体长期未能满足要求，生活污水直排进河涌的现象一直存在。

虽然有一些合法涉水企业已接入了管网，但次支管网未能完全接入主管网中，经处理后的工业污水还是会和生活污水混在一起，然后排到河涌中，加上该支流并未进行过清淤等相关工作，因此水体发黑情况较为明显。

水生态对秀水村的整体环境影响极大。

2018年推行乡村振兴以来，在乡村环境整治过程中，白云区全面落实"三级河长"制，深入开展"洗楼"行动，关停"散乱污"企业，铁腕拆除河涌两侧蓝线范围内的违章违法建筑，加快水务工程建设。

泥坑涌作为白云区重点整治的17条河涌之一，白云区发动沿涌周边村镇，多措并举，综合治理，通过铁腕清理"散乱污"，全面排查整治排水户和排水口，实施主涌以及东城支流截污工程等手段，最终实现了水质改良的目标。

区、镇、村三级联动，清理了泥坑涌流域内养殖场、废品堆放点、无名加工场等"散乱污"场所百余家，全面排查清理整治流域内废、污水排水户百余户，完成了流域内百余户疑似违法排水户的核查整治工作。

同时，白云区还对泥坑涌流域周边的鱼塘养殖户开展全面核查工作。太和镇、人和镇积极制定整治措施，对饲养塘鲺的鱼塘采取"干塘"处理，积极开展宣传教育活动，引导养殖户转型绿色、健康的生态水产养殖模式。

白云区坚持源头治理，加大治污统筹推进力度，狠抓治污管理任务落实，聚焦流溪河、鸦岗断面、河涌周边"散乱污"企业和违法建设等重点领域，全面加强各类污染源防治、治水工程措施建设等工作，全力打好污染防治攻坚战。

秀水村显然是泥坑涌整治最大的受益乡村，泥坑涌的整治、清洁行动为秀水村的田园风光再现提供了源头活水。

柳暗花明又一村

泥坑涌的治污成功，大大激发了秀水村干部群众实施乡村振兴行动的积极性，从2018年开始，秀水村通过拆除河道违建，截污纳管工程，整治"散乱污"场所等措施努力提升河涌水质，并建起了水稻公园，将曾经散租出去的农田统一收归集体管理，及时清理了田间的窝棚，实现水稻连片种植，进行了高标准农田改造，在农业专家的指导下开始修复性有机种植。

稻香蛙鸣的乡村风光在秀水村重现。

广州的气候四季温暖，水稻类的农作物一般可以两熟，早稻春种夏收，晚稻则是夏插秋割。稻熟时节，秀水村白天金黄的稻田收割场景成了广州城郊最美的乡村风光。

乡村振兴是一项需要持续发力的事业，秀水村没有停留在现有的成绩之上，正着力围绕白米风水塘和连片水稻田，以村内道路、公共场所、农户庭前屋后和农田周边为重心，大力推进乡村绿化、美化建设。

秀水村因为位于近郊，大部分村民都有房子出租，生活不错，田园生活更是村民心中浓浓乡情的诗意表达，乡村振兴带来的新气象，让村民们在奔小康的路上行进得更加坚定、有力，对未来充满着美好的遐想。

三 建设新良田

良田村属广州市白云区钟落潭镇,位于广从公路东侧,交通发达,地处钟落潭镇的西部偏南,以农业人口为主。

农业主要以水稻、蔬菜和饲养鸡、鸽、猪为主。

良田村是钟落潭镇人口最多的行政村,也是广州城郊最大的乡村之一,是广州市户籍人口数第一的行政村。长久以来,良田村基层组织建设都是一个大难题。

基层突破,焕发生机

以基层党组织建设为突破口,推动乡村振兴步入快车道。

良田村决定从抓好党的建设开始突围,围绕整顿任务和目标,扎实开展"不忘初心、牢记使命"主题教育,做细做实各项工作,大力开展党群活动阵地建设,以党的建设统领民生实事、基层治理、经济社会发展等,以提升群众的幸福感、获得感、安全感。

整顿过程中,良田村制定了《钟落潭镇良田村"两委"班子联席会议制度》等20余项党务、村务、财务工作制度并形成制度汇编,从"个人说了算"到"制度管人管事"。

同时,深化党员教育管理的基本制度,设置党员先锋岗,绘制党员责任区分布图,常态化开展党员突击队活动,并加强对党员的教育管理,根据村干部的年龄、性别、学历等结构变化，在村民中积极发展新党员，加紧培养基层干部的后备梯队。

2018年底到2019年初，白云区委村级党组织巡察第一组到钟落潭镇良田村及周边村进行了乡村基层组织建设的巡察工作。

在巡察情况反馈会上，白云区委村级党组织巡察第一组指出良田村等乡村在基层党建、上级重大决策部署落实、村级党风廉政建设和反腐败工作以及基层治理和换届风气4个方面存在的问题，要求村党总支高度重视，制订整改方案，落实整改任务，并将反馈意见在党组织内部通报。

良田村的党组织按照钟落潭镇党委领导在反馈会上提出的要求，对照巡察清单，对区委村级党组织巡察组反馈的问题进行了全面梳理，对每个问题都逐一明确了整改内容和整改时限，制订了具体整改方案。

同时深刻剖析存在问题的原因，从制度上加强防范，建立长效机制，扎实做好乡村治理的基层组织建设，为良田村的乡村振兴工作有序推进提供了组织保障，创造了条件。

一场大整顿后，良田村党组织可谓脱胎换骨。

整顿之前，村里的会议制度没有得到落实，现在不仅定期召开会议，村班子成员还会专门针对村里的事务召集起来，共同研究商讨。"两委"班子团结起来了，党组织堡垒作用发挥出来了，村里的事务推动起来也容易多了。

良田村以党建为引领，从民生实事入手，将曾经"清不了、拆不动、整治不完、协调不了"的难题一桩桩破解，一项项民生实事被村民看在眼里、记在心中。

良田村党组织焕发了新的生机，良田村的乡村振兴事业也步入快车道。

从抓好党的建设突围，以党的建设统领民生实事、基层治理、经济社会发展等，让村的环境发生了翻天覆地的改变，也让村民感受到实实在在的变化。

拆除旧貌，展现新颜

良田村的党组织在民生实事落实过程中，首先把乡村环境改造摆在了最突出的位置。

开展环境专项整治工作以来，良田村共拆除违法建设十数万余平方米，大大提升了村容村貌。

良田村党总支深入挖掘辖内众多资源，充分发挥基层党建在基层治理中的引领作用，深入村内与辖内高校、企业和社会组织等形成共建共治共享氛围，牢牢抓住群众最关心、最直接、最现实的问题，从基础设施建设、贫困家庭帮扶、紧密联系群众等民生实事入手，将共建共治共享理念融入每一个角落，为新时代良田村发展汇聚起了强大力量。

沿着绕村而过的河涌的是一条碧道，各个经济社、自然村和农家院落，串成一幅幅绿意盎然的乡村图画。

原来到处破损不平的村道，已被一条条沥青路取代，四通八达。

一处处口袋公园、市民广场，分布在村头、村尾或村子的中央，这些地方曾经被杂乱的违建占据，或者是荒芜的烂地，经过拆旧整新，成了村民休闲、活动的公共场所。

2020年6月，历经数月施工的良田村良福公园揭开面纱，向村民开放。

这一天，良田村组织开展"一经济社一民生工程"推进工作现场会，良福公园是疫情防控常态化后该村首个投入使用的民生项目。

良田村第17经济社社长叶福宏告诉前来采访的记者，这里本来是他家的一处果园，因无人种植，久而久之，杂草蚊虫滋生，渐渐成了卫生死角，给环境整治带来了负担。村里下拨资金进行改造，他和家人积极配合，支持将其改造成公园，让乡亲们一起受益。

昔日烂地的地面被大理石、草坪覆盖，荔枝树、龙眼树、紫荆樟树，错落有致地移栽在四周，枝繁叶茂，空旷处还增加了各种健身设备，为村民增添了休闲锻炼的好去处。

良福公园面积不大，各类设施却皆齐备，漫行其间，处处都有新意。

乡村环境改善了，乡亲们对公共活动空间的要求也提高了，为了更好地提供村民们参与公共活动的条件，良田村加大了对公共活动场所和村内体育运动设施的建设。

党群文化广场、党群同心广场、6个灯光篮球场等相继建成并投入使用。良田大街迎客广场等公园、良田坑碧道等，正成为全村群众休闲运动的重要场地。

乡村祠堂是纪念同姓家族历代祖先的神圣之所，同时也是同姓乡亲议事、互助、联络亲情的场所。

随着城郊乡村社会经济的变化，宗族祠堂周边的环境也发生了改变，在实施乡村振兴进程中，这些历史遗留下来的宗族祠堂，作为公共设施，如何发挥新的效能，也成为良田村党政干部思考的一个重要问题。

如果发挥得好，可以凝聚人心，团结村民，如果处理不当，也有可能引发新的冲突和矛盾。为此，良田村的村社党组织广泛听取民意，结合乡土乡情，让这些旧祠堂再现新风貌，成为美丽乡村承载乡情的重要载体。

良田村有一处刘氏宗祠，由于年代久远，破败严重，不仅成了村里的危房，也对美化整个乡村风貌产生了不和谐的影响。

作为刘氏宗亲的公共财产，村和经济社都不能将之作为集体资产进行处理。

村、社两级党政干部深入到刘氏宗亲之中，听取乡亲们自己的意见，集思广益，对刘氏宗祠的修复、重建提出了各方都满意的方案。

损毁严重的刘氏宗祠重修倡议得到了刘氏宗亲和社会爱心人士的大力支持，共捐资数百万元，重新修建了这座有着数百年历史的宗祠。

经过翻新重建的祠堂，青砖黛瓦，雕梁画栋，祠堂内刘氏的家训、格言和戒律等，都挂于显眼位置。

各个廊柱上的对联，也赋予了时代新内涵，告诫后世子孙要不断发扬家风美德，为家族争光。

为弘扬和培育文明乡风，在新祠堂旁侧道路上，还设计有22幅"双百"

人物英雄故事，弘扬新风正气。

重修后的刘氏宗祠不仅保留了传统的刘氏宗亲祭祖、议事、举行婚丧礼仪的功能，同时又被赋予了新的内容。不仅仅是维系刘氏族人的纽带，更是全体村民和租客、游人日常休闲的公共场所，成为村内公共文化设施的一部分。

迎来重光的刘氏宗祠同时向全社会开放，被打造为全村的文体活动中心和老年人活动中心。

良田村的村容村貌，每月每天都有新变化。

良田村以拆促建，以前废弃破旧的农贸市场被拆除，修建了党群同心广场。每到夜幕降临时，这里就成了村里最热闹的"夜生活"场所。

新近投入使用的迎客广场曾经也是荒芜之地。如今，鹅黄色的大石头上，"良田"二字红艳照人，迎客广场成了良田村的"门面"。

沿着主干道良田大道深入村内，一处200平方米的崭新篮球场十分显眼。

原来杂草丛生的良田革命烈士纪念碑广场也被清理干净，成为河涌两岸风景的重要部分。

良田村，正以全新的风采，展现了一幅别致的新的乡村生活画卷。

四 沙田柠檬香

产业兴旺是乡村振兴的核心内容，排在乡村振兴重点任务的第一项。没有产业的发展，乡村振兴就难以持久发力、良性发展。

为此，广州市加大了对乡村产业"一村一品"的扶持，在市、区、镇、村等多个层级的积极推动下，广州的各个涉农区出现了许多特色鲜明的"一村一品"产业示范村。广州市白云区钟落潭镇的沙田村就以柠檬种植产业而远近闻名，成为"一村一品"产业兴旺的典型。

沙田村是广州城北近郊的一个山村，位于良沙路路边，地处帽峰山山地，近帽峰山森林公园，是一个以山地、丘陵为主的城郊村落。

沙田村地处丘陵山岗地带，沙田村委会在发展乡村经济过程中，曾经做过多种尝试，利用本地的特点发展村级集体经济，引入了海航高尔夫球场，增加村集体经济收入。

经过多年生产发展探索，水田种植水稻、花生、柠檬，增加了观光旅游项目，其中，柠檬产业被确定为沙田乡村产业振兴的"一村一品"，受到广泛关注，为乡村产业兴旺带来了活力。

位于帽峰山脚下的沙田村，是广州市连片柠檬种植面积最大的生产基地。

经过多年的柠檬种植发展，柠檬种植面积达1000余亩，柠檬种植户覆盖全村农业人口90%，并且带动周边地区共500多户农户从事柠檬种植生产，全国约有四分之一的香水柠檬通过沙田村集散销售，是广州市颇具特色的"一村一品"专业村。

沙田村原本不是柠檬产地,经过多代人的引种后,柠檬由村民村前屋后的自备水果,成为本村的一种重要经济作物。

到2020年,沙田村有七成村民从事沙田柠檬生产,受到本村农田的限制,部分村民还在清远、三水等地寻找气候、水土适宜的土地,租了大约2000亩地种植柠檬。

沙田村不仅是广东香橼柠檬的最大种植基地,而且成为珠江三角洲最大的柠檬产品集散地。

开发柠檬延伸产品

柠檬果保鲜期长,沙田的柠檬产品最初以生鲜柠檬为主,随着产业的扩大,沙田人积极开发柠檬延伸产品,拓展"柠檬之乡"的柠檬文化乡村旅游。

沙田人深深认识到,要想把柠檬产业做强做大,除了开拓柠檬生鲜产品的外销渠道之外,还应将柠檬的消费引向都市民众的日常生活里,为此,他们结合当地乡村的旅游需求,开发了许多以柠檬为主题的乡村美食产品。

2020年7月,白云区举行的"粤菜师傅"工程系列活动首场菜品推广会上,12款用钟落潭镇沙田柠檬研发的饮品、凉菜、热菜、点心等在沙田村的推广现场亮相,粤菜师傅现场烹饪各色柠檬菜式。

柠檬味的甜甜圈、柠檬味凉拌土豆丝、柠檬味酸菜鱼……

这些新的菜式除了使用柠檬汁、柠檬果肉、柠檬皮外,有的甚至连柠檬叶都成功入菜。

沙田村结合柠檬特色菜品设计与制作,广泛宣传,突出"粤菜师傅+美食+旅游",大力培育食用农产品经营主体,大力推广沙田柠檬农业品牌。

白云区"粤菜师傅"工程为沙田村村民提供了专项"粤菜师傅"技能培训,开展菜品研发、技术革新、成果转化、传艺带徒等工作的指导,以"粤菜师傅"技能提升培训带动一批乡村美食与乡村旅游精品线路,整体提升沙田村及周边乡村旅游的餐饮服务水平。

沙田村正在结合柠檬种植、生产、销售及相关产品的开发加工，积极推进与柠檬科普、柠檬文化有关的研学、乡村游等项目，打造一个以"柠檬之乡"为主题的集餐饮、休闲、娱乐于一体的休闲胜地！

专业合作带来有力保障

沙田村的柠檬种植，最初是以家庭为单位进行的，受自然条件影响大，每年的天气变化、雨水、气温等都会对柠檬生产产生极大冲击，丰产年产品堆积滞销，减产年有市场无产品，基本上靠天吃饭。加上各自为政，生产流程不一样，水肥、土壤甚至田地的朝向等都会影响到柠檬生产的品质。

作为一种乡村自由种植的保健水果，柠檬由各家各户种植，到成为村里的主要经济农作物，成为沙田乡村振兴的"一村一品"的产业品牌，这要得益于白云区沙田柠檬农产品专业合作社的成立。

为了改变沙田柠檬产业的无序状态，指导农民科学种植和开发相关产品，用好国家扶农助农政策，抵抗自然灾害，在镇、村的支持下，沙田的柠檬种植户们联合起来，于2007年11月成立了广州市白云区沙田柠檬农产品专业合作社。

沙田柠檬合作社是广州市首批成立的农民专业合作社，经过多年发展，约有三分之一的香水柠檬通过该社销售至全国。

合作社通过收购社员及农户所种植柠檬，年底分红向农户返还盈余。经合作社多年品牌推广及销路拓宽，农户所种植柠檬不愁销路。为了保障柠檬种植户的利益，合作社每年都与农户签订保底价收购合同，既降低了农民因自然灾害带来的生产风险，也激发了农民种植柠檬的积极性。

2009年，沙田柠檬合作社荣获"广东省农民专业合作社示范单位"称号，获得农业部无公害农产品证书、广东省无公害农产品产地认定证书；2010年，沙田柠檬被评为白云区"十大名优农产品"；2011年，沙田柠檬被评为白云区"十佳农家手信",沙田柠檬合作社被评为国家级示范专业合作社;2012年,合作社荣获白云区农民专业合作社示范单位;2013年,合作社通过广州市柠檬标准化示范区验收;2014年,沙田柠檬经中国绿色食品发展中心认定为绿色食品;2015年,沙田柠檬获得第十六届绿色食品博览会金奖、白云区"十佳农家手信";2019年,合作社获评广州市农业科技示范基地、"一村一品"示范村、广东省十大最具潜力合作社。

人才回乡带动产业发展

产业振兴的关键,还是人才振兴。乡村产业的发展,人才是根本。

乡村产业发展中出现一批能够留得下来、扎根乡村的本土人才,会对乡村产业的可持续发展产生巨大影响。

广州市把强化乡村振兴人才支撑放在重要位置,制定了多项乡村人才扶持、培养政策,鼓励各类乡村人才返乡创新创业。

广州市白云区沙田柠檬农产品专业合作社主要负责人冯冠杰就是广州乡村振兴中返乡创业的代表之一。

冯冠杰是广州市白云区钟落潭镇沙田村人,2009年参加工作,大学期间主修土木工程学科,毕业后曾于世界500强及广州房地产企业从事工程管理类工作。

冯冠杰感受到了国家对"三农"问题的重视,看到家乡村容村貌不断改变,乡亲们的精神风貌也越来越好,看到了农业发展的美好前景,于2012年初毅然放弃城市里体面的工作,为追逐田园梦想建设家乡,怀着满腔热情回到乡里发展农业,从一名都市白领变为一位"新农人",并加入到广州市白云区沙田柠檬农产品专业合作社工作,担任主要职务,成为合作社里的首位大学生。

冯冠杰的选择得到了包括父亲在内的家人支持,冯冠杰的父亲原来也是一位柠檬种植人,在父亲的帮助和鼓励下,冯冠杰迅速地投入到农业生产领域。

由建筑业跨界转向农业不是易事，刚入行农业，他勤奋好学，做事认真细致，亲自到田间操作学习，向经验丰富的农户拜师学艺，勤学好问。

正是这股热爱家乡、热爱农业的情怀，在面对沙田村传统农业发展瓶颈时，他突破传统，利用网络等新的营销平台，带领村中年轻人，一起开拓市场，打响了沙田村柠檬品牌，提高了农业经济效益，增加了村民经济收入。

刚从城市回到乡村，冯冠杰在田间实践中，看到大部分村民对农业基础知识相对缺乏，田间耕作各自为政，没有科学的病虫害防治措施，过量施用复合肥导致土壤板结，农业产出效益低下。

为解决此状况，提高农民积极性，冯冠杰主动了解国家扶持农业的各项政策，在广州市白云区农林局的支持下，经过大半年的反复修改编写，完成了标准化的沙田柠檬生产技术规程，并于2013年考核通过，成立沙田柠檬生产标准化示范区。

面对竞争日益激烈的市场环境，冯冠杰不断加强内部管理，逐步引进绿色食品相关标准，2014年经中国绿色食品发展中心认证后，他的合作社成为广州市白云区首家获得绿色食品认证的合作社。

合作社在冯冠杰的带领下，先后于2015年获评国家级示范性专业合作社、获得广东省名特优新农产品奖，2016年获得广州市著名商标称号，2017年参加第十八届中国绿色食品博览会并获金奖，2019年获评广东省十大最具潜力合作社。

为巩固来之不易的沙田柠檬农业品牌，稳定产品质量，更好地服务社员，增强合作社的凝聚力和向心力，冯冠杰每年初都制定社员培训计划，每年邀请高校老师及柑橘类专家到合作社现场授课1—2次，提升农户科学管理水平，为农户解决生产过程中遇到的问题。

为增进农户知识，开阔他们的眼界，2018—2019年，他带领沙田村100多户农户先后到江门新会参观学习陈皮产业的现代化发展历程，观看现代农业产业园区，到从化莲麻村等地学习乡村旅游等项目。

冯冠杰一边熟悉柠檬种植技术、拓展销售渠道，同时也关注乡村产业发展的各方面动态。他认识到，沙田村要实现产业兴旺，就必须加快转变农业发展方式，融合一二三产业发展，拓宽农民增收渠道、构建现代农业产业体系，实现农业现代化。

为推动柠檬产品销售，改善生产销售模式，除了传统的批发市场销售外，冯冠杰还实施合作社水果配送服务，减少中间环节，提高新鲜柠檬的销售利润。

同时，紧跟互联网电商发展的大好形势，冯冠杰创立了淘宝店、微信商城等网店，代平台发货，做到真正原产地发货，将农业产品销往全国各地，打通了线上线下多渠道销售的市场局面，拓展销路，创新发展。

2020年，33岁的冯冠杰，刚过而立之年，作为沙田村的柠檬种植大户和合作社的主要负责人，他收获了许多荣誉，取得了不少成绩。对他这个年龄的人来说，算是有所成就，但他对自己有清醒的认识，知道身上的责任，明白乡亲们对自己寄予的期望。为此，他一直在坚持自省和反思，积极思考个人、家庭和家乡的未来，对沙田柠檬的产业发展方向有更加长远的思考。

冯冠杰结合自己近年来投身沙田柠檬产业的体会，分析、总结了许多问题，明白单纯靠种植、销售，并不能支撑起柠檬产业的持续发展，所以发展第二产业加工业，必须提上日程。

他积极出谋划策，研究加工产业的营销模式，学习先进加工技术，研发出深加工产品，如冰糖炖柠檬、柠檬果酱等，不但增加了柠檬产业销售品种，完善了产业链，还有效解决了柠檬次级果销售难的问题，增加了合作社经济效益。在第二产业发展的同时，延伸产业链，协同发展第三产业，为沙田村的农业开创新的增收模式，为当地经济发展注入了新动力。

作为一名中共党员，冯冠杰在思想上主动加强政治学习，坚定正确的政治方向，时刻以一名党员的身份严格要求自己，努力做到乐于助人，积极为他人排忧解难，培养为人民服务的意识，坚持从群众中来到群众中去，发挥党员的先锋模范作用。

冯冠杰在与合作社的党员沟通中了解到，合作社里的党员希望能在企业组建党支部，使合作社有自己的党组织，更便于他们集中过组织生活，共同学习提高，正确贯彻党的农业发展路线、方针、政策，也便于在本合作社发展壮大党组织队伍，更好地带动全体村民致富奔小康。在相关组织的指引下，广州市白云区沙田柠檬农产品专业合作社党支部委员会顺利成立。

在白云区，在广州的各个涉农区，像冯冠杰一样的返乡创业人才，正成为各个乡村振兴中最有活力的带头人。

白云区自2018年实施乡村振兴战略以来，不少村都推出了自己的优势农产品。除了沙田柠檬，还有水沥红葱、龙塘道盈萝卜、马洞生姜、沙亭蔬菜、蓼江韭菜、寮采淮山等知名农业产品，这些都是近年来"一村一品"的产业政策的产物。

白云区农业部门一方面根据生产实际、市场需要等信息，确定特色农业主导产品，打造特色农业基地，发展特色效益农业。另一方面为农业主导产品扩大影响力提供渠道。通过举办农耕文化节，组织参与多项展销会，为农业主导产品展示提供平台；积极引导农业主导产品注册商标专利、申报无公害产品认证、绿色食品认证等，提升品牌意识。通过不断培育打造，明确发展方向，提供发展渠道，加快产业结构优化升级，已经形成具有白云特色的一批优势产品。在品牌的市场效应下，不仅全面带动了农村的发展，还大大增加了村民的收入。

五　空港新蓝本

一个曾经的"空心村"

白云区人和镇是一个文艺气息浓厚的空港文旅小镇，人和镇的凤和村是著名的侨乡。

近代以来，这里的村民也如许多珠江三角洲别的村落一样，为了改变家乡贫穷落后的面貌，漂洋过海，出外谋生，辛苦赚钱，再把这些血汗钱寄回家乡，建造了不少小洋楼，让周边村庄称羡不已，成为村中宝贵的近代民房建筑遗产。

然而，这个村子到20世纪中后期却因为交通等因素的制约，成了一处"空心村"。那些出洋的老华侨逐渐老去，他们的后代与故乡联系少了，留在村里的年轻人也多外出进城务工，有些有能力的人则到城区买了房子，村子里只剩下一些老弱者。

老旧房基本空置，村道破败，村里的土地不是抛荒，就是低价租给外来人员种植蔬菜或养猪、鸡等，自然环境污浊不堪。

凤和村与珠江三角洲的诸多自然乡村一样，是一个外来移民山村，有悠久的历史，开村数百年来，民风淳朴，保持着耕读传家的中国传统村落的遗风。

凤和村所在的人和镇，在广州的周边村镇中，算是一个比较古老的镇，其最初形成于清朝嘉庆五年（1800），当地各村乡民自发合股筹建人和圩，由于旧时乡民常因土地、山林等发生冲突，而在集市里也会因争小利而激发矛盾，乡贤们将这个新建的圩市取名为"人和"，含"乡亲们和睦相处"之意。人和镇因圩而得名。

"人和"是一种想望，是乡亲们的期盼。

1946年，人和周边乡村治理结构进行调整，设置了同文乡、鸦湖乡、蚌湖乡。

中华人民共和国成立后，同文、鸦湖、蚌湖3个乡设联乡办事处，凤和成为鸦湖乡下属的一个小乡。

几经乡村区划调整，凤和村成为白云区人和镇所属的一个行政村。

空港建设带来曙光

广州城市的发展，常常与乡村的变化有着密切的关联，作为国家中心城市的广州，以新白云国际机场为标志的航空港的建设，对广州的城乡发展有着直接影响。

21世纪初，位于人和镇和花都区新华街道、花东镇交界处的新白云机场的建成，对广州城乡空间布局是一次大的调整和改变，人和镇的乡村全面受到影响，地处人和镇西北部的凤和村自然也在其中。

20世纪末期，广州白云国际机场还在离广州火车站很近的三元里村附近。随着城市发展和航空事业的需要，新的机场往城外觅地新建。2004年8月，广州新白云国际机场正式启用，距广州市中心约28千米，为4F级民用国际机场，是中国三大门户复合枢纽机场之一，世界前五十位的主要机场。

凤和村位于白云区人和镇西北部，机场高速公路、机场高速北延线、花莞高速、106国道穿过村庄，村内有城市道路凤岗路、太岗路，交通条件较为优越。

该村东北部为广州新白云机场，北与人和镇矮岗、太成村交界，东临机场安置区，西与花都区接壤。

新机场的建成，确实带动了周边经济的发展与城乡格局的变化，然而，凤和村并没有如人们预期的那样得到改变,依然是破败空心之象。

凤和人看着离自家不远的新机场拔地而起,周边的许多乡村皆因机场而旧貌换新颜,乡村变美了,人变富了,而凤和村仍然老旧,环境没有得到改善。主要原因是,新白云机场投入使用的航站楼和第一、第二跑道都不在凤和村的范围内,不管是机场跑道征地也好,还是机场周边设施建设也好,都与凤和村搭不上边。

2009年,凤和村被列为白云机场第三跑道建设安置区,征用土地500余亩。农用土地被部分征收后,随着机场第三跑道和第二航站楼建设的推进,凤和村慢慢地发生变化,白云区、人和镇也在与凤和村人一起积极思考,借助新机场建设的东风,让凤和村适应广州空港经济发展的新要求,蝶变重生。

真正让凤和村生机再现的因素有两个:一是随着第三跑道和第二航站楼的建成,白云机场更多的配套设施建设也提上日程,凤和村的整体改造便摆到台面上来;二是2018年乡村振兴在广州全面展开,凤和村的建设受到广州市、白云区和人和镇各级党政机关重视,被纳入广州乡村振兴的范围。

于是,凤和村开启了乡村振兴的新航程,村容村貌迅速改变,村里的经济、产业也进行了大调整,农民们的获得感与幸福感也实实在在提升,成为白云区乃至广州乡村振兴历程中一道亮丽的乡村风光。

文化艺术焕发光彩

2017年9月,全国首个空港文旅小镇在凤和村正式启动。

该项目由广东空港城投资有限公司联合广州力迅投资有限公司共同开发,通过"微改造"方式在人和镇凤和村打造集空港产业服务、公寓居住、商务办公、特色民宿、旅游度假、娱乐休闲等功能于一体的临空经济发展区。

项目整体定位为航空特色小镇,致力于宣传广府文化和航空文化,成为广州城市新名片，为国内临空经济发展提供良好借鉴。广州空港文旅小镇项目被列为白云区政府重点项目之一。

在项目推进中，对20多栋连片的民国老房子，政府、项目团队、专家顾问多方联动，提出了积极的保护利用之策，这片有着浓厚的广府风格的青砖房得到妥善保护，其中的文化价值也被深度挖掘。因而，这里成为广府文化的一个新亮点，这片始建于民国时期的老房子也被改造成特色民宿区。

在启动仪式上，广东省机场管理集团有限公司管理人员表示，广州空港文旅小镇的开发模式可为白云机场与日俱增的国际航班机组提供全方位的住宿休闲环境，把宝贵的场内资源让渡给来往穿梭的旅客；同时，空港文旅小镇填补了机场最后1000米的配套服务空白，解决机场、航空公司和乘客的共同痛点，提升了白云机场国际航空枢纽的地位。

凤和村广州空港文旅小镇距离广州新白云国际机场航站楼仅3千米，地铁一站可达，地铁3号线高增站已经开通，这里既是航空业职员的宜居之所，也是机场旅客的休闲旅游之地。

广州空港文旅小镇以创新型微改造的方式对广州古村落进行了保护性开发，通过组团式规划设计，在保留原有的广府特色古建筑形态基础上，打造全新的空港临港乡村建筑环境。

这个项目摒弃了以往"拍地＋售卖"的传统物业开发模式，租用土地和物业，并将其打造成具有成熟业态及运营模式的现代商业综合体，使古村落实现跨越式发展、可持续发展，既完善了枢纽机场配套功能，同时改善了村民居住环境，创造了就业机会，提升了商业价值，在保护文化遗产和生态环境的前提下，帮助古村落实现了可持续发展。

广州空港文旅小镇项目秉持着"以广府传承为根，以飞行文化为魂"的开发理念，小镇内建有航空教育基地、城市候机楼、特色民宿、"非遗"文化展馆、艺术画廊、商业办公区、生态旅游区等功能区，从整体风格和文化内容上体现广府文化的深厚底蕴，在业态上融合航空元素，成为宜居、宜游、有趣、有文化的航空特色小镇范本。

示范区中原本破败的老村屋、握手楼经过改造变成了文创、办公、居住等空间；原先泥泞的小道、积淤严重的池塘，现在也变成了平整的园区路、景色优美的水景湖；修筑了乡村艺术馆，引进了深夜书房、"非遗"文创展览等。

项目在极大改善凤和村环境卫生、丰富村民文化生活的同时，也使村民的收入有了大幅提升。

示范区物业出租率达85%，吸引旅业、公寓、办公、商业、航空研学、网红直播等30余家企业及商家入驻，为凤和村创造了大量就业岗位，使得每户村民年均增收约10万元，人均增收5倍。

2018年12月，"广州翼·空港文旅小镇示范区启动暨中国（广东）非遗创意创新孵化器揭牌仪式"在新生后的凤和村举行，四方来宾和游客，共同见证凤和村的新面貌。

一条田间小道将小镇示范区与高增地铁站相连，附近是大片玫瑰花海。

进到小镇，池塘水缓缓流动，残荷点缀其中，乡村意象颇美。

曾经的红瓦村居改头换面，白墙灰顶并伴有设计元素抢人眼球。

空港文旅小镇首期的建成，给了凤和人以极大的激励，这个项目位于空港经济区核心区，距离地铁三号线与九号线交汇的高增站直线距离不到200米，一站抵达机场，一线直达天河。

随着空港文旅小镇项目的逐步推进，整个凤和村及其周边都以看得见的速度在变化。

空港文旅小镇项目进驻后，他们在基础设施建设方面的投入就超过了1亿元，对村内的自来水、生活污水截污纳管，并对附近的池塘环境等进行改善。

人和镇对连接空港文旅小镇的道路进行了升级改造，对高增地铁站周边等区域环境进行了提升。

凤和村因为该项目的落地，加快了整体环境的整治，配合空港文旅小镇的发展。

经过两年的努力，凤和村被改造成了一个享誉中外的空港文旅小镇。

"唯有不断的动态，打造好文化名片，游客才不觉乏味，方络绎不绝。"小镇项目正以机场资源为依托，在广州空港经济区率先构筑"i＋翼体系"空港经济新生态。

i＋翼体系，即iFeel文化艺术焕新乡村、iFly青少年素质教育营地、iCare生活服务体系、iConnect航空产业配套，以非遗创意创新孵化器、当代艺术高地为项目双核引擎。

首先完善了现代化的住宿与相应的休闲配套，吸引了附近的白云机场航空职员群体，还建设了针对青少年的飞行培训基地，吸引了广州庞大的青少年群体，全面打造广州文旅人气目的地。

2019年5月，"极限混合"2019广州空港双年展在广州翼·空港文旅小镇盛大开幕。

数十位知名参展艺术家代表以及雅昌、凤凰艺术、Art Forum等众多主流艺术媒体，出席了双年展开幕活动。

这场由数十位（组）国内外艺术家、逾100组艺术作品汇聚的艺术盛宴，展览的创新力、观赏度、互动性、学术性高度融合，收获了大家的盛赞。

本次双年展，探索出了一种"双年展＋"新模式，不仅为广州民众呈现了学术性、专业性、观赏性俱佳的当代艺术双年展，还有展览之外的吃、喝、玩、乐、购一站式丰富环节，为双年展别出心裁地注入多样性的活力。

随着双年展开展时间的往前推进，游客除了观赏艺术作品之外，还能一并体验浮夸玩味研究所、原创文旅演说厂牌"天空说"、网红店翼铺、儿童智趣馆等一系列主题活动。

这个上演于乡村的当代艺术大狂欢，加速聚集越来越多的艺术爱好者、亲子团、城中潮人。

"极限混合"2019广州空港双年展，没有止步于一场短暂的艺术盛宴，而是通过对展览所在的广州翼·空港文旅小镇，因地制宜地呈献颠覆性艺术事件，并对后期艺术运营做出前瞻性安排，为小镇所在的风和，构建乡村文旅产业生态，加固加强城乡融合。

文化引领之下，"艺术介入乡村"的以旧改新方式，正在成就粤港澳大湾区文化创新载体，更是响应了国家"为城市留住乡愁"的号召，为中国乡村发展示范了一个"与村民共建共荣的命运共同体"，有效助力国家乡村振兴战略。

广州空港文旅小镇项目借助其毗邻广州白云国际机场的区位优势，充分盘活"一港（空港）、两站（地铁站）、一河（流溪河）"的既有资源，建设成为吃、住、行、娱、购、游综合性空港文旅特色小镇。

到2020年，广州空港文旅小镇项目已展现广府文化特有的风采，接待八方来客，成为广州的新名片。

走航空特色小镇之路，凤和村树立了一个城市空港临港建设的乡村振兴新蓝本。

农民有了满满的获得感、幸福感。

随着空港文旅小镇项目落户于此，凤和村人开启了与以往不一样的新生活。

红一社是凤和村21个经济社之一，以前的红一社地理位置偏僻，乡村产业无特色，经济条件比较差，村内分红少，村民基本上都是靠外出务工生活，而且大部分家庭几代人都是为了建房子在努力，但是这些房子根本租不出去，只能自己住。

空港文旅小镇建成后，村民的生活也随之发生巨大变化。

红一社的农民每天上下班可以搭地铁，加上房租、分红等收入，生活已由基本保障向富裕奔小康迈进。

因为文旅小镇建设，许多村民的旧房被入驻企业重新装修设计，简欧风格等新潮家装已成为凤和年轻一代人喜欢的家的样子。

空港文旅小镇给乡亲们的生活方方面面都带来了改变。

红一社有一个叫冯会棠的老人，年过花甲。他的家是一栋20世纪末兴建的普通民居，经过村里统一设计装修后，房屋面貌发生很大变化，变美了，变漂亮了，他自己住在二楼，其他楼层都出租给了空港文旅小镇项目方。

这套占地170多平方米的房子，四房两厅，全新装修，每个房间都有阳台，有大的落地窗，让每个房间都宽敞明亮。

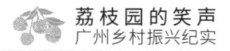

客厅里摆放了他心爱的红木沙发和座椅,其他家具家电也全部是新的。

这套房由空港文旅小镇项目方施工队负责装修,冯会棠只出了小部分钱。

这样的福利每户村民都享受到了。

冯会棠一家每个月每平方米可以收租金10.5元,每月仅房租收入就有5000余元,加上他和老伴每人每年可以收到分红,在经济上很富足。

因为空港文旅小镇的建设,加上环境的变化,冯会棠的晚年生活很惬意。以前很少出门的他,现在坐着地铁到天河、越秀、花都喝早茶,甚至每年还制订了出外旅游的计划。

凤和村红一社人的幸福生活正在向其他经济社辐射,目前空港文旅小镇二期已经开工,该村红二、向前、合龙3个经济社将迎来新生。

凤和村"两委"积极配合文旅小镇的建设,村里的基础设施建设正在逐步完善。在其他没被纳入空港文旅小镇的区域,将利用留用地开发政策,发展航空临空产业。

凤和村党委副书记曹佩民介绍,凤和村颐养居也为村里很多家庭的幸福生活提供了保障,家里的老人可以就近安置在这里照顾,年轻人可以放心打拼事业。

2020年7月,两台挖掘机挥舞着有力臂膀开凿,随着第一方土的落下,广州翼·空港文旅小镇二期正式开工。

项目二期将围绕都市农业、乡村旅游、短视频直播、商旅服务四大板块进行多维度业态配置,建设完整的办公—居住—消费生态链,推进区域消费升级,打造宜游、宜业、宜居,充满岭南乡村韵味与城市热情的商旅生活小镇,促使凤和村率先实现生态、人居、文化、社区等全面发展。

白云区、人和镇主动作为,制定更加健全的政策,营造更好的政府、企业、乡村联动氛围,全力支持空港文旅小镇二期建设,同时,以空港文旅小镇作为全镇乃至全区、全市乡村振兴的新蓝本,打造人和特色乡村振兴模板。

六 "白云模板"初现雏形

白云区的乡村与从化的乡村有着明显的不同特点，与从化乡村的山环水绕不同，白云区属于城乡过渡带。在城乡二元发展时期，城乡差距、城郊乡村发展矛盾等都非常突出，城市现代化发展带来的乡村衰弱等情况，在白云区更加突出。国家实行乡村振兴以来，广州的乡村建设进入新的发展时期，白云区则得城市格局调整带来的红利先机，乡村建设成效显著。

位于白云区内的原白云机场搬迁后，机场旧址已发展为白云新城，成为广州中心城区的一部分，新的白云机场又位于白云区与花都交界处，给白云区西北部乡村建设也带来了辐射效应，新老白云机场的变化带来的广州城市格局调整，显然为白云区的乡村建设带来了更好的利基。

千村示范，整体提升

白云区致力于打造"共建共治共享"现代城郊乡村样板，坚持把营造"共建共治共享"社会治理格局作为乡村振兴的基础工程，将太和镇大源村、钟落潭镇五龙岗村、嘉禾街望岗村、石门街红星村等4个村作为重点村，高标准高质量推进4个重点村的生态环境、产业发展、基层治理、社会治安、基层党建五大提升工程。

2019年，白云区启动了"重点城中村"综合整治行动。时隔一年，通过高标准、高质量地推进五大提升工程，如今4个村的整治均已取得了突破性进展，村庄"共建共治共享"的格局基本形成，迎来了新的发展阶段。

到2020年，4个重点村被打造成为"共建共治共享"白云模板，形成一整套行之有效、可复制、可推广的经验，引领带动白云区乡村振兴及都市美丽乡村建设。

白云区的样板村正在产生"千村示范"积极效应，带动白云乡村面貌整体提升。

白云区"高标准打造10个以上特色精品村，彰显白云农村形象村庄品牌"的示范样本思路也已形成，通过政策项目支持、部门规划设计、专业队伍运作、企业联建帮扶的工作思路推进，奔着"引领都市美丽乡村建设，增强村民群众的幸福指数"的目标出发。

在乡村生态建设方面，白云区推进"一心一轴两廊五区"白云湿地建设，高起点、高标准地全面启动城市中心建设，实现优化生态环境、提升城市品质的目的，打造成白云新型城市中心名片，带动白云乡村面貌的整体提升。

2020年，白云区的省级新农村连片示范工程持续发力，在坚持保留乡村原始风貌与改善生产生活条件相结合的原则下，建成25个项目，打造了白云区实施乡村振兴战略实践区及都市美丽乡村示范片。

2020年，由中共广州市委乡村振兴办公室指导，《广州日报》和《信息时报》等媒体主办的"广州最美村庄"评选活动历时一个月，最终评选出40个产业兴旺、生态宜居、乡风文明、治理有效、生活富裕的特色村庄。白云区的大源、雄伟、大田、鹤岗、米岗、头坡、北村7个村庄被评为"广州最美村庄"。

白云区大力培植有产业支撑、有文化内涵、有旅游功能、有良好生态的特色小镇。到2020年，全区农村地区建成人和空港文旅、太和物流电商、寮采世外桃源、沙田柠檬等产业化特色小镇和两个森林小镇，推动了乡村产业提升与城镇化进程。

党建引领，助推振兴

白云区通过区委常委会会议、区委乡村振兴领导小组会议等研究部署，区主要负责同志常态化开展实地调研督导。制定对标"三年取得重大进展"硬任务的实施方案及21项配套政策，将乡村振兴工作纳入绩效考核。编制《白云区乡村建设规划》，强化"人、财、地"等要素供给保障。

白云区推行全域环境综合整治，至2020年，升级建设垃圾分类收集房200余个、投放点600余个，实现行政村生活垃圾分类全覆盖；新建、改建"四好农村路"，做到"村村通公路、村村通公交"；实施农村二次改水工程，建设雨污分流管网，农村雨污分流率、集中供水均达100%；新建及改造中压线路；提前一年完成"厕所革命"三年计划。扎实推进省级新农村连片示范工程、四大美丽乡村群和乡村振兴示范村建设，建成若干"美丽宜居村""特色精品村"。

白云区高标准打造现代都市农业示范区，科学布局"菜篮子"供应、休闲体验、水乡花田、流通加工、花业集聚和山旅观光六大产业片区，建成1个市级农业公园和8个观光休闲农业示范村。

加快打造现代农业平台载体，规划建设万亩花卉、蔬菜两大现代农业产业园，谋划建设标准化生猪养殖基地，建成3个市级"一村一品"专业村。

编制乡村旅游发展总体规划，打造江高镇鹤岗村鲜花电商、钟落潭镇寮采村"世外桃源"、人和镇"丰华园"等特色品牌。

白云区持续开展重点村综合整治，高标准实施生态环境、产业发展、基层治理、社会治安、基层党建五大提升工程。

出台乡村教育振兴政策，缔结城乡姊妹学校；建成若干村级卫生站，基本形成农村"30分钟医疗服务圈"。

加强文化阵地建设，4个镇文体服务中心获评省特级文化站，108个村达到省级文明村创建标准。

| 第四章 |

海鸥的故乡

广州的城乡格局,从北向南,北部从化、花都,东部的增城以山地为主,中部的白云、黄埔为城乡接合部,荔湾、越秀、天河、海珠为中心城区,番禺、南沙则以田、湖、海的乡村风貌呈现。

从化经白云区,越过中心城区天河、越秀、荔湾、海珠四区,就是广州的南部涉农区番禺和南沙了。

番禺是广州最初的名字,它是广州的城市之根。

番禺其实是广州早期的城市名称,秦始皇统一岭南后,设南海、桂林、象郡,南海郡的郡治就叫番禺。

其地在今广州市越秀区的南越国王宫遗址博物馆一带,地方非常小,前身就是历史上的任嚣城和赵佗城。

秦代实行郡县制,设南海郡时,郡治在番禺置县,因而,番禺也是广州最早的县级行政区划。

此后,番禺一直随广州城乡格局的流变而保持下来。清代,广州城区以现在的解放中路为界,城东为番禺县所属,城西为南海县所管,一城两县成为旧时广州城的特有现象。

中华人民共和国成立后,广州的城乡格局又经过几次调整,番禺成为珠江航道以南的郊区名称,由县而市至区。

广州城乡的整体格局是北部依山,南部临海,番禺是广州一个向海而生的地方,那里有一个著名的近陆珠江口江心岛——海鸥岛,因海鸥在海岛栖息而得名。

海鸥岛位于广州市番禺区东郊,是广州新的城市发展的重要组成部分,它有望成为整个珠江三角洲地区旅游体系的一个新亮点。

番禺区借助乡村振兴的东风,以海鸥岛现代渔业产业园为核心,建造辐射全区域的现代农业产业园区。

一　鱼跃海鸥岛

　　石楼镇海鸥岛地处珠江入海口，东邻狮子洋，为珠江航道和莲花山水道环绕。

　　海鸥岛因地处珠江入海口之内，可以算是一个江心岛，是广州南部生态保存较好的大型岛屿。

　　海鸥岛之得名，反映了这座江心岛的生态变化。

　　相传海鸥岛附近的一处小山丘上，有一棵大榕树，每天都有很多海鸥聚集在这里，经常到附近的水域觅食，那时候还没有人类居住，周边的乡亲们就称这个岛屿为海鸥岛。

　　一般认为，最早到岛上生活的渔民可能始于明朝中后期，来自东莞、顺德、中山的村民们，或因从事渔业，或上岛开荒，并因之而在岛上生息繁衍，至清朝末期和民国时期，岛上的村落基本形成。

　　随着珠江口自然环境的变化和岛上田地的开垦耕种，当年海鸥自由飞翔于岛上的情景已经不见，代之而起的是四季花果飘香的近海田园风光。

　　珠江从四面环绕全岛，人们称之为珠江三角洲的"翡翠绿洲"。

　　岛上的农民以种植、养殖业为主，纯净美丽的田园风光吸引着珠江三角洲各个城市的游客，令人流连忘返。

　　由于珠江口岸冲积土土质好，水源、阳光充足，四季温暖，农产品质量都很好。

　　海鸥岛上四季花开，全年都有水果成熟，一望无边的田野里，不时会有一些小型的湿地公园间隔其间，环岛周边有典型的近海植物红树林、海

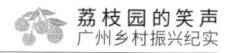

桑等。

周边的山、江、海使得平坦空旷的海鸥岛如在海天相接处,更显辽阔。

海鸥岛上有沙北、沙南、江鸥、海心4个行政村和石楼镇农业开发总公司。

岛北端的海鸥大桥飞架莲花山水道,与岛外连接相通,一条13千米长的区级公路由北往南贯穿全岛,村村通车、通水电,基本生活设施较完善。

海鸥岛是珠三角大都市城镇群落中独一无二的绿色生态岛屿。

肥沃的土地,温暖的气候,不同风景的四季,留给人们许多美好。

春天,凝固恬静;夏天,江风拂面;秋天,蟹肥果熟;冬天,花香依然。

太阳升起,水天一色;日落江河,万里霞光;明月当空,静影沉璧;繁星满天,稻香蛙鸣。

不管你什么时候来海鸥岛,总能见到不一样的风景。

绿色生态游引人注目

随着广州城市现代化进程的加快和城市格局的不断调整,虽然地处远离中心城区的珠江口,海鸥岛同样面临着新的变局。

20世纪末以来,海鸥岛与广州的许多乡村一样,也发生了过度开发的问题,周边社会、自然环境的变化也对海鸥岛产生了直接或间接的影响。

岛上村庄有空心化倾向,产业结构混乱,乡村环境污染,岛上道路、卫生院、学校等基础设施落后,有能力的人外出务工,留在岛上村中的村民多老弱,房舍破旧,有经济能力的村民多到岛外的城区另外置业。

到了21世纪初,这样一个地理位置优越、风景秀美、物产丰饶的江心岛经济衰弱,村民人心浮动,如何应对周边环境的变化,岛上乡村经济如何发展,又到了一个十字路口,成为番禺区、石楼镇和岛上各个村庄村民必须思考的问题。

有一段时间，由于广州中心城区居民到郊区游玩的风气盛行，海鸥岛也吸引了不少周末的短途游客，来自广州中心城区、佛山、深圳、东莞、顺德、中山等周边城市的游客前来岛上观光，导致岛上食肆、临时停车场、农庄无序发展，原本简单的乡村风光受到挑战。

区、镇、村以基层党组织建设为突破口，调动全体村民的积极性，以开展环境整治、产业优化为抓手，充分利用国家实施乡村振兴战略的各方面政策，对海鸥岛的乡村建设何去何从进行了广泛的调研和思考，提出了适合海鸥岛特色的乡村建设规划和愿景。

2018年以来，番禺区着力整体策划，将海鸥岛打造为广州全市最大江心岛美丽乡村群，推动海鸥岛的产业、人才、文化、生态、组织全面振兴，建设独特的现代化岛屿乡村。

番禺区乡村振兴办和石楼镇政府，在海鸥岛4个行政村连片打造大而强的休闲农业型美丽乡村群，为番禺区乡村振兴注入新动能，针对岛内的资源特点、基础设施和对未来旅游需求的预测，在全面整体严谨规划的前提下，分期分批进行区域改造。

经过3年努力，到2020年，4个村已完成市级美丽乡村建设并通过验收。

根据岛上耕地面积大和水资源丰富的有利条件，重点发展种养产业，主要以高殖鱼虾、优质水稻、水果和花卉为主。

营造周末经济带和观光带，海鸥岛周边珠江三角洲城市群的周末乡村游和番禺区旅游业的迅速发展，带动了海鸥岛乡村旅游的热潮。

每逢周末，前往海鸥岛休闲旅游的游客络绎不绝。据不完全统计，周末每天有1万多人及3000多辆汽车进入，多以家庭、亲友结伴自驾游为主。

美丽乡村群开展自行车环岛游、入住渔村民宿、现场采摘、鱼塘垂钓、欣赏狮子洋海景和红树林带以及水乡田园风光等项目，村民增加了收入，各村的集体经济也得到了壮大，乡村的各项配套建设当然也就很快跟了上来。

汇聚资金，完善配套设施，番禺区将岛内4条村纳入市级美丽乡村、名村和精品村创建计划，争取到专项补助资金，按规划设计项目需要聚焦使用，避免了分散投入。主要用于道路、公厕、路灯、公园、标示标识牌、公共服务站和老人活动中心等项目建设，快速补齐村民生活品质的短板。

为了提高知名度和美誉度，南沙大桥海鸥岛站出入口的启用，打通了周边地区特色旅游的通道。

番禺区立足于岛内原有"水产健康养殖示范区"、广州市"现代渔业园区"的基础，打造了"海鸥岛现代渔业健康养殖示范园区"。

同时，借助创建"国家全域旅游示范区"的契机，整合了旅游资源，完善了农业公园的规划建设，在海鸥岛获得省级农业公园称号的基础上，申报创建了国家级农业公园及国家级渔业产业园。

渔业创新引活水

乡村振兴，产业振兴是关键，乡村的生存与发展，都离不开产业的支撑，只有可持续发展的产业兴旺，乡村振兴才会有可持续发展的源头活水。

海鸥岛作为一个传统的渔农业混合发展的岛屿乡村，如何发展可以带动全岛产业优化的主打产业，是一个必须解决的问题。

番禺区涉农部门和石楼镇政府，结合岛上的传统产业结构与现状，用好用足国家乡村振兴的政策，把渔业科技创新作为海鸥岛产业发展的抓手，打好海鸥岛现代农业的产业牌。

2020年7月，由中国工程院院士麦康森牵头成立的"广州市番禺区国家级渔业科技创新联盟"，正式落户广州市番禺区海鸥岛，同时揭牌的还包括"华南师范大学番禺现代水产养殖科学与工程研究院"。

麦康森院士工作基地位于海鸥岛"名优现代渔业产业园"的核心区内，总面积256亩。工作基地重点打造现代水产养殖创新成果研发转化和辐射平台，建成创业型、技术型、学术型创新人才培养和实训基地，形成高端种苗、功能饲料、智慧养殖的功能聚集区，打造粤港澳大湾区渔业产业新标杆。

本次集中开工农业重点项目共有6个，另有现场签约项目1个，涵盖水产渔业的育苗育种、规模养殖、仓储加工、冷链物流、休闲旅游等多个方面，是番禺区历年来投资力度最大、项目范围最广、推进力度最强的一批农业重点项目。

番禺区政府表示把这项农业重点项目作为促进农业农村经济发展、补齐发展短板的重要抓手，积极联合各方力量，全力推动项目落实落地，共同打造广东渔业科技创新和产业发展的新标杆。

揭牌仪式上，麦康森院士在致辞中指出："希望能够汇聚各方资源力量，全力将广州市番禺区打造成为华南地区集现代水产高级人才培养、渔业科技成果转化应用、旅游美食乡村振兴于一体的示范高地。"

随后，麦康森院士牵头会同林浩然、刘少军两位渔业领域权威院士，以及8个联盟实施主体单位，共同启动成立了广州市番禺区国家级渔业科技创新联盟。

建立这个联盟，是番禺区深入贯彻落实中共广州市委指示精神的一项重要举措，有利于通过高效合理配置创新资源，深入推进协同创新和开放创新，打通从科技强到产业强、经济强、人才强的通道，加速先进适用农业科技成果的转化推广，为实现乡村全面振兴提供强有力的科技支撑和决策支撑。

番禺区全力推进海鸥岛名优现代渔业产业园创建工作，该产业园以海鸥岛为核心，辐射4镇2街总面积300余平方千米区域，园区确定"一心一轴五区"的功能布局。即：国家级现代渔业科技创新中心、渔耕水乡休闲景观轴、莲花山国家级中心渔港休闲渔业示范区、国家名优种苗繁殖育种区、国家级渔业生态健康养殖区、现代化渔业加工流通区、产业融合发展区。

海鸥岛名优现代渔业产业园建设的具体内容，在引进麦康森院士科技团队，打造科技支撑平台的同时，还有三个方面：

一是以工厂化为引领，巩固加强第一产业。

各实施主体的重点项目主要包括海大集团工厂化育种、育苗车间建设项目，金洋公司520亩菜基鱼塘循环生态种养场的建设项目，阿村农业现代化工厂化养殖车间建设项目，观龙岛农业养殖鱼塘改造项目等。

其中海大集团流转建设用地95亩，建设工厂化育种育苗车间，项目建成后，年筛选和培育优质亲本虾30万尾，生产优质虾苗3000万尾，生产加州鲈等规格苗种1000万尾以上，产生直接经济效益超过1亿元。

二是加快发展第二产业，补齐产业链短板。

通过政府收储落后造船企业用地的方式，淘汰高能耗低产出的传统造船行业，用来发展名优现代渔业产业园第二产业（水产品加工及冷链物流基地项目）建设，优化产品结构，提高产品档次和质量，丰富市场供给，进一步完善番禺区渔业产业链布局，实现产业增值增效。

三是全力打造休闲渔业新标杆，擦亮番禺全域旅游招牌。

制订莲花山国家级中心渔港休闲渔业综合体暨渔村振兴示范区建设规划方案，发展观光旅游、科普教育、民宿美食等休闲渔业业态，大力发展园区第三产业，探索"渔村占股、渔民参与、企业主导"的运营模式，强化莲花山中心渔港周边4个纯渔村贫困渔民的主人翁意识，利用多种联农、带农机制，带动渔民致富，实现渔村振兴。

二　玉带绕大岭

广州的乡村与江南的水乡常常大异其趣。

江、浙、沪一带的水乡多建于冲积平原的空旷处，房舍依水而建，小桥流水，曲巷回廊，轻舟古木，酒旗店帆，自是一番风景。

广州的乡村则有着明显的不同。

倚山者，一般建在山丘一侧相对平坦处，村前有风水塘，说是风水塘，其实在古代兼顾饮用水、洗涤水、灌溉水和消防水的四重功能；临江傍海者，多地处要津，为水运码头之所在，风帆日影，水天相连。

在中国许多地方的乡村，以"大岭"为名者，甚为普遍，乡、村、镇都有叫"大岭"的。即使广州的郊区乡村，"大岭"也不止一个，白云区、南沙区，都有叫"大岭"的村子。而最为独特的，应该还是番禺区石楼镇的"大岭"村。

番禺的这个大岭村，兼有了山、水乡村的特点。

大岭村位于广东省广州市番禺区石楼镇西北部，东临莲花山，西接岳溪村，南望笔架山，北靠菩山。与村庄对望的大岭山是面积最大的丘陵，三峰竖立，成笔架山势。

大岭村村域水系主要包括大岭涌、砺江涌、池塘，基本保持原有的水系格局。

大岭村北靠菩山，西、南依大岭涌、砺江涌展开，北部为广阔田野，自然环境要素与人工要素良好契合，从中国传统村落选址布局原则看，是自然环境要素组合形成村落建设的理想的风水环境背景。

这种依山而建、绿水环绕的居住环境，通过自然环境形成半封闭空间，符合中国的传统风水观念，从自然环境角度来看，山脉环绕，地势如盆地，再配合水系、阳光，形成良好的生态循环小气候。

因此，这种依山傍水的整体格局，更是一种与周围环境和谐相处、与自然紧密结合的体现。

"砺江涌头，半月古村"是大岭村村落整体格局特色。

大岭村整体傍水而建，村落民居有序地排列在菩山脚下与大岭涌之间，基本呈南北向半月形布局，形似鳌鱼，绕流村间的玉带河如玉带缠腰。

2020年11月，在2020年新时代文明实践广东"七个一百"精品项目基层启动仪式上，广东恒广投资有限公司与广州市番禺区大岭村就"大岭村岭南特色美丽乡村精品示范村项目"正式签约。

这次大岭村美丽乡村项目的签约落地，标志着广州市岭南特色美丽乡村精品示范村创建工作的稳步迈进。

恒广投资有限公司和大岭村以签约为契机，建立长期稳定共赢的合作关系，将大岭村打造为宜游、宜业、宜居的岭南历史文化名村，构建粤港澳大湾区美丽乡村精品示范项目。

这是广州市实施乡村振兴战略"千企帮千村"的又一个成功范例。

按照方案，大岭村在村级工业园改造方面，将提供面积约23.92万平方米集体建设用地的村级工业园，与招标企业合作进行全面改造。

由合作企业负责投入资金，完善工业园历史用地手续后进行合理规划和建设，引入高端智能制造、人工智能、新材料、生物医药及医疗器械、新能源与节能环保、康养服务、现代服务等产业。

旧村微改造部分，合作企业将依托大岭村旧村部分（含玉带河沿线及石板街沿线古民居等），围绕打造集休闲旅游、文化体验、文化创意于一体的"岭南第一文化名村"主题，进行旧村微改造并进行后续运营管理。

水乡灵秀，荷韵悠扬

中国传统文化中，荷花、荷叶都是高洁的意象。

大岭村的入口处，紧邻着村边环绕的玉带河，有一个面积数十亩的荷花池，如一块平展的翡翠镶嵌在村边，玉带河一弯河水与荷池相映，把大岭村的水乡灵秀展现到极致。

大岭村的先民们也有种植荷花的传统，在大岭村陈氏永思堂内，就有一处爱莲轩，是永思堂先祖观赏荷花之处。

我国南方是世界荷花重要的原产地之一，荷花文化灿若星河，源远流长。

千百年来，无数骚人墨客为之心神相系，魂牵梦绕，或挥毫泼墨，或浅唱高歌，留下了浩如烟海、汗牛充栋的诗书画文。

《诗经》《楚辞》固为诗之源，皆有写荷花的诗句，南朝《西洲曲》中写道："采莲南塘秋，莲花过人头。低头弄莲子，莲子清如水。"宋朝大诗人杨万里曾有诗云："毕竟西湖六月中，风光不与四时同。接天莲叶无穷碧，映日荷花别样红。"把水乡的荷花之景写到了极致，成为千古绝唱。

宋代大学者、理学创始人周敦颐《爱莲说》中写道："水陆草木之花，可爱者甚蕃。晋陶渊明独爱菊。自李唐来，世人甚爱牡丹。予独爱莲之出淤泥而不染，濯清涟而不妖，中通外直，不蔓不枝，香远益清，亭亭净植，可远观而不可亵玩焉。予谓菊，花之隐逸者也；牡丹，花之富贵者也；莲，花之君子者也。"以荷喻人，为历代文人学者所推崇。

荷花既是观赏植物，也是经济作物，花、叶可以看，根、茎、籽则可食。

可以说，荷花全身都是宝，荷叶粽子、荷香饭、荷叶包鸡等，都是很地道的广州乡村美食。

环绕着大岭村的大岭涌，当地村民用了一个更有诗意的名字——玉带河，意为这条水涌，如一条玉带，绕着大岭村的东南西三面，与北边的菩山形成环抱大岭村之势。

大岭村被评为国家历史文化名村之后，如何在加强保护古村落的人文、自然环境的同时，更好地促进乡村旅游业的发展，成为一个亟待解决的问题。按照乡村振兴"一村一品"产业的发展思路，番禺区、石楼镇和大岭村的各级党政领导广泛征求村民意愿，采纳文化、民俗、建筑、规划、旅游等领域专家意见，在有利于人居环境改善、村容村貌美化的前提下，将玉带河边上靠村入口处的数十亩荒芜农田和鱼塘，建成一处连片的荷花池，作为美丽乡村的一处赏荷景观区，加持大岭村发展乡村旅游产业。

荷池紧靠玉带河，有水道与玉带河相通，但玉带河中依然保持着碧水清流的原始风貌，河岸种绿化树外，玉带河内并不种荷花或别的水生植物。

到大岭村赏荷，最好的时节，当然是春夏之交。

广州气候四季温暖，自春天荷叶发新芽，一直到秋天，都可以看到满池荷叶与荷花，水里有鱼虾漫游，花叶间有蜻蜓和鸟儿飞过。

秋末和冬季，荷叶开始枯黄，而这个时候，成片的残荷又被赋予新的景观价值，将这个国家级的历史文化名村的千古沧桑映托出来，成为别样的风景。

大岭村自然风貌在广州实施乡村振兴战略以来，得到了很好的改善。原来村边被抛荒或廉价租给外来人员种菜、养鱼、养鸭、养猪的田地被收回，统一规划，破烂的瓦棚拆了，杂草除了，污浊的流水得到了治理，村口这片美丽的荷池就是大岭村乡村环境美化的成果。

大岭村的村落生态总体上保存得不错。村前河边，还有千年的古榕、百年的紫薇，各种古树名木分布在房前屋后，村口的荷池把人们引入到一种赏心悦目的意境，绕着玉带河而行，一路都是蝶舞花香，街巷整洁干净，犹如世外桃源。

耕读传家，古村遗风

大岭村是有800余年历史的广府水乡村落，是明清番禺"岗尾社十八乡"传统聚落之一。村落形态保存完整，具有很高的历史价值和文化价值。

大岭村是典型的岭南"山·水·村·田"的融合型村落。

大岭村保留了大量传统街巷特色。村中布局的文塔、祠堂、庭院、蚝壳屋等不同建筑形制的古民居，在珠江三角洲地区乡村历史建筑群的保留方面，有一定的代表性。

大岭村远离广州城市中心，地处偏远，历史记载很少，有着明显的聚族而居的传统村落特点。乡亲们多以血缘宗亲关系为纽带，形成单一姓氏为主体的不同村庄，祠堂中保存的族谱是考证大岭村形成历史的重要文献资料。

大岭村是一个典型的古代耕读传家的乡村，出了许多历史名人，保留下来的诸多古建筑，还有旧祠堂前的旗杆石，是这些历史人物的重要见证。

在大岭村的诸姓氏中，最有名的历史人物是庄有恭。

庄有恭（1713—1767），字容可，号滋圃，清代乾隆四年（1739）己未科状元。历任翰林院修撰，侍读学士，中丞，光禄寺卿，兵部右侍郎，刑部尚书，协办大学士，两江总督，太子少保，江苏、浙江、湖北和福建巡抚等职。公元1767年7月病逝于福建任上，享年54岁。庄有恭一生以"勤政爱民，清廉自励"作为为官之道，深受百姓赞许。

庄有恭几十年的政治生涯中经受了罚俸、革职、赴军台效力，甚至秋后问斩等惩罚，却又一次次被乾隆赦免。庄有恭的一生，虽谓坎坷曲折，然而其治水政绩仍为人所称道。庄有恭作为清代广州唯一的状元，因出众的才华，引起"海内士夫识与不识，闻公名靡不叹羡"。他对家乡的教育非常关注。在番禺县学重建之际，他欣然作《重建番禺儒学记》以勉励后生。

大岭村特色农产品有凤眼果、霸王花、番石榴；传统手工生产有稻作、养鸭、养鱼、刺绣等。大岭村生产一种土制大饼，专门作为节庆食品，内掺土特食料，便于携带。

由于地处咸淡水交界水域，大岭村出产的水产味道鲜美，有河蚬、蟛蜞、鲫鱼、鲻鱼、鳡沙鱼，河涌里还有生蚝，蚝壳还可以盖房子，住在蚝壳盖的房子里面，冬暖夏凉。

大岭村的乡村美食主要有水晶饺、状元饼、萝卜糕、裹蒸粽、榄角、榄角蒸鳊鱼、清蒸鲩鱼、红枣蒸鸭、莲藕火腩、炒蚬肉、葱油鸡、豉油鸡、霸王花煲猪骨、沙姜鸡、红枣蒸鸡等。特色传统（节庆）食品有粽子、月饼、七夕饼、水晶饺等。

大岭村是广州乡村传统建筑与风俗保存较为完整的古村落，乡村振兴给这个古老村庄带来了新的生机，它的人文、自然风貌及乡村经济建设成就得到广泛认可，获得许多荣誉。

2007年5月，大岭村入选"第三批中国历史文化名镇（村）"。2012年12月，入选"第一批列入中国传统村落名录的村落名单"。2019年9月，入选"广东省文化和旅游特色村"。2020年8月，入选第二批全国乡村旅游重点村名单。2020年11月，入选"第六届全国文明村镇"名单。

三　奶香满沙湾

舌尖上的乡愁

在广州的乡村古镇中，沙湾镇的知名度与美誉度都很高。如果说石楼镇的大岭村以岭南的山水之乡的古村风光得到认可，那么沙湾古镇的乡村美食则令人印象深刻。

乡村美食承载着千年乡愁呢。

沙湾是一个名副其实的美食之乡，沙湾的美食，有着鲜明的岭南饮食特色，有着浓浓的广府文化的味道。

沙湾的美食，品种丰富，有小吃，也有主食：姜埋（撞）奶、椰汁姜撞奶、双皮奶、香芋炒奶、炸牛奶、蛋奶糊、糯米糍、马蹄糕、四杯鸡、海皇粉丝煲、狗仔粥、凉拌鱼皮、酿鲮鱼、鱼蛋、牛腩、牛杂、牛耳公、川贝柠檬炖冰糖、芝麻糊、钵仔糕、鸡公榄、糖画、芝麻姜汁糕、饺子、沙湾薄饼、上汤鱼皮饺、猪脚姜、芋丝饼、牛筋腩捞面、炸云吞……

品种多样的沙湾小吃，以奶、鸡、马蹄、莲、鱼、糖水、米糕、牛杂类为主，价格也多低廉，行走在沙湾的街巷里，一元钱的鸡公榄也是可以见到的，有着明显的广州传统乡村风味。随着沙湾古镇的乡村旅游业发展，一些外来美食品类也来了，如北方的煎饼果子等。

说起沙湾的美食，最有代表性的当然是沙湾姜撞奶。

沙湾姜撞奶是广州乡村一道典型的传统甜品小吃，将鲜水牛奶加糖煮沸，倒入碗中，与老姜汁撞在一起，便成了既像豆腐花又像蒸水蛋一样稀中带稠的美食，却比豆腐花、蒸水蛋香滑甜爽，且有温中、调胃、驱寒、养颜的功用。

姜撞奶主要是依靠姜汁和牛奶在一定温度范围（40摄氏度至100摄氏度）内发生化学作用，使牛奶凝固制作而成。

传统的制作方法中"撞"的步骤是为了让牛奶的温度稍微降低，使成品口感更好。

沙湾姜撞奶的制作工艺并不复杂：在市场买新鲜水牛奶（0.5公斤能做出两碗半）、鲜榨姜汁（没有机器，可现磨再隔汁）、糖。牛奶加糖，煮开后（一定要把水牛奶煮开）关火，放凉30秒后倒入已有姜汁的碗中，10分钟左右就能凝固。

如果不喜欢姜的辛辣口味，可以用木瓜、无花果、菠萝代替。

关于沙湾姜撞奶，当地民间流传着一个关于孝道的故事。

古时候，沙湾镇有一个年迈的老婆婆犯了咳嗽病，得知姜汁可治咳嗽，但纯的姜汁实在太辣，味道呛人，老婆婆无法喝下去。

孝顺的儿媳妇看着婆婆无奈的样子，急中生智，将水牛奶加糖煮热，倒入婆婆那个装有姜汁的碗里。

有意思的是过了一阵子牛奶凝结了，姜汁融于奶中。

老婆婆闻着奶香，心生欢喜，接过儿媳妇递过来的汤匙，一口一口吃了，顿觉满口清香，精神迅速提振起来，第二天病就好了。

因此姜撞奶就在沙湾镇流传开了，沙湾人把"凝结"叫"埋"，于是"姜撞奶"在沙湾也叫"姜埋奶"。

现在的沙湾古镇，既有专门经营以姜撞奶为主要品种的奶制品美食店，也有姜撞奶等奶制品为其一商品的多品种经营的小食店。

每到周末或寒暑假的旅游旺季，许多经营奶制品的美食店，常常是座无虚席，有时为了吃到一碗正宗的沙湾姜撞奶，游客还得耐心地排队候位呢。

沙湾有一个叫"奶牛皇后"的奶制品专营店，这家店的店主在乡间租地，养了200多头奶牛，专门用于自己店里的奶制品原料，其中主打产品就是沙湾姜撞奶。

沙湾的姜撞（埋）奶之所以会成为村民独特的小食，可能与早期沙湾人的生活习惯有关，这里地处河流的弯道，周边又有山林，比较湿热，而中国民间有生姜可以驱寒邪之气的说法，南方人口味相对清淡，以奶撞姜，便可以和中理气，而且口有奶香，人人可品，便流行起来，成为一种传统的民间小食。

行走在沙湾古镇干净整洁的街巷中，到处都可以闻到姜撞奶的味道。

到沙湾古镇，一定要吃姜撞奶，姜撞奶几乎成了沙湾美食的代名词，因而流传着这样一句话：没吃姜撞奶，不算到沙湾。

原汁原味广府风情

珠江三角洲的乡村，由于古代处于冲积平原，开发较晚，一般都在唐宋以后的时间立村，尤其是两宋时期客家人从江西赣州，经梅岭，从南雄珠玑巷，往珠江三角洲开枝散叶，甚至元明之后开基立村的也不少。

广州番禺的沙湾古镇始建于南宋，历史人文底蕴深厚，是一个历史悠久的古村落。

这里，因地处珠江河道古海湾半月形的沙滩之畔，故名"沙湾"。

今天的沙湾，参天的木棉树在村口屹立，吸引着游人。村前屋后，各种古树名木遍布，与传统的乡村房舍相互映衬，展示着这个千年古乡镇的新面貌。

沙湾形成并保留了以传统历史文化和民间文化为主体的岭南文化，是以珠江三角洲为核心的广府文化的杰出代表，物质文化遗产和非物质文化遗产资源丰富，大量祠堂、庙宇等古建筑和商业遗址、民居遗址保存完好，广东音乐、飘色、龙狮、兰花、饮食等民间艺术和民俗文化长盛不衰。

沙湾镇是一个有着800多年历史的岭南文化古镇，历史文化资源丰富，民间艺术饮誉南国。

沙湾文化是以传统历史文化和民间文化为主体的水乡文化，具有丰富的物质文化资源和非物质文化资源，获得"中国民间艺术之乡""广东音乐之乡""飘色之乡""中国龙狮之乡""广东省民间艺术之乡""民间雕塑之乡""广东省古村落""中国历史文化名镇""中国兰花名镇""全国文明镇""国家卫生镇"等荣誉称号。

沙湾古镇旅游，不同于自然风光、人造景致，有别于单纯的吃喝玩乐。它是沙湾镇璀璨历史文化的集中展示，是民俗文化的全新体验。集古建筑观赏、历史文化知识的汲取、风土民情的体验、休闲娱乐于一体，全面呈现岭南文化的独特魅力。

古镇街核心区居住人口大约1万人，原住民占了60%左右，这也是沙湾古镇人文环境的一大特色。

当地政府强化"政府主导、社会参与、企业投入、合作经营、利益共享"的旅游运作模式，合理实施历史文化街区保护与开发。通过文物保护、文化传承和环境整治三大工程，进一步发挥民间艺术在促进当地经济生活、文化事业和社会发展等方面的综合作用，推进公共文化服务体系和文化产业建设，带动当地经济社会发展，保障广大居民的基本文化权益，让广大居民分享文化发展的果实，进而形成保护民间文化、传承民间文化、创新民间文化的良好社会风气，共同维系原汁原味的广府文化、民俗风情，实现优秀传统文化的传承与经济发展的双赢。

精心打造后的沙湾古镇核心区面貌焕然一新，既保留了古镇原有的古色古香风味，又呈现出全新的视觉感受。

整个街区整洁有序，配套设施完善，功能布局合理。核心区打造了10个主题鲜明的展馆。包括沙湾宗祠文化展览馆（留耕堂）、何炳林院士纪念馆、广东音乐纪念馆（三稔厅）等，一一展现沙湾瑰丽的祠堂文化、宗族文化、建筑文化、农耕文化、民间文艺等，充分彰显了沙湾古镇的风采和浓郁的历史文化底蕴。

沙湾古镇除了别具一格的文化冲击外，古镇旅游还推出了人性化的吃、住、玩、乐体验。

安宁西街4幢标志性仿古建筑大茶楼、冠南楼、金龙楼和青萝会馆，成为沙湾特色茶楼食肆，还有家庭旅馆、特色手信一条街、休闲酒吧街齐齐亮相。

在历史文化街区，听着悠扬的广东音乐，饮茶论道，体验着古人怡情冶性的生活方式，品尝沙湾独有的特色小吃，感受现代文明与传统文化的融合共生，别有一番滋味。

沙湾古镇旅游区占地2300多亩，其中旅游核心区占地约265亩。

已修缮了留耕堂、聚福楼等一批具有历史文化价值的明清古建筑，重现清水井片区4座古建筑风貌，完成了39条古街巷长达5.2千米的管线埋地、雨污分流首期整治和部分街巷的外立面整饰，并对绿化景观进行了升级改造。

沙湾古镇，是一个充满着活力、洋溢着青春的美丽乡村！

行走在沙湾，每一处街景都散发着浓浓的古镇淳朴气息，街口的大榕树、荷塘边的石凳、岭南特色的村屋……尽显着雅致与古朴，却又不失趣味。

走在一块连着一块的麻石上，穿过大街小巷，青砖陶瓦，街巷错落纵横，路口与路口连接的另一处，又是一个未知的风景。

在街巷的某一个开阔处，游人会看到这样的场景：大人们会打陀螺，小孩们玩砂炮，用力一甩，掷地一声"砰"，好不热闹！

这里还有许多贩卖小玩物的小摊。

大榕树下街坊的闲聊，孩子们的嬉戏，热情的商贩，整个小镇生机勃勃。

行走在窄巷里，在进士会，偶尔还能够听到悠扬的琴声。

2020年，疫情的发生给沙湾古镇的旅游业带来了寒潮，但沙湾人没有坐以待毙，而是主动作为，在疫情进入常态化防控阶段，立即谋划，通过举办各种活动，推动古镇旅游经济复工复产。

2020年6月，"非遗"传承人齐聚沙湾。番禺区在沙湾古镇安宁广场举行了一场"我们的节日·端午"主题活动。广东音乐演奏、龙舟制作技艺展示、中药文化（传统香囊制作）等"非遗"的传承人轮番上阵，为群众展示

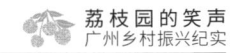

传统的民俗文化,弘扬传统文化。

疫情虽然无情,但乡村振兴的脚步不能停。据悉,这是番禺区"我们的节日"系列活动首次在沙湾古镇举办。在疫情防控情况好转的情形下,广州市番禺区文广旅体局积极将番禺区丰富的非物质文化遗产融入旅游景点,通过文商旅融合的形式,以岭南文化充实旅游景区,同时以旅游业带动番禺"非遗"的传承和发展。

沙湾古镇附近,还有一处滴水岩森林公园,为沙湾的自然风光增色不少。

建成于2004年的滴水岩森林公园位于沙湾镇北村附近,走进公园,广阔的天地令人心旷神怡。

滴水岩森林公园绿树成荫,露天休闲石凳点缀其中,显露天地合一的气势。

更引人入胜的,是隐藏在林荫后面如诗如画的景象。

森林公园大门有一条宽10米的水泥道路直上山顶,路有3千米长,直抵山上滴水岩。

山道沿途林荫遮日,很适宜游客慢步上山。山路上一个景点是老鹰岗,另一景点是神仙床。

山上滴水岩流滴下来的水汇成水塘,游人与狗在塘中嬉戏,生机与活力尽现。

沙湾古镇旅游景区自2012年元旦正式启动,深受中外游客的好评,每年接待游客100多万人次。先后获评为国家AAAA级旅游景区,被列入"广东省文化旅游融合发展示范区""2018最受网民喜爱的广东十大古村镇""2018年度广东十佳服务好评景区""广东省乡村旅游精品线路""2019年广州地区最具潜力科普资源单位"。

作为番禺区旅游文化资源中的亮丽"名片",沙湾古镇是番禺西部岭南文化生态旅游片区的核心支撑,景区建设不断优化,内涵持续丰富,产业配套日趋完善,文化旅游产业链加快拓展。

在乡村振兴的大潮中,沙湾古镇正趁势而上,继续以"全域旅游"的新理念、新战略开展"旅游+珠宝""旅游+文化"产业开发,努力为番禺区巩固"全域旅游"创建成果做出新贡献,为番禺区、广州市的乡村振兴再展新风采。

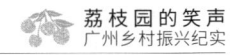

四　珠宝点亮大罗村

在番禺区沙头街大罗村的入口处，一个巨大的"大钻戒"标志吸人眼球。

2018年以来，番禺区着力推进乡村振兴，在乡村产业发展规划、基础设施建设、村容村貌提升、乡村文化打造、村民生活水平提高等方面下足功夫，努力创建一批富饶之乡、精品之村。

根据广东省、广州市乡村振兴三年行动计划，番禺区在全区177个村中选取了20个村开展特色精品村创建工作，沙头街大罗村就是其中之一，而且最先完成了申报验收，成为番禺区特色精品村建设的一个样板。

大罗村位于沙头街北部，隶属于广东省广州市番禺区沙头街道，下辖4个村民小组。

村口的那个"大钻戒"向人们昭示：作为广州乡村振兴行动"一村一品"的代表，大罗村的珠宝产业，已成为番禺区的乡村产业名片之一，享誉全球，成为一个璀璨发亮的明星产业。

时代浪潮中的华丽蜕变

大罗村的珠宝产业是广州城市经济发展的一个时代印记。

大罗村的珠宝产业起步，要追溯到二十世纪的八九十年代。当时的人口红利吸引到的来料加工业务，让大罗人初探珠宝世界。

由于大罗村远离城市中心，地价便宜，劳动力低廉，许多在城市中心经营珠宝业的商户前来大罗村开厂生产，为大罗村带来了最初的城市产业辐射。

初期，大罗村刚建起银建工业村时，刚好是香港产业升级转型的窗口期，有一大批珠宝产业要向内地转移。

大罗村有很好的环境、较低廉的劳动力，村民们回忆起当年大罗村出现珠宝加工业的原因，认为这就是人口红利给大罗村带来的发展契机。

20世纪80年代，伴随着中国的改革开放，香港地区的产业转移及全球消费者对珠宝首饰的需求增大，香港的珠宝厂商纷纷北上转移落户珠江三角洲，大罗村成为承接境外珠宝产业转移的第一站。

经过30多年的发展，以大罗村为核心的大罗塘地区已集聚了300多家珠宝首饰生产加工企业和逾2000家销售经营珠宝首饰的工商业户，从业人员5万多人，形成了完整的产业链。

经过不断摸索，从来料加工到前铺后厂，再到如今的全展馆销售模式，大罗珠宝产业完成了华丽转身。

随着大罗村珠宝产业的不断调整与发展，经过多年的产业积累，位于沙头街大罗村、银平路沿线一带，覆盖榄山村及小平村，集"研、创、产、游、购、娱、赏、教、测"等产业元素于一体的大罗塘珠宝首饰集聚区应运而生，成为全国首屈一指的珠宝首饰生产加工基地和全球珠宝首饰供应基地。

2016年，大罗塘珠宝小镇正式揭牌。

珠宝产业的完善升级，成为大罗村乡村振兴高速发展的催化剂，让大罗村在几年内变了模样。

村子里原来有一块烂地，多年荒废，杂草丛生，垃圾堆积，污水横流，成为蚊蝇滋生地，人们经过皆掩鼻而行。

珠宝业带来的经济发展，让大罗人感到乡村环境建设的重要性，他们通过争取政府扶持，又从集体经济中拿出一部分资金，用于村容村貌建设，拆除了村里村外的窝棚，荒废的土地被规划成绿地或公园，村中的那片烂地也得到改造，被建成一个供村民休息和健身的文体广场。

村中的道路通畅了，篮球场等娱乐、休闲、体育设施，大大提升了村容村貌的品质与品位，让村民得到了实实在在的文体活动实惠。

珠宝产业发展不仅给村民家庭和村集体经济创造了效益——全村人都有地租、厂房带来的分红,还给全村人带来就业实惠。

许多村民与广州其他偏远乡村的村民一样,以前都是外出打工,现在都回流回村,或者参与管理工作,或者创业做老板,或者到珠宝店厂打一份工,实现家门口就业。

让村民感到幸福、让企业感到温暖的同时,大罗村积极谋求新的发展思路,萌发出以老旧厂房升级改造为基础,发展珠宝旅游业的构想。

大罗村借助番禺区乡村振兴行动中推动全域乡村旅游业发展的契机,规划珠宝业的"产销+旅游"相结合的发展模式,将大罗村的珠宝产业链不断壮大,以特色产业带动全村经济发展。

大罗村外来人口最多的时候有四五万人,给村里的管理带来很大的压力。当时在大罗村集聚的珠宝企业以代工和低端产业为主,产生的价值不高,还给村的环境、卫生、治安、供电带来很多问题。大罗村萌发了推动珠宝产业转型升级的想法。

番禺区编制完成了《大罗塘珠宝首饰产业集聚区产业发展规划》,先后投资3200多万元开展珠宝小镇形象展示和宣传推介,市政设施升级改造和配套、绿化改造等工程,完善了大罗塘珠宝小镇三线下地、治安视频监控、大罗塘珠宝小镇牌坊、大罗塘珠宝小镇基石工程。

同时全力推进莲花大道、环村路、汀根南路、银平路等重点道路建设,加强交通环境整治。

如今,大罗塘珠宝小镇面貌焕然一新,新铺设的沥青道路干净整洁,交通繁忙有序。

大罗村顺势而为,把村的旧厂房、旧工业区进行升级改造,建起了集利珠宝、聚盈珠宝、宝汇珠宝等珠宝展贸中心。

在大罗村的示范带领下,珠宝生产企业和销售企业行动起来,金俊汇、大罗珠宝城、金年华、勤艺银泰城、三和珠宝精品馆等珠宝展贸中心纷纷建起。

大罗村还将村委会办公楼拆了,建设珠宝展贸中心。

同时借助番禺区莲花大道建设的契机,利用村的留用地建设珠宝总部大厦。

大罗村在发展珠宝产业的政策、环境等方面下足了功夫，吸引了许多创业者慕名而来。他们认为，选择大罗村，因为大罗是一个珠宝的加工基地，材料、加工技术、人员、人才都挺集中的。

在大罗创业的过程中，沙头街道和商会都不定期地来给他们的工作进行指导，给他们一些方向、一些帮助，听听他们的需求。

2020年初的疫情防控期间，大罗村根据当时的客观条件，主动帮扶入村企业渡过难关，给他们一些免租优惠和其他方面的支持，开展暖企活动，留住了创业者，稳住了产业队伍。

一直在前进路上

以特色精品村建设为抓手，不断提升村民获得感、幸福感，大罗村一直在前进的路上。

该村距广州市中心城区约25千米，距番禺区中心城区约5千米，围绕着打造珠宝小镇的乡村产业品牌，以批发采购、冷冻储藏、物流配送、加工出口为主体，提供商务代理、商品信息、检验检疫、金融服务等一系列配套服务的冷冻集散。

大罗村内有老人活动中心、灯光球场、文化体育公园、健身步道、农家书屋、幼儿园、医疗站等民生配套设施。

该村成立了治安队伍，实行24小时巡逻制度，还在全村范围内设置视频监控设备，24小时有专人监察，村内治安环境良好，犯罪率低，村民及外来人员相处融洽，安居乐业。

大罗村具有深厚的历史文化底蕴，竹居陈公祠、碧川刘公祠、袁氏宗祠等古民居建筑群保存完好，民间有"七乡会"。

这些传统的历史文化遗址在乡村振兴中作为大罗村乡村文化的宝贵遗产，得到很好的保护，并成为乡村文化振兴的重要内容，向公众展示与传播。

大罗村通过特色精品村建设的合理规划及精心设计，全面改善了村民的居住环境，绿化面积的增加、村容村貌的提升、公共设施的进一步完善，确保了居住安全与舒适、便利，村民的幸福感倍增。

通过全面改造，结合珠宝小镇的建设和发展，村里将村域范围内集体所有的老旧工业厂房、仓库全面升级改造，盘活土地资源，为周边的珠宝产业提供金融支持服务、电子商务运营管理、特色旅游酒店及体验基地等服务，致力打造出集生产研发区、展览与文化交流区、珠宝创意办公区、珠宝商品交易区、生活配套区等"五区合一"的专业化珠宝特色小镇。

五　精品创变，番禺势头正猛

番禺区在实施乡村振兴战略的行动中，努力创建一系列富饶之乡、精品之村，大罗村珠宝小镇的建设只是其中的一个缩影。

在全区精品村创建过程中，对村落进行了规划。进行了一系列的乡村改造和治理，达到干净、整洁、美丽的要求，村民的幸福指数、幸福感有了很大的提高。

番禺的乡村振兴，在2020年又以新的姿态步入快车道。

乡村公路展新颜

乡村公路被称为乡村振兴的"最后一千米"。在广东，有总长度达18万千米的农村公路，为乡村振兴注入源源不断的活力，不断地增强人民群众的安全感、幸福感和获得感。

广州市番禺区在2018年被广东省交通运输厅、农业农村厅、扶贫开发办公室联合命名为"四好农村路"省级示范县。

到2020年，番禺区全区已实现农村公路路面铺装率100%，农村公路列养率100%。

以城区为中心、乡镇为节点、建制以村为网点的农村公路交通网络已初步形成，177条行政村通公交率100%。

番禺农村公路的快速发展，增强了城乡互动，缩小了城乡差距，加快了城乡一体化进程，改善了农村居住和出行环境，有效带动了特色种养业、农村电商、乡村旅游等特色产业发展，为农民群众打开了脱贫致富的大门。

番禺区政府于2018年6月印发了《番禺区农村公路"路长制"实施方案（试行）》，以打造"四好农村路"为主要任务，层层建立"路长制"管理机制，动员全区力量参与农村公路的日常管理。同时，建立了"路长制"考核办法、"路长制"工作会议制度、"路长制"工作督办制度、"路长制"工作信息公开通报制度等规章办法，完善管理机制，使"路长制"行得通、有效果。

区、镇（街）、村各级均成立相应的农村公路"路长制"管理工作机构，全区254条农村公路已明确路长并在公路旁设立"路长牌"，接受群众监督。

同时，番禺区还成立了由区长任组长，区各相关职能部门及镇（街）干部为成员的区创建工作领导小组，全员发动形成合力，为乡村振兴提供重要支撑；为进一步完善农村路网，为脱贫致富奔小康创造条件，番禺区于2018年完成了《广州市番禺区农村公路成网工程建设规划项目咨询报告》；建立完善质量安全监督管理机制，打造平安路、幸福路；打造绿色农村客运交通，助推美丽乡村建设。

产业兴旺是重中之重

番禺区坚持农业农村优先发展的要求，围绕"产业兴旺、生态宜居、乡风文明、治理有效、生活富裕"的总要求，积极推动乡村振兴战略落实、落细，共同助力美丽乡村建设。

番禺区位于广州中南部，四周江环水绕，辖内河网纵横。番禺区首先在生态保护上花了大力气、下了大功夫。这也是《番禺区实施乡村振兴战略三年行动计划》和《番禺区全域推进农村人居环境整治建设生态宜居美丽乡村三年行动计划（2018—2020年）》中的重要内容。

得益于乡村振兴战略的实施，番禺区举全区之力，推动农村人居环境整治向纵深推进，进一步完善基础建设，下苦功夫开展全方位无死角的专项整治，有效改善全区农村环境面貌。

全区所有行政村基本完成"三清三拆三整治"任务，并且，一批行政村具备了申报省定"特色精品村"条件，完成了新水坑、旧水坑、坑头村美丽乡村群建设。

为打造舒适的人居环境，番禺农村积极推进村内水、电、路、渠等基础设施建设，通过景观改造，提升农村整体形象，将昔日的污水塘建成荷塘景观和主题生态园，将容易藏污纳垢的闲置地建成小型绿化休憩区。

乡村振兴涵盖了方方面面，但归根结底是发展问题，其中"产业兴旺"是重中之重。

番禺区大力扶持农村集体经济发展，加快推进旧村和村级工业园改造，通过提升基础设施和完善配套设施，提高档次，引进高端产业；提出"政府统筹＋物业置换"的留用地节地模式思路，完成600余亩留用地兑现任务。

在农业产业结构调整方面，番禺区按照"一草一渔一场一园一龙头"的思路，集中资源发展花卉、蔬菜和水产养殖等优势产业；积极推进化龙荫生花卉种植基地、海鸥岛现代渔业园区、石碁镇蔬菜生产基地等农业园区重大农业项目建设；完成稼源现代蔬菜园区第二期蔬菜大棚建设项目，项目总投资逾千万元，现已投入生产使用。

近年来，位于石楼镇的海鸥岛成功申报成为广东农业公园，是珠三角独一无二的绿色生态岛屿。未来，海鸥岛还将有望申报创建国家级农业公园。除海鸥岛外，石楼镇其他地区也将分类规划建设种植业、渔业、畜牧业的高品质观光休闲农业项目，打造市级及以上休闲农业与乡村旅游示范单位。

番禺区积极发展现代农业，组织广州酒家集团利口福食品有限公司等3家企业申报省级农业龙头企业；2018年，又新增1家省级重点农业龙头企业（广州绿航农业科技有限公司），金洋水产农业公园、绿航都市农业产业园等企业申报了广州市市级农业公园。同时，还通过"运动休闲＋康养度假＋文化旅游"等与乡村振兴进行深度融合，积极打造产业兴旺的"番禺样板"。

繁荣乡村的规划愿景已经成为美丽的现实。2019年，番禺区深化"百企帮百村"工程，引入社会力量，帮助各村完善基础设施建设，推进环境治理和产业振兴，打造产业兴旺的美丽乡村群。

番禺区还开展"一村一品牌"创建工作，评定南村镇坑头村等16个村为番禺区首批"一村一品牌"创建对象村。

乡村振兴战略的实施，让番禺农村的山更绿了，水更清了，地更净了，随之而来的人文风味越来越浓了，文体活动越来越丰富了，百姓生活更加幸福了。

2020年，番禺区已实现村（社区）综合性文化服务中心全覆盖，各类民俗文化活动的开展，大大丰富了村民的业余生活。

人生难忘是乡愁，客居他乡的游子，无论离家多远，割舍不下的依然是浓浓的家乡情愫。

有着500年历史的陈氏古祠善世堂重新修缮，门前广场上的"石楼八景"石雕格外耀眼。它刻画的正是番禺古村落的农耕文化及山水风情。

虽然农耕文明已成为一段尘封的历史，"石楼八景"也有了新的指代，但独具岭南特色的古建筑与石雕为后人留下了深深的念想。

在番禺，越来越多的村加入到乡村振兴"五美行动"当中，本地村民与外来人口一起，共建美丽家园、美丽田园、美丽河湖、美丽廊道、美丽产业园……

番禺，广州最早的城市名字，经两千多年的历史变迁，成为广州临珠江入海口的乡郊区名。在广州超大城市现代化的进程中，城市化的步伐不断加快，乡村振兴的国家战略，正为它的城乡融合发展创造条件，探索珠江三角洲充满水乡广府特色的乡村振兴之路，成为番禺乡村新的发展契机。

第五章

花卉之都

广州又叫花城,但广州有一个名字更霸气的涉农郊区——花都。

花都不仅名字霸气,而且历史上花都的农民更是不一般,出了中国历史上最有影响力的农民,太平天国的洪秀全就是花都人,镇压太平天国的重要人物骆秉章也是花都人。

近代以来,花都的农民自卫军一直是一支有战斗力的红色革命队伍。

花都,旧称花县,有"省城之屏障,南北粤之咽喉"之说。

花都历史上属南海县,宋以后,分属南海、番禺二县,自清康熙时期始设县管治,取名为花县,从设县的建制来看,花县是广州郊县历史较短的区。

改革开放以来,花县华丽转身,由县变市再变区,成为广州超大城市整体结构中的一个有机组成部分,并由花县变成花都。

在国家乡村振兴的历史进程中,花都的乡村展现出新时代的风采,成为广州城乡融合发展充满活力与生机的北部后花园。

一 古色古香塱头村

塱头村，紧依南粤珠江流域巴江河，西南侧分别与佛山市三水区和南海区相邻。

塱头村与番禺大岭村相距100千米，如两颗明珠一样镶嵌在广州城郊的一南一北。塱头村在2014年入选第六批"中国历史文化名村"，是继大岭村之后第二个获得这一殊荣的广州乡村。

2020年4月，为进一步挖掘传统文化、乡村美景，推动文化旅游市场加速复苏，让更多的广州人发现广州美、助推乡村振兴，"广州人游广州"启动仪式在塱头村举行。

作为朝阳产业和服务就业的"稳定器"，本次"乡村文旅振兴"活动以广州乡村和近郊环城游憩带为切入点，推进广州旅游市场信心恢复、消费释放和产业复苏，为后续逐步实现广州旅游全面复苏打下基础。

经过近年的努力发展，尤其2018年实施乡村振兴战略以来，广州形成了森林康养、温泉养生、观光农业、绿道休闲、古村风韵、民俗乡情、特色民宿、研学基地、自驾露营和水乡风情等类型多样的乡村旅游产品体系。

乡村振兴给广州旅游业发展带来的积极影响，显示了明显的成效。

"广州人游广州"系列活动，从增城、白云、番禺、花都、南沙、从化等区中推出花都绿色田园游、白云亲子休闲游等8条特色乡村旅游线路，与此同时，广州长隆也恢复开放野生动物世界和熊猫酒店，协同打造广州文化旅游特色品牌。

随后广州陆续推出博物馆和旅游日主题活动、"世界地球日羊城生态行"生态园林游等系列活动,为推动乡村旅游复苏发展按下"加速键"。

启动仪式选在塱头村有其独特的意义,在当时的情况下,大型活动规模受到限制,场地要求严格。

塱头村地处北部乡村,远离广州城市中心,而且整个疫情期间,没有出现影响公共活动的疫情,防疫工作做得较好。

塱头村有开阔的乡村空间,古色古香的村容村貌又适合做旅游仪式的活动背景,同时还可以起到宣传作用,带动塱头乡村旅游业的发展。

在这样一个中国历史文化名村举行这个特殊之年的广州乡村旅游活动启动仪式,体现了广州文化旅游部门对塱头村乡村旅游前景的肯定,彰显了塱头村向岭南古村落旅游业发展的产业定位。

旗杆石诉说千年荣光

与别的古村落有别,塱头村祠堂前的数十块旗杆石整齐地排列成行,令人印象深刻。

塱头村的旗杆石立于村前各个祠堂门与村前的风水塘之间,上面多刻有相关考取功名者的名字及事迹。旗杆石众多,说明塱头村的黄氏家族历代文风之盛,名人之多。因而,要想了解塱头村的历史和村中历代名人,释读那成排的旗杆石,就是一个很好的途径。

这些旗杆石立在祠堂前的空旷处,威严、庄重,非常有历史厚重感,这是塱头村留给游人最独特印象的古村风景。

塱头村立村于元朝至正二十七年(1367),为广府传统村落典型的梳式布局,村内保存了完整的水系,以村前半月塘为核心,集中体现了广府传统村落民居的风水布局理念与典型生态特征。

塱头村河汊、湖泊、水塘众多,具有珠三角传统水乡的环境特色。巴江河主要流经花都区的赤坭镇与炭步镇,其上游与清远乐排河、佛山九曲河相交汇,中游与花都区内的天马河、新街河汇集,后与流溪河在鸦岗交汇,最终经石门汇入珠江。

村内保留有完整的明清建筑风格的古建筑群，类型丰富，工艺精湛，体现了历史的真实性和连续性，其规模为珠江三角洲地区所仅见。

塱头村有着珠江三角洲地区许多传统乡村相似的特点，有着明显的客家文化遗风。

南宋时期，从江西赣州过梅岭而来的黄居正和夫人米氏迁居南雄珠玑巷，之后黄居正后人纷纷从珠玑巷迁居至岭南各地。黄居正夫妇被认为是广东黄姓始祖。

黄氏第七世祖黄仕明始初定居于炭步水云边。元朝至正二十七年（1367），黄仕明由水云边迁到塱头村定居，之后世代相传，村落规模越来越大。

黄氏选址于此是因该址南有泽地（后开发成鱼塘），北有山岗，适宜建村。

相传，开村之祖黄仕明与一风水地理师相熟，对方曾指点黄仕明取得朗西头这块土地，并称此处南有泽地，北有土岗，将"朗"加"土"字为"塱"，去"西"字留"头"字，居屋建于岗头临水之边，意为"头啖汤"，可取村名为"塱头村"。

整个村落的布局，以巷子为中轴，民居在巷子的两侧，房屋与房屋之间用门楼联系，可以起到防盗的作用，而宗祠是整个村落的精神核心。

塱头村有3个聚落群，分别是塱东、塱中、塱西。

塱头村古建筑群占地面积达6万多平方米，均坐北朝南，布局规整，排列整齐，规模宏大，保存较好。

村内保存完整的明清时期青砖建筑有388座，其中祠堂、书室、书院共有34座，炮楼、门楼共5座。

村落建筑以宗祠及书室为主，大多数建于清代，部分建于明代。一般为三间三进或三间两进格局，石雕、砖雕、木雕及灰塑工艺较好，其中以友兰公祠为最。

友兰公祠位于塱西社。始建年代不详，清嘉庆六年（1801）、民国十六年（1927）重修。坐北朝南，三间三进，建筑占地500余平方米。人字封火山墙，灰塑博古脊，碌灰筒瓦，青砖墙，花岗岩石脚，红泥阶砖铺地。门前地坪宽阔，有一口半月形水塘，水塘边有两棵粗壮的龙眼树，树下竖有旗杆夹两对，分别为纪念咸丰元年（1851）辛亥恩科乡试第五名副榜黄湛莹、咸丰三年（1853）癸丑恩科考选第一名贡生黄庭槐所立。友兰公祠是广东省文物保护单位。

古风遗韵犹存

广州地区的灰塑因地制宜，将美学艺术与生活细节相结合。

塱头村的建筑灰塑主要分布在建筑各进和侧廊的屋脊、两边的山墙上。灰塑代表如谷诒书室、云涯公祠正脊灰塑群狮献瑞图，景徽公祠正脊灰塑雀鸟、梅花、牡丹、山水，以湘公祠正脊灰塑狮子、麒麟、花鸟等。

这些灰塑图案均生动活泼、色彩鲜明、立体感强，体现了塱头灰塑的工艺特色。2008年，灰塑被列入第二批国家级非物质文化遗产名录。

粤剧是广东省最大的戏曲剧种，是一种糅合唱作念打、乐师配乐、戏台服饰、抽象形体等于一体的表演艺术。花都地区许多人从事粤剧事业，可谓名伶辈出。塱头村的私伙局同样蓬勃发展，粤剧演出红火。2006年，粤剧被列入第一批国家级非物质文化遗产名录。

"南狮"亦称"醒狮"，流行于广东、广西以及港澳乃至东南亚侨乡，是地道的广东民间狮舞。花都地区几乎乡乡都有自己的醒狮队，塱头亦然。逢年过节和开张庆典，狮队就敲锣打鼓，在塱头村进行巡演。

塱头村主要种植收成时间较短的蔬菜瓜果类，养殖鱼虾和鸭鹅。塱头村民世代耕种于这片土地，形成自己的特色农产品，如炭步芋头、石湖莲藕等。

炭步槟榔香芋是广州市花都区炭步镇特产，获全国农产品地理标志。剖开芋头可见芋肉布满细小红筋，类似槟榔花纹，栽培学称之为"槟榔芋"。

炭步槟榔香芋既可做蔬菜，也可当主食，其口感酥松、粉嫩、香醇，有较高的药用价值。

塱头村有尊老爱幼的传统。从古至今，每年底都会分鱼给村中老人。但因鱼大小不一，为防止村民发生分歧，村民建议把鱼连骨带肉煮成鱼酱，并拌入猪油和面豉分给村民。出乎意料，鱼酱鲜香美味。因此，鱼酱成了塱头村祭祖或敬老摆酒席的必备菜式。

在广州全域的历史文化古村中，塱头村由于地处广州北部远郊，受到城市社会经济现代化的影响相对较少，村落古风遗韵犹存，是原生态保育相对完整的岭南古村落。

乡村振兴，任重道远，未来可期。

随着国家"三农"政策越来越完善，乡村建设受到重视，尤其2018年实施乡村振兴战略以来，塱头村以创建美丽乡村为契机，以古村落旅游为名片，完善基础设施建设，改善人居环境条件。

一是紧紧围绕美丽乡村建设的要求，积极开展村道硬底化建设、农村路灯安装、自来水入户、河涌清淤、通信影视"光网化"工程、休闲公园建设及建设公共服务站、户外休闲文体广场、文化站、宣传栏等"七化""五个一"工程项目，完善村庄基础设施和公共服务设施。

二是修建了古村落旅游道路、停车场、文化广场、荷花池、绿化广场、环村绿道等旅游设施，对青云桥及古建筑进行改造，以项目带动塱头村的发展，使其成为广州市美丽乡村。

三是不断完善古村落旅游产业发展设施，通过万亩鱼塘改造、硬底化水利建设，塱头村变得交通便利，灌溉畅顺，吸引了不少蔬菜种植大户前来投资；引导农庄成功申报广州星级农家乐；引入国学培训机构明伦书院、成鼎峙文化传媒机构等，把破旧闲置的古建筑打造成为书画院、茶馆、沉香馆、汉服馆等文化场所，吸引相当一部分游客前来观光；发展了塱头人家、古村美食和美丽农庄等农家乐。

塱头村村庄集体收入和人均收入均有大幅提升，村民切实感受到乡村振兴建设带来的实惠，参与乡村振兴的积极性和热情日益高涨。

在村党委和村委会两委干部的牵头下，塱头村成立了村民代表协会、志愿者协会、妇女协会、美丽乡村村民理事会等，共同参与村的事务，推进乡村振兴事业向前发展。

另外，塱头村还成立了党务、村务、财务监督小组，在全体党员、群众代表、志愿者协会中选出10名优秀党员作为监督小组成员，全程监督塱头村一切事务，从而使党务、村务、财务工作得到公开、公平、公正、透明的处理。

村民参与村务工作热情高涨，团结一致、齐心办事。

塱头村的古村保护，得到各界认可，获得了许多荣誉。2008年入选广东省文联、民协所评第一批广东省古村落；2013年8月获国家城乡建设部所评第二批中国传统村落；2014年2月入选国家城乡建设部、国家文物局所评第六批中国历史文化名村；2015年获得广东省人民政府授予的"广东省旅游名村"称号。

在古村落保护与建设过程中，塱头村也面临着发展速度、经济效益与历史文化保护传承之间的冲突问题，原生态保育相对完整，既是塱头村的优势，也给发展带来一定的压力。因此，塱头村的村容村貌虽然大有改善，但还有数百间老旧房屋依然破旧，有些街巷还需要修整，许多历史文化内涵还有待于发掘与整理，这些工作皆非一朝一夕可以完成，需要科学的论证，需要丰富的社会资源注入。

在乡村振兴的路上，对塱头村而言，任重而道远，保育完好的历史文化资源将会让这个广州之北的古村落在未来重现荣光，成为广州乡村传统文化振兴的样板。

二　黄花风铃满竹洞

如果说炭步镇的塱头村是花都历史文化名村中的排头兵，那么赤坭镇的竹洞村则是花都自然风光最美的乡村代表。

竹洞村先后被评为广州市级、花都区级美丽乡村，区级乡村振兴示范村，人大代表亮身份试点村；获得"全国综合减灾示范社区""广东省健康促进示范村""广东省卫生村""广州市文明村""广州垃圾分类示范村""广东省第六届文明村镇""广东特色产业名村"等称号。2020年12月获评广州最美村庄，成为广州一千余条乡村中最美的四十条村庄之一。

在诸多乡村荣誉中，广州最美村庄和广州垃圾分类示范村的成就成为竹洞村在乡村振兴中最亮丽的名片。

名副其实的最美村庄

竹洞村位于花都区西北部，是典型的山、水、田相间的农村。

竹洞村以乡村振兴为契机，开展文明创建活动，改善村庄环境面貌，促进经济社会和三个文明建设和谐发展，同时深入挖掘、开发、提升休闲农业和乡村旅游。

到2020年，竹洞村形成了盆景种植、鱼塘养殖、乡村旅游及洪熙官武术基地多方面结合的发展模式，逐渐成为"看得见山，望得见水，留得住乡愁"的美好所在。

竹洞村由一个叫邝宗志的人在清康熙三十年开基而成，因村内及周边田野里长满竹子，以至于村子就像在竹林中的洞府而得名。

随着竹洞村的人口繁衍和时代变迁，竹洞村的自然风貌也发生了改变，以竹子为主的自然植被基本被农田所取代。在20世纪中后期，不少乡村在城市经济的冲击下逐渐衰弱下去，竹洞村的情况也一样，乡村环境基本被破坏。

广州超大城市的发展给乡村建设提出了新课题，落后的乡村如何跟上广州城市现代化的脚步，成为各级政府及竹洞人必须面对的现实。21世纪以来，乡村建设越来越受到重视，2018年国家乡村振兴战略的实施，给竹洞村环境的改善带来了新的机遇，乡村环境建设成为摆在首位的任务。

竹洞村在保护好现存的自然环境的同时，结合当地的水土特质和气候条件，引进南美乔木"黄钟木"，也就是民间所说的黄花风铃木。有100多亩黄花风铃分布在路边和山间，其中小山坡有数千棵，每年2—3月的早春时节，黄花风铃盛开，形成一片金黄灿烂花海。

黄花风铃怒放的时候，来自广州及珠江三角洲周边城市的许多游客被吸引到竹洞村看花赏景。

其时，竹洞村会举办黄花风铃节暨黄花风铃摄影比赛、洪熙官武术文化节等活动。

游客在欣赏黄花风铃花开时"满山尽带黄金甲"的壮观美景的同时，还可以欣赏龙狮起舞、武术表演等助兴的旅游节目，尽情陶醉在竹洞村的别样美景之中。

赤坭镇依托青山绿水、田园风光、古村民俗等农业资源，着力打造农事节庆活动，通过在区域内开展"赏灯、寻春、探花、觅食、开耕"等主题活动，打造花都全域旅游重要景点，为乡村振兴提供旅游产业支撑。

文明理念开花结果

竹洞村发挥党建引领作用，扎实推进农村人居环境整治，以垃圾分类、"厕所革命"为抓手，形成示范，带动村容村貌全面提升，坚持高标准建设岭南特色生态宜居美丽乡村。

2019年，竹洞村启动创建市级农村垃圾分类示范村工作，村委成立了生活垃圾分类领导小组，村委书记为领导小组第一责任人，形成金字塔式层级管理制度，实行分片管理，责任到人，层层抓落实。

竹洞村设置了可回收及有害垃圾临时贮存点，统一收集处理有害垃圾，村民在每个月的10日、20日、30日将可回收物送到集中回收点，由环保公司回收处理，真正做到资源利用最大化、垃圾减量化。

同时，竹洞村还积极探索厨余垃圾沤肥的处理方式，建有2个沤肥点，100余个沤肥坑。沤肥点种植罗汉松树，树下成排挖出沤肥坑。消毒、杀菌、防虫，再标上沤肥日期，1个月以后，厨余垃圾就可以完全降解，真正实现了"厨余垃圾不出村"。

"垃圾分类就是新时尚"的文明理念在竹洞村开花结果。该村生活垃圾回收利用率高，2019年底成功通过广州市农村生活垃圾分类示范村的创建验收，其经验做法被广东省、广州市各大媒体争相报道，影响广泛。同时也带动了竹洞村的美誉度和知名度的提升，增强了发展乡村旅游经济的后劲。

开展"厕所革命"，增设标准化公厕1座，设置无障碍通道、第三卫生间、工具房，安排村级保洁人员对公厕进行全天保洁维护，厕所也转变成村里一道靓丽的风景。

村庄更美的变化让人惊喜，村民们的主人翁意识大大增强，纷纷主动参与到环境整治中来，共建共治共享美丽家园。

2020年7月底，竹洞村"惠民综合体"亮相，垃圾分类指导中心、文化活动中心、体育运动场以及厕所等设施一应俱全，集科普展示、健身休闲、便民服务等功能于一体，全面彰显生态宜居、文体惠民、和谐有序的美丽乡村新景象。

竹洞村垃圾分类给乡村美化带来了很好的示范，与之相邻的石坑村、丰群村、赤坭村、田心村、瑞岭村、黄沙塘村、莲塘村、剑岭村、鲤塘村、乌石村、皇母村、荷塘村、锦山村、荷溪村等乡村，也变得越来越美了，各村的乡村人居环境也于2020年达到了广东省、广州市干净整洁、美丽乡村的要求。

三　瑞岭盆景领风骚

瑞岭村位于赤坭镇西北部，瑞岭地处丘陵山岗地带，瑞岭村人利用本地的特点，以盆景花木、绿化、花卉为村民经济支柱，村级集体经济收入靠收房租、地租。经过多年生产发展，形成水田种植水稻、花生，鱼塘养殖四大家鱼的发展模式。

瑞岭盆景历史悠久，至今已有100多年的历史，成为乡村振兴"一村一品"的特色产业。

盆景除具有艺术价值、观赏价值和经济价值外，还有美化环境、调剂生活、陶冶性情等作用。

瑞岭村和同属赤坭镇的丰群村、竹洞村、田心村、上连珠、下连珠等村以及狮岭镇、炭步镇一些与赤坭镇相连的村庄，都有种植栽培盆景的习惯。其中，以瑞岭村最为有名。2020年11月，广州花都瑞岭村首届盆景艺术节开幕式上传出振奋人心的消息：一棵由瑞岭村花场——逸翠园提供的，树龄300年的日本罗汉松，从380万元起拍，最终以680万元成交。

一盆由瑞岭当地盆景大师朱昌意提供的盆景以30万元成交。

2020年11月25日，连续举办了7天的广州花都瑞岭首届盆景艺术节暨花都区"广东技工"工程首届"乡村工匠"岭南盆景技能大赛落下帷幕。

活动中，40名本土盆景制作工匠现场比拼。选手们在树胚上进行创作，随着枝条与树叶应声落地，形态各异的盆景作品展现在观众面前。

经由评委、中国盆景艺术大师谢克英、陆志伟，岭南盆景艺术大师王金荣、林伟栈，台湾中华盆栽艺术总会主委王振声，监委、瑞岭村委监督委员会主任朱伟政等人组成的评委会的严格评比，共评出金奖作品8件、银奖14件、铜奖22件。对近三年在省级、国家级大展中获得金奖的参展作品，评委、监委的参展作品，以及超大型盆景共16件，授予荣誉奖。

7天里，盆景行业从业人员、盆景爱好者等社会各界人士来到现场，欣赏以瑞岭盆景为代表的南派盆景。

123盆精品盆景突破了传统的单一盆景排列组合形式，形成多元化格局。给人"回曲游廊"之感，步步是景，每一个盆景都精致、新奇而招人喜欢，每一步都有新发现。

部分作品是数十年前从瑞岭村卖出的树桩，经过各地盆景艺术家培育成型后，返回"娘家"参展，如余镜图的九里香作品《大将回娘家》（原名《大将之风》）、冼家驹的相思作品《情怀瑞岭，筑梦双赢》等。

瑞岭盆景有四大特点：一、师法自然，因树造型；二、截干蓄枝，别树一帜；三、枝法细腻，结构严谨；四、神形兼备，诗情画意。

瑞岭盆景属岭南流派，是我国盆景艺术五大流派（苏派、扬派、川派、徽派和岭南派）之一，以种植树桩盆景和盆栽盆景为主。

瑞岭村栽培的树木种类繁多，品种有榕树、山松、台湾榕、罗汉松、福建茶、相思、榆树、九里香、雀梅等。其中以九里香、罗汉松、山松、榆树、福建茶为主。

九里香盆景是瑞岭盆景的代表作。

瑞岭盆景制作技法精湛，造型方面具极高的造诣，也有花卉和其他类型的盆景。其作品具有苍劲、自然、飘逸、豪放的艺术特色。

说起瑞岭的盆景，有许多高光时刻。

1986年英国女王访华时，时任广东省领导把一盆由瑞岭村盆景老艺人栽种了60年的九里香树桩盆景送给她作为贺礼。瑞岭盆景首次进入英王室，因此声名远播。

获选进入英王室盆景同宗的九里香树桩盆景，1米多高的每盆开价都在10万元以上。1999年村民姚尧花了十多年培植的一棵九里香盆景树，老树新发，曲枝回环，巧夺天工，卖了42万元。

瑞岭盆景及其园艺师的声名远播，使瑞岭成为远近闻名的盆景之乡。

2004年，"瑞岭九里香盆景"被评为广州市十大名优农产品；2005年，瑞岭"九里香盆景"顺利通过广州市名优农产品评审委员会审核，继续保留"广州市名优农产品"称号。

2005年，瑞岭村被广东省文化厅评为"广东省民族民间艺术之乡——盆景之乡"。

2009年3月，花都区政府公布瑞岭盆景入选第一批区级非物质文化遗产保护名录。

党建发力迎来新生

有着百年盆景发展史的瑞岭村，并非顺风顺水，在它的发展历程中，遇到了许多广州城郊乡村同样的问题，城市发展不仅给乡村自然环境带来了破坏，而且社会治理也出现了严重的问题，成为乡村基层的不安定因素。

二十世纪八九十年代以来，由于盆景经营及村土地开发等方面的利益驱动，在瑞岭村，也出现了以宗族、血缘及经济利益为联结的乡村小利益团伙，他们垄断乡村的土地等各方面利益，制约了瑞岭经济社会的进步与发展，严重影响了农民建设美好乡村、致富奔小康理想的实现。

广州市乡村振兴行动中，为了加强基层党组织建设，实行"头雁工程"，在市、区机关选派负责任的年轻干部进村驻点。

2018年，瑞岭村驻村"第一书记"李后信到任后，曾一度被村里的情况搞得一头雾水，村民间盘根错节的关系，犹如一团乱麻，很难找到头绪。

这位年轻干部深知自己肩上的责任重大，他积极与区、镇沟通，取得支持，深入村民之中，与村民谈心、交朋友，了解村民的所思所想，取得大家的信任，了解大家真实的内心想法，找准着力点，抓党支部建设、抓党员带头作用、抓民生基础工程、抓村风民风，让村民们真切感受"乡村振兴"带来的改变，充满期待。

党委、政府持续发力，严厉打击各种涉黑涉恶违法犯罪，进一步净化基层农村的社会环境，为花卉行业的健康发展营造更加良好的营商环境。

依据相关组织整顿工作方案的要求，市、区和镇三级联动，派驻了驻村工作组，按照"一村一策"的工作思路，在充分调查研究的基础上，结合瑞岭村的工作实际，针对瑞岭村存在的问题，提出了全面提升本村党组织的组织力、战斗力，推动实施乡村振兴战略等具体目标。

具体的做法是治理整顿与乡村建设同步推进，以治促建，以建带治，形成良性互动，为瑞岭村的乡村振兴带来了全新的局面。

广州市在实施乡村振兴的行动中，提出了基层干部队伍建设的"头雁工程"。班子是"头雁"，是推进各项整顿工作的骨干力量。

首先，选举配足村委班子，先解决当时最紧迫的班子建设问题。

班子建设历时15个月，与乡村振兴、制度建设、扫黑除恶等同步推进，大大小小经历了6次选举，政治立场坚定、为民服务意识强、忠诚有担当的好干部选拔出来了。

随着整顿工作的推进，"两委"干部越来越得民心，选举也就一次比一次轻松。在后来的村党委选举和村委会主任补选中，村"两委"干部得票率都高达85%以上。

整治更需要建设来支撑，增进民生福祉，更能获得民心。

整治重建的村党支部和村委会干部，在驻村工作组的支持下，得到群众拥护，如何把这个势头转化为乡村社会经济发展的动力源泉，是大家必须面对的现实问题。为此，村干部打起精神，谋定而后动，从村里的实际情况出发，着力于民生工程。

第一是从涉及民生最核心的饮水、路灯、村道、农建和环境污染等问题入手，推动项目建设。针对已持续施工近4年的自来水项目，村"两委"干部一方面协调承包方复工，另一方面自己动手接管、洗池，3个月内，全村都用上了自来水，解决了饮水难的问题。

第二，在镇、区交通部门支持下，结合名村名镇、扶贫资金，将村内的断头路修复完毕，完成村内主要巷道硬底化，解决村民出行难问题。

第三，将瑞岭纳入全区第一批路灯改造示范村，解决了路灯问题。

第四，引入资金建设全村的污水排放管网和污水处理设施。

第五，引入资金进行农田基本建设。

随着农业生产设施的不断完善，农田引水方便了、排水顺畅了，机耕路通了，肥、土、盆运进去方便了，大树钩吊方便，运出顺畅了，路通财通，盆景产出不断提升。

随着瑞岭推进省级现代农业产业园建设，随着加油站、农贸市场的建设，村集体经济与村民收入都得到进一步提升。

这些项目的推进，使瑞岭村的村容村貌迅速改善，让村民有了切身感受。

"恶人谷"向着美丽的盆景之乡转变了。

方寸间的浓缩微观世界

随着珠江三角洲城市群的形成与崛起，早在清末民初，广州、香港、澳门等地欣赏盆景之士就日渐增多，那时，在瑞岭乡大新社的个别村民获悉了盆景的商机，就有人悄然寻找树桩和制作盆景出售了。

初时属商业秘密，只是有时三五人于三荒四月期间或农事稍闲时，扛上锄头等工具到野外寻找那些适合做盆景的树仔头，然后挖回来做些加工，就凭着他们掌握的门路去出售交货。

他们的行踪，起初鲜为人知，也不想让别人知道。他们所得收获，没有引起人们的注意，锄来的东西，已经都在"外面"的时候卖掉了，当时他们从来不带回家中，也还没有进行栽种培植，基本上都是在野外锄挖得来的。

他们把那些自己看上了的、认为可以卖得好价位的生长在野外的树仔头"锄"到手后，再进行认真的挑选，才拿去交易，免得枉费劳力和时间。另一方面又可避免泄露商业秘密，担心被别人仿效，争夺商机市场。

偶尔可以见到一些村民会从外面挑回一些叫作"福建茶"的扭扭弯弯的

树仔头回家，摆到晒场上晒干后当柴烧，因为那时候他们还没有培植盆景的习惯和技艺，所以这些树仔头也不曾引起人们的兴趣和注意。

再后来，从事这项工作的人逐渐增多，开始把他们栽种的盆景或寻获的野生树桩公开带往广州等地进行交易，通过广州转销全国各地及东南亚各国。经过自身不断的改进和演变，他们的盆景技艺慢慢成熟，并逐渐形成自己的风格。

中华人民共和国成立后，农村实行土地改革，村民分得了田地，安分在家乡务农。在大城市，欣赏盆景的阶层也相应减少。盆景之事也就少有人提及了。

二十世纪七八十年代后，改革开放的春风唤起盆景的复苏。

瑞岭人重新开始四处采集苗木和各种树仔头，车载船装，揭开盆景业崭新的一幕。盆景园林业越做越旺，瑞岭在国内和国际上的知名度渐渐地提高了。

自1998年花都批准立项赤坭镇瑞岭村盆景基地以来，特别是2002年，广州市政府确立了瑞岭古树盆景市场建设项目后，随着中心枢纽工程"古树大道"的施工及古树盆景市场、信息中心的建设，瑞岭盆景进入一个高速发展阶段，由瑞岭村辐射到周边各村。赤坭镇从事盆景种植的农户近3000户，种植面积超过1万亩。

瑞岭村有高达80%的农户从事盆景绿化苗木种植，总面积达2100亩，占地10亩以上的盆景场有数十个。

瑞岭村成为广东省内盆景树胚和绿化苗木的主要生产基地，涌现了一批如花都金兴园艺有限公司、文苑园林有限公司、立舜园艺有限公司等专营盆景生产流通的龙头企业。

花都金兴园艺有限公司，由花都赤坭镇瑞岭村的下岗人员姚金彩和她的丈夫创办。自1995年成立以来，在市、区、镇三级政府的大力扶持和帮助下，经过25年的努力，积极开拓国内外业务，盆景种植面积由刚刚开始的3亩地扩大到现在的100多亩的盆景加工场、800亩的盆景培育场、50多亩的出口展销场、20000平方米的符合国际标准的盆景保温棚，生产场地实现标准化，并铺设水泥地面和自来水管道，建造保温棚3个，生产条件大大完善。

公司有员工130多人，种植盆景绿化苗木品种30多种，盆景产品销往港澳台以及英国、荷兰、美国等欧美国家和地区，年出口数量多达155万盆。

公司业务范围涉及盆景的生产销售及绿化工程的建设和维护等四大类。

公司采用"公司+基地+农户"的模式进行运作，以公司为销售龙头，根据市场的销售情况结合盆景需求情况，指导和安排农户进行有计划的生产，带动了附近3000多农户种植盆景苗木，极大地推动了本地盆景种植业的发展。公司在2002年被花都区政府评为花都区三高农业先进企业，2004年被评为花都区工商系统先进私营企业，2009年被评为花都区工商系统诚信企业，是花都区赤坭镇出口创汇先进企业之一。

乡村振兴为瑞岭村的盆景产业发展带来新机遇。

在实施乡村振兴中，瑞岭村深入开展主题教育活动，把开展"不忘初心、牢记使命"主题教育和推进瑞岭村乡村振兴相结合。

瑞岭村制订了盆景现代产业园的建设方案和园区规划，同时，推动编制瑞岭村国土空间规划和乡村振兴规划，推动加油站及充电服务平台、农贸市场建设，把古树大道盆景展示长廊纳入特色小镇建设项目库，作为连接白坭河九曲画廊和山前旅游大道宝桑园等旅游点的绿色中轴线，打造"十里盆景长廊"。

瑞岭村坚持人才引领乡村振兴，巩固并提升"盆景之乡"品牌价值。

仲恺农业工程学院在花都区赤坭镇瑞岭村设立博士工作站，正式落户赤坭，赤坭镇园林花卉产业将和仲恺农业工程学院的技术与成果进行联合，在乡村振兴产业规划设计、新技术集成、再开发等方面开展全方位合作。

博士工作站入驻的专家团队与村里的种植大户、盆景协会成员和国内盆景业界的专业人士对接，带动村民盆景生产技术、盆景艺术水平的提升，为瑞岭村的美丽乡村建设、特色小镇项目设计等提供咨询意见。

同时，利用"乡贤返乡创业"的激励机制，广泛动员瑞岭村籍在外发展的企业家、知名人士投身家乡建设，成立盆景苗木种植协会，积极组织盆景从业人员技能培训、外出学习。全村盆景苗木种植大户100多家，有盆景苗木种植能人30多人、盆景苗木种植技术能手300多人。

现时的瑞岭村人，除搞盆栽盆景外，也搞小巧石山工艺，除种植小株灌木，也种乔木。龙船花、福建茶、九里香、满天星、山指甲、细叶榕、桄榔棕树、山松树、水松、罗汉松、榆树、樟树、发财树、木棉树、蕨树、铁树、棕竹、苏铁……数不胜数。

一些巨树、古树，都会从外地买来运回村中栽培、造型，等待商机。

一盆盆造型各异、"古灵精怪"的盆景彰显瑞岭盆景独特魅力；一位位瑞岭盆景人"各出奇招"，展示盆景造型技能；远道而来的国家级盆景大师即兴创作，与盆景新秀们相互切磋……

回望百年硕果，瑞岭村村民通过一代代的传承，打造出现今的岭南盆景生产基地。他们追寻先祖足迹，远涉祖国南北山区挖掘桩树头，运送回村精心培养，裁剪独特造型，用那一双双巧手，塑造着方寸间的浓缩微观世界。

瑞岭村通过一盆盆景拉起了一条产业，致富了整个村，为周边村庄及赤坭全镇发展盆景产业提供了样板。

周边区域除瑞岭外，还有12个行政村亦达到盆景花木种植专业村水准，从业人员近万人，具有一定规模的园艺场500多个，全产业链年产值超4亿元。

四　蓝田空中草莓园

广州乡村振兴璀璨夜，花都农业产业载誉归。

2020年7月，中国热带农业科学院广州研究院落户赤坭镇。该项目包含纳米农业、智慧农业等世界一流的都市现代农业科技创新中心。

2020年12月25日，"广州乡村振兴璀璨夜"在广州海心沙举行。为擦亮花都区特色农业品牌，花都区农业农村局精心筹备、组织企业，集体亮相展会，满载多项荣誉而归。

"广州乡村振兴璀璨夜"活动上，花都区多家企业被授予"省级农业龙头企业"牌匾，区内的省、市、区级农业龙头企业达到数十家。

在广州农业产业重大项目集中开工环节，花都区有花都大福美丽牧场育肥猪养殖项目、花都区水口现代高效肉猪养殖示范场项目、恒泰蔬菜高新农业种植示范基地（一期）项目、广州空港花世界现代农业产业园岭南盆景特色小镇一期项目、广州市花都区渔业产业园广东五龙岗水产科技发展有限公司大湾区鱼苗运营中心项目第一期工程项目、广州空港花世界现代农业产业园马岭观花植物园一期项目、七溪地芳香产业基地一期项目共7个项目集中投产。

同时，有粤旺花之都田园综合体项目和广州空港花世界现代农业产业园岭南盆景特色小镇二期项目共两个农业产业重大项目集中开工。

农业产业重大协议的签署环节，内容广泛，涉及深化推进广州超大城市乡村振兴之路全面合作以及粤港澳大湾区"菜篮子"合作框架等内容。

花都区有广州越秀集团现代农业总部（风行农牧、食品加工、生鲜冷链

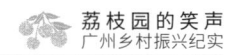

项目)迁入花都,广州市花都区渔业产业园(花都区悦业公司白石基地项目)和广州市花都区畜禽全产业链项目3个项目进行签约。

"2020广州世界观赏鱼珍品大观"也在璀璨夜正式拉开帷幕,为市民打造一场观赏鱼的盛宴。

花都现代农业产业的发展,给花都的乡村带来了最前沿的农业现代化气息,让农民们获得了现代农业发展的新体验,为花都的乡村振兴向更新更高的阶段迈进打下了基础。

智慧农业崭露头角

在自动化的传送带上,种子落到泥炭土的培育基底内,经过催芽房、潮汐苗床、水培区等环节,一杯杯带着营养液的"活体"蔬菜从这里产出,年产量最高可达数百吨。

广州绿沃川高新农业科技有限公司的蔬菜生产线吸引着一批又一批的游客。

绿沃川公司是广州市花都区赤坭镇政府引进的一家公司,也是赤坭镇推进城乡融合全面发展的缩影。2020年上半年,赤坭镇农业总产值逆势上扬,规模和增速均居花都各街镇第一。在疫情常态化下的复工复产能取得这样的成绩,得益于赤坭镇在乡村振兴实施进程中的农业产业发展对策。

广州绿沃川高新农业科技有限公司成立于2017年6月,是一家集农业技术开发、技术咨询、农技培训推广、种植项目开发、果蔬产品研发投资、农业生态观光、果蔬种植、良种培育、电子商务、农产品批发与零售等为一体的股份制农业企业。

绿沃川总部基地是由广州绿沃川高新农业科技有限公司投资建设,集循环农业、工业化生产、休闲旅游、田园社区文化为一体的田园综合体项目。

本项目从事生态农业生产经营,集合了自动化作业、智能化控制、工厂化生产、无土化培植、立体化种植等多种技术,主要分为蔬菜种植区、草莓种植区、生态农业休闲观光体验区、技术研发推广中心等几大功能区。

项目于2018年1月正式启动建设，第一期建设于2019年底完成并试运营，2020年底完成项目的整体建设。

绿沃川无污染基质栽培基地采用智能温室防控系统，结合室内物理控制措施，有效控制病虫害产生，公司生产的果蔬产品，几乎无病虫害，无重金属污染，属于无公害绿色果蔬菜，营养液浓度由电脑自动检测并添加相应成分，保证了果蔬生长过程中营养成分的稳定供应，从而解决了目前农业领域过度使用肥料的问题，大幅提升了果蔬菜的产量，并有效保证了果蔬菜的品质，确保了人们在购买果蔬产品过程中的食品安全问题。

绿沃川的果蔬产品通过了世界上标准最高的食品安全认证——"犹太洁食认证Kosher Certificate"和中国良好农业规范认证——"GAP认证"。公司以"做绿色生态环保产业，做健康安全营养产品"的态度，努力把"绿沃川"品牌做成家喻户晓的绿色无公害农产品知名品牌。

公司的营销渠道和营销网络建设，与广东省内外的各大型超市、各经销商、互联网开展了长期供货关系。由于果蔬产品具备了真正的无虫害、无农药、无重金属污染等绿色产品的优点，为全面打开市场赢得优势，果蔬产品供不应求。

公司秉承"绿色生态，健康环保"的基本宗旨，遵循生态效益、社会效益、经济效益相结合的经营原则，以"立足本地、带动全省、辐射全国"的发展理念，依托欧洲、韩国最先进的水果蔬菜等栽培新技术，打造广东省水果蔬菜知名品牌。

绿沃川公司是花都近年来发展众多的现代农业企业的一个代表性企业。

《花都区赤坭镇实施乡村振兴战略三年行动方案（2018—2020年）》提出，全面促进农村一二三产业融合发展，加快绿色生态农业发展，提升农业产业化和企业化水平，积极推进农业龙头企业上市。

在这个背景下，绿沃川公司南下广州，在蓝田村租用了土地，正式加入赤坭镇乡村振兴的发展蓝图。

在绿沃川公司的蔬菜种植大棚，一棵棵蔬菜正在传送带上自动完成播种、催芽、施肥等一系列种植流程，只需要几名熟练的操作工，便可实现全天候运行。这种自动化流水线作业的模式带来的是每天高达2吨的蔬菜产量，为粤港澳大湾区的"菜篮子"提供有力保障。

据绿沃川公司负责人陈维新介绍，这个项目运用自动化无土栽培蔬菜新技术，全程自动化种植叶菜类蔬菜。引进与荷兰团队共同研发的智能化种植系统——智能立体催芽系统、智能播种移栽育苗系统、循环控制系统、智能收割系统，颠覆了传统农业依赖季节、土地、气候等因素，实现了四季循环复种，工厂化、标准化、智能化、规模化生产。

产业振兴是乡村振兴的重点，其核心是要实现农业农村现代化，使农业成为有奔头的产业。在广州市、花都区的支持下，赤坭镇积极引入培育现代农业龙头企业，建设现代农业产业园区，发挥市场集聚效应，如同为推进乡村振兴与城乡融合发展注入了一针"强心剂"。

空中草莓园人气火爆

在绿沃川公司，空中草莓园的开业给赤坭镇带来了人气。

绿沃川公司有一个专门的草莓种植棚，游人可以现场体验采摘空中草莓的休闲娱乐活动。

这个大棚里的草莓种植运用"悬挂移动式栽培床技术"，一排排娇艳欲滴的草莓挂在空中，根据采摘高度还可以实现自动升降，游客只需要抬抬手就可以将草莓摘下放入果篮中。

种植大棚的温度、湿度都可以根据需要调整，草莓保鲜采摘时间可以适当调控。

从繁闹的大都市来的游客们，可能见过郊外农田里种植的草莓，而这种悬在空中种植的草莓，会让人眼前一亮，既新奇，又有趣，有不少家庭游客在周末假期合家而来，尤其那些孩子们，见到种植在空中的草莓，更是好奇，一边采摘新鲜的草莓，一边品尝，一边谈笑，看着大棚里满眼的悬挂草莓种植床架，时不时地将鼻子向前靠近，闻一闻草莓叶子的味道，欢声笑语充满了草莓种植的大棚。

　　这个空中草莓园目前最高每日可接待数百名游客。每到节假日，游客常需排队入内。

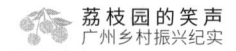

五 最美村庄，花都独占鳌头

2018年10月，花都区及时制订了《广州市花都区全域推进农村人居环境整治建设生态宜居美丽乡村三年行动计划（2018—2020年）》，全面启动花都区三年乡村振兴行动。

三年来，花都区认真贯彻落实中央、省、市推进乡村振兴战略的工作部署，按照"产业兴旺、生态宜居、乡风文明、治理有效、生活富裕"的总体要求，抓重点、补短板、强弱项，继续巩固提升前期工作成果，有序推进乡村振兴战略实施。

乡村美了，农民富了，农业经济发展了，城乡经济社会发展更加融合了，农民有了实实在在的获得感、幸福感。

足不出村，"一元钱看病"

在农村，农民"看病难""看病贵"是个老大难问题。近年来，经过各级政府的努力，在花都的乡村，"一元钱"不仅能看一次病，还能撬动基层医疗卫生体制改革，彰显民生效应。

用"一元钱"看病，花都区至今坚持了十余年。

2008年5月，为保障本地区农民的基本健康，花都试点落实农村卫生站免费为农民治病工作：村卫生站免费为农民治病，每次只收一元钱挂号费，药品及诊疗费全免。

"一元钱看病"试点工作顺利开展，并在2010年9月1日，在全区全面铺开近200间村卫生站。村民在村卫生站看病，只交一元钱挂号费，若需注射则另交一元钱注射费，药品及诊疗费全免。足不出村即可诊治一般常见病、多发病。

2016年，"一元钱看病"实现了与城乡居民医保的衔接，按照"先医保制度报销＋后财政补助"的标准，村民在村卫生站就诊先行医保门诊报销，自付部分由区财政予以二次补助，强化了医保与政府风险共担机制，改变了村民"小病拖、大病扛"的就医习惯和思维定式，树立"人人健康应从关注治小病开始"的理念，有效遏制农民"因病致贫、因病返贫"问题。

只是象征性地收取一元钱，为什么不完全免费？花都曾尝试过"免费看病"，但卫生站就在村民的家门口，如果他们有事没事就进去拿一些药，有时候放在家里也没吃，这样就造成了浪费。为此，"一元钱"的意义，可以理解为还是要有付出，要防止浪费。

经过十几年的探索，花都区已形成以"五化"为特色的花都医改样本，包括硬件建设标准化、业务操作规范化、基药使用免费化、区镇村管理一体化以及农民健康服务一体化。

乡医在看好病的同时，坚持预防为主的方针，承接镇卫生院下沉的40%公共卫生服务、家庭医生签约工作，有效预防控制农民疾病发生。

通过深化医药卫生体制改革，花都基本建立了满足不同人群多层次、多样化的健康需求的医疗卫生服务体系。同时，进一步拓宽卫生服务领域，近几年区内就诊率约为90%，构建起"小病不出村、中病不出镇、大病不出区"的三级农村卫生服务格局，有效推动分级诊疗制度全面落实，实现业务量、医疗质量、医务人员待遇、群众健康素养、社会满意度的"五个提升"。

资本引入落户港头

广东美丽乡村振兴发展产业投资基金作为绿色金融支持乡村振兴战略的

重要举措，以投资广州市岭南特色美丽乡村精品示范村为切入点，以基金模式联动政府和企业，以国有资本撬动社会资源，充分发挥绿色金融支农作用，促进农村一二三产业融合，实现绿色发展。

基金投资方向主要包括人居环境、生态环境、闲置资产盘活等美丽乡村要素建设，乡村旅游、村级工业园整治、特色优势产业、文化振兴项目等美丽乡村周边配套及产业建设，美丽乡村助农服务体系建设三个部分。

通过组建基金引导带动社会资本，联合专业运作团队发挥混合所有制体制机制优势，提升环境、引入产业、植入文化、创造价值、建设美丽乡村、促进乡村振兴，实现社会效益与经济效益双丰收。

根据《广州市花都区岭南特色美丽乡村精品示范村合作框架协议》，美丽乡村基金首个项目落子花都港头村。

港头村是中国传统村落，是广州市政府从市级美丽乡村中遴选的岭南特色美丽乡村精品示范村创建对象。该村拥有珠江三角洲地区较有代表性的清代民居建筑群落，被称为"露天的明清建筑博物馆"。

港头村以打造"岭南国际建筑师公社"为主要目标，通过深度挖掘岭南文化特色，促进港头村产业要素汇聚，丰富项目功能组合，以现代设计、乡土文化创意、郊野体验度假、宜居岭南家园相结合为特色，体现岭南乡村新风貌。

同时，激发现代农业产业及延伸产业的创新要素，与村集体、村民共创、共建、共享，促进现代农业产业均衡发展和升级。最终形成城乡交通、信息、产业、创新、人才、宜居、生态网络逐步完善，人流、物流、资金流、信息流加速流动，多元创新要素集聚的乡村振兴示范。

花都积极支持广东美丽乡村振兴发展产业投资基金做大做强，有效发挥产业投资基金带动引领作用，不断加大对花都美丽乡村建设的绿色金融供给，促进农业农村绿色发展和产业转型升级，形成绿色金融支持乡村振兴战略的示范效应；共同挖掘岭南文化资源，打造精品示范，留住美丽乡愁。

广州最美村庄，花都独占鳌头。

2020年12月25日,"广州乡村振兴璀璨夜"活动中,花都的乡村振兴成果亮眼,由《广州日报》等媒体最新评出的"广州最美村庄"中,花都的最美村庄数量是最多的,除前面介绍的竹洞、瑞岭两个村,还有茶塘、洛场、朱村、三华、联星、狮前、蓝田7个村庄。每个村庄都极具特色,在乡村振兴中焕发出崭新的生命力与光彩。

| 第六章 |

何仙姑故里

增城在广州的版图上有些特别，名称为"增城"，似乎是新增加的城市，其实增城是广州最古老的图册版块，不仅有金兰寺的贝丘遗址考古现场，还是广州政区图上最早设行政管理机构的区。

秦始皇三十三年（前214）设南海郡，增城属南海郡番禺县。

西汉时期，增城属南海郡番禺县，后汉始设增城县。增城成为与番禺、南海一样古老的县域行政区。

在中国传统的八仙传说中，增城是仙女何仙姑的故乡，而且与八仙皆有深缘。

八仙中的韩湘子就是大文豪韩愈的侄孙韩湘。

韩愈的《左迁至蓝关示侄孙湘》是在被贬谪潮州途中创作的一首七律，广为流传，影响很大，其中"云横秦岭家何在，雪拥蓝关马不前"之句，成为妇孺皆知的咏别名句。

一　闻名遐迩荔枝村

与从化一样,增城也是一个荔枝主产区,增城荔枝在品牌建设方面,甚至比从化更有影响力,增城挂绿荔枝的天价拍卖,其实就是一个营销宣传案例。

相传一位从化的老荔农拿着儿子高价买来的一颗增城挂绿荔枝,往口里一放,兴奋地说:"这味道与我家荔枝园里产的荔枝不是一样吗?"老人疑惑地看着孝敬自己的儿子问道:"我们家的荔枝也能卖这样的高价吗?"

老人的儿子笑着摇了摇头:"卖不了那么高的价。"

从化人对增城荔枝的高知名度是有些不服的。坊间有一种说法,认为增城人花钱请了一大批作家,写了许多关于增城荔枝的吹捧文章,把增城的荔枝吹上了天,把从化荔枝的知名度超越了。

其实,增城荔枝与从化荔枝一样,因气候、水土适合优质荔枝生长,品种丰富,质地优良,皆深受国内外消费者喜欢,并无谁高谁低的问题。

只是增城人可能更加重视荔枝的品牌建设与宣传,才有请作家写文章吹捧的民间说法。

在增城,有一个原本普通的村庄,因为一个荔枝品种品牌,成为声名远播的荔枝名村,村民变富了,村子变美了,那就是仙村镇的基岗村。

仙村镇基岗村仙村花园,有一条长约2300米的绿道,内设自行车绿道、小广场等,与荔枝景观大道完美结合,为村民、游客提供休憩和交往空间。

荔枝景观大道两旁数百年高龄的古荔枝树,被修剪成古典雅致的巨型盆景,似在招手欢迎远道而来的宾客。

荔枝农耕文化博览园宛如一座江南水乡风格的四合院，在周边房屋墙壁上，荔枝文化壁画栩栩如生，荔枝种植采摘的环节、流程一一呈现在游客眼前。

荔枝农耕文化博览园通过对荔枝、农耕文化和二十四节气的功能布局整合，游客游览可以看到春种园、夏长园、秋收园、冬藏园四个广场农耕特色，学习二十四节气相关知识。

本着打造"高颜值生态宜居美丽乡村"的理念，仙村镇整合镇内现有资源，坚持以荔枝产业为特色，以城乡相融合的功能为目标，深挖荔枝文化底蕴，以仙进奉优质荔枝品种为引线，在仙村镇基岗村建设了荔枝农耕文化博览园、荔枝文化博览馆、荔枝景观大道等13个荔枝小镇子项目，汇聚荔枝文化、生产技术、观赏体验、科普培训、产品展示与销售于一体，将荔枝文化融入自然与人文生态生活中，仙进奉荔枝从"小特产"升级为"大产业"。

基岗村的华丽转身，是仙村镇大力推进人居环境整治的一个缩影。

近年来，仙村镇依托仙进奉荔枝现代农业产业园建设，持续开展环境综合整治、景观绿化美化等工程，对片区主干道两侧进行外立面整饰、微改造以及绿化景观提升工程，整治周边堆场、农家乐、白鸽场，优化光网、电网、消防网、污水管网、路网等配套设施建设，确保新时代文明实践站、综合文化活动室、文体活动设施、卫生站等公共服务正常对外开放，不断满足群众日益增长的美好生活需要，进一步打造高颜值生态宜居美丽乡村。

仙村镇基岗村盛产荔枝，其出产的仙进奉荔枝闻名遐迩。

该镇多措并举提升荔枝种植业的附加值，形成链条式发展，构建起仙村荔枝产业"产学研"一体化发展模式，促进基岗村荔枝、乡村旅游产业发展。

仙村镇基岗村把生态发展和富民兴业相结合，成立基岗仙进奉荔枝专业合作社，通过"荔枝产业联盟＋专业合作社＋公司＋农户"新生产经营模式，采用管理、定价、销售和包装"四统一"的管理模式，采取"互联网＋产业"的经营理念，实现技术提升、产业信息资源共享、优势互补、合作共赢，推动仙进奉荔枝产业迅速发展。

仙村镇基岗村还成立了荔枝种植技术培训学院、荔枝产业联盟和荔枝协会等，通过邀请专家授课等形式进一步提升种植户荔枝种植水平；组建华农工作站，开展荔枝保鲜及农药残留降解技术的科研攻关，进一步促进基岗村荔枝、乡村旅游产业发展，提升荔枝经济、社会、生态、文化价值，带动一二三产业融合发展。

仙村镇深入学习贯彻落实党的十九大精神，以基岗村仙进奉优质荔枝产业为抓手，打造荔枝小镇，深挖荔枝文化底蕴，以文化创新引领和贯穿特色小镇建设与发展的主线，实现生产、生活、生态旅游的有机融合与协调发展，从而推动乡村振兴战略的落地实施。

荔枝小镇有广州市饶宗颐学术艺术馆、洗衣文化世界博物馆、印章文化交流中心、仙村高尔夫球场、皇朝酒店、仙村花园、环保教育基地、碧潭村美丽乡村原始森林区天然氧吧及一批乡村农家乐等文化基础设施。

仙村镇加快推进规划建设仙进奉现代农业产业园、荔枝景观大道、荔枝博览馆、荔枝农耕文化博览园、荔枝交易市场（电商园）、荔枝深加工基地、荔枝种植技术培训中心、研发基地以及连片仙进奉种植基地基础设施建设等11个项目建设，着力提升荔枝小镇发展潜力，以点带面推进全镇乡村振兴战略实施。

荔枝品种新贵"红"出圈

作为荔枝的传统产区，千百年来，增城荔枝确实因生长环境的丰富性，形成了许多久负盛名的荔枝品种，历久弥新，声名远播。

但增城人并未就此满足，他们与广州其他区的荔农一样，不断开发新品种，开发出许多新的品质上乘的荔枝品种，仙村镇基岗村的仙进奉荔枝就是荔枝品种中的新贵。

仙进奉荔枝的种植，选择亲和性较好的怀枝或糯米糍做嫁接砧木，也可选择怀枝、糯米糍、妃子笑等成年树进行高接换种，嫁接时间最好在9月份或选择在雨水比较少的季节进行。

仙进奉荔枝为迟熟荔枝品种，树形半圆头形，较开张，树势中等。迟熟，果实在7月上中旬成熟，扁心形和心形，果肩耸起，果皮颜色鲜红，皮厚而韧，平均单果重25克，比糯米糍迟熟7—10天。丰产性能好。果较大，果肉厚，蜡黄色，有蜜香味，味清甜，裂果少、品质优。

基岗村民种植荔枝获得高收入，得益于基岗村发挥仙进奉荔枝品牌和原产地优势，采用"合作社＋公司＋农户"的模式，不断扩大荔枝销路。

为了保护仙进奉荔枝品牌价值，基岗村成立了荔枝产业联盟、荔枝协会、仙基农业发展有限公司（龙头企业）、仙进奉荔枝专业合作社等经营主体，有效地把小规模分散经营的农户集中起来，促进了成员之间的资源、信息共享和合作交流，实现小农户和现代农业发展有机衔接。

同时，积极发挥专业合作社带动作用，带动仙进奉荔枝规模化种植，专业合作社负责果农的技术培训和生产指导、品牌维护以及享有仙进奉荔枝销售价格的定价权，保障了仙进奉荔枝的销售价格，一定程度上化解了种植户的风险，实现了无论是小年还是大年都保持年年增产增收的良好势头，带动村民增收致富。

仙进奉荔枝已成为基岗村走向全国、世界的一张名片，经过几年来的品牌打造，已经"红"遍了珠三角，"响"出海外。

如今基岗村的仙进奉荔枝种植规模达2300亩，同时带动着周边岳湖、碧潭、沙头等多个行政村扩大种植规模，形成了数千亩的仙进奉荔枝产业带，村民通过种植仙进奉荔枝增收明显。

"仙进奉大王"的美"荔"人生

仙进奉荔枝品牌的打响，与基岗村党支部书记、村委会主任、荔枝种植匠陈浩潮的功劳分不开，他被称为仙进奉荔枝产业振兴的带头人。

陈浩潮是基岗人，荣获"2018广东十大荔枝种植匠"称号。

陈浩潮中学毕业后，既没有读大学，也没有外出务工，他对自己的家乡有一种离不开的感情，立志于扎根家乡，为乡村建设出力。

中学学业结束回到村里，他立即投入了农业劳动，对家乡农业经济发展和乡村建设有所思考，报名参加了由广东省农科院举办的第一届荔枝种植培训班。

这次培训改变了他的观念，他意识到荔枝的种植技术和方法还需要进一步摸索，他开始探索荔枝的种植之道，从此开启了种植荔枝的人生征程。

在探索荔枝种植技术期间，他发现了一个存在已久但是尚未被人们所关注的荔枝品种，也就是后来被他命名的"仙进奉"荔枝，独具慧眼的陈浩潮认为这个品种比其他品种更有推广的价值，因此他就开始专注于对仙进奉的研究和种植。由于此前仙进奉的市场认可度并不高，他开始向相关部门递交申请，为仙进奉荔枝谋求一个合理的身份。

仙进奉荔枝于2010年经广东省种子总站专家组现场勘察并通过品种鉴定；2012年，仙进奉荔枝品种列入国家地理标志产品保护。同年，注册仙进奉荔枝商标，并被认定为广东无公害农产品；2013年，获无公害农产品认证；2015年，获得绿色食品认证。

近年来，仙进奉荔枝在增城区举办的荔枝文化节、广东荔枝产业联盟活动中均获得较高评价，连续多年被评为"广东省名特优新农产品"。

陈浩潮深知，要想把仙进奉荔枝的品牌打响，还需要带动乡亲们一起努力。在他的推动下，基岗村仙进奉荔枝专业合作社于2011年8月成立，是一家主要从事仙进奉荔枝种植、批发、零售的生态农业合作社。

合作社成立之初仅有18人，近几年来通过提升种植技术以及加大推广力度，合作社进一步发展壮大，目前成员已有100余人，都是优质荔枝种植户的龙头。合作社拥有完整、科学的荔枝质量管理体系，享有定价权，获得了国家工商管理局颁发的商标注册证书。

合作社每年定期邀请专家教授指导荔枝种植等技术，组织社员到广西、四川、福建、海南、从化等地参观交流学习，多次组织社员参加各地举办的荔枝推广和品质评选比赛，提升荔枝品质。

陈浩潮于2014年5月创办广州市仙基农业发展有限公司，这是一家致力于推动和发展荔枝文化产业的农业公司，也是岭南水果创新团队荔枝示范基地。致力于提升产品的产量、质量，做大做强品牌建设工作，打击假冒品牌行为，提升品牌知名度和产业效益，为村民增收致富提供动力。公司定期邀请各大媒体宣传推介仙进奉荔枝，组织种植户参加展销会，产品销往香港、深圳等全国各地及日本、西欧多个国家和地区。公司致力于传承和发展荔枝文化产业，努力将当地名特优荔枝产业打造成造福于民的可持续发展的朝阳产业。

近年来，公司与广东省农业科学院果树研究所、华南农业大学园艺学院、国家荔枝龙眼产业技术体系等多个科研院所和平台开展荔枝新品种选育、优良种苗繁育与推广工作。目前基地种植约800亩的仙进奉荔枝即是主要合作成果之一。

公司始终秉持着"公司＋合作社＋农民＋互联网"的经营理念，实现种植技术提升、产业信息资源共享、优势互补、合作共享，推动仙进奉荔枝产业的迅速发展。

通过每年参加香港国际巡回展推介会、广东及各地展销会、网络宣传等方式，为当地农民打开销售渠道；通过攻关荔枝农残降解、保鲜冷藏等技术，将仙进奉荔枝出口到海外。

随着仙村镇仙进奉荔枝产业的蓬勃发展和荔枝农耕文化博览园等基础条件的日臻成熟，以发展仙进奉荔枝产业为主导产业的增城区仙村镇仙进奉荔枝现代农业产业园应运而生。凭借着增城悠久的历史文化和深厚的荔枝产业基础，以荔枝为媒介，以仙进奉优质荔枝为主打品牌，通过持续加大政策、资金、技术支持力度，以园区为支撑、企业为引领、仙进奉荔枝合作社为纽带，完善种植、销售和服务体系，不断促进产业扩规提质增效，推动荔枝产业快速协调发展。

以广州市仙基农业发展有限公司为牵头实施主体，借助荔枝博览园、荔枝文化节等宣传阵地，深入挖掘荔枝文化内涵，着力打造增城荔枝品牌，延伸荔枝产业链，打造集生产、研发、加工、文化、旅游等为一体的三产业融合的荔枝产业园,从而用产业带动乡村振兴落地落实,带动增城农业实现高质量高效益发展。

为了宣传与推广"仙进奉",陈浩潮与仙村镇政府筹建成立了仙村镇荔枝产业联盟,仙村镇荔枝产业联盟能有效地把小规模分散经营的农户有机集中起来,促进了成员之间技术交流、信息共享和销售交流,实现了小农户和现代农业发展的有机衔接。

联盟不定期成立荔枝学习培训班和组织成员外出参观学习,通过邀请专家教授授课和组织成员到茂名、从化、惠州等标准化基地观摩学习交流,极大地满足了广大荔枝种植户的学习需求。

充分利用国家乡村振兴的有利条件,陈浩潮积极扩大仙进奉荔枝品牌的影响。2018年,陈浩潮的公司与霍尔果斯乐动乐听文化传媒有限公司合作,开展"增城荔枝中国行"及"第二届一带一路美食交流大会"活动宣传。将挂果的仙进奉荔枝树装车运送到北京,沿途开展相关推广活动,达到了轰动全国的宣传效果。

2019年,华南农业大学增城荔枝研究院、华南农业大学增城荔枝技术培训学院、国家荔枝龙眼产业体系增城工作站等落户仙村镇基岗村,仙基公司目前是华南农业大学中国荔枝研究中心试验基地、广东省荔枝龙眼科技协会示范基地、广州市增城区新型职业农民实训基地、广州市增城区科普示范基地。

二　南风树树熟枇杷

距增城区行政中心荔城40千米的正果镇山区,有一个畲族村,是广州市唯一的少数民族行政村,坐落于正果镇东南部群山之中,位于增城、龙门、博罗三县交界的罗浮山西麓,东北部与增城区国营兰溪林场地界相连。

增城畲族村曾获全国少数民族特色村寨、第五批全国民族团结进步示范村等称号。2020年8月,广东省公布首批广东省"一村一品、一镇一业"专业村名单,畲族村的枇杷成为"一村一品"的水果名品。

"一村一品"枇杷香

枇杷是一种南方佳木。

枇杷果味甘酸,可供生食、蜜饯和酿酒用;叶晒干去毛,可供药用,有化痰止咳、和胃降气之效;木材红棕色,可作木梳、手杖、农具柄等用。

一般情况下,枇杷果实成熟于初夏,但在位于增城正果畲族文化民俗村的畲族村生态枇杷园,二月初春,圆滚滚、金灿灿的枇杷,已经挂满树梢,惹人眼馋了。

依山而建的枇杷园,面积约300亩,每年因气候的不同,特别是气温的差别,枇杷的开花挂果时间会有前后的变化。

增城畲族村地处珠江三角洲相对的东北高寒山地,枇杷正常的挂果时间为每年的春夏之交,与古人诗中所述时节相近,但在气温高的年头,早春二月挂果的情况也是有的。

漫山遍野的枇杷树，在满眼绿色中，金黄点点，布满枝头，那就是成熟的枇杷果实了。

枇杷果实饱满金黄，山下的池塘里一群群大鹅愉快地戏水，周围种植的一圈桃花正在绽放，枇杷熟时，畲族村生态枇杷园内正是一幅山水画。

2020年早春，这个远离都市的山乡，同样受到疫情防控整体环境的影响，人流物流全面受阻，畲族村的枇杷熟了，枇杷经营者和果农们却犯愁了。

往常，游客摘枇杷、尝山味、住民宿，是一条最佳的旅游路线，走的时候还会把一箱箱枇杷打包带回家，销路一点都不用愁。

2020年的枇杷挂满树梢时，突如其来的疫情和连绵的清明雨导致游客人数大减，原本不愁销路的枇杷售卖成了难题。

广州增城供电局正果供电所客户服务经理来造祥得知了枇杷经营者的难题，主动提出建议：现在全国上下都在网上直播卖货，怎么不把山货放到网上去卖呢？如果把生鲜的枇杷进行精深度加工，能够获得的经济效益可不比生鲜枇杷少啊！

在来造祥的牵线搭桥下，正果供电所获悉枇杷园主蓝均玉新订购的一批烘焙电气设备用电有增容需求，主动上门，当天报装，当天就完成了送电。

蓝均玉利用烘焙电气设备，把生鲜枇杷加工为枇杷干、枇杷花、枇杷醋和枇杷果泡酒等成品，并通过移动互联网开展电商销售。

其实，除了为烘焙电器设备增容之外，正果供电所还通过多种措施支持农产品开展电子商务。

蓝均玉的枇杷制品通过电子商务平台等渠道销售后，来造祥又建议他利用时下流行的短视频平台开展电商直播，枇杷产品的销路迅速拓展，出现了产销两旺的好势头。

畲族村空气清新、土地肥沃、气温低，而枇杷喜寒，所以这里产的枇杷皮薄肉厚、清甜化渣，除了鲜吃，枇杷还能制成枇杷酒、枇杷醋、枇杷蜜、枇杷果脯等，深受游客欢迎。

实施乡村振兴以来，畲族村在市、区、镇各级政府引导下，调整传统产业结构，以枇杷生产和经营为突破口，大力发展现代化生态观光旅游业，凭借着优美的生态环境和独特的民族特色，吸引众多游客前往休闲观光和品尝美食，逐渐形成了吃、住、游为一体的乡村生态旅游特色。

一个历史上偏远的山区少数民族村寨，华丽转身，成为广东"一村一品"产业振兴的示范村。

民族风情助推振兴

畲族村以山区农业为主，经济农作物主要是荔枝、龙眼、白榄、青梅、枇杷、砂糖橘、畲族传统米酒等。

畲族是中华民族大家庭中较古老的民族之一，拥有悠久的历史和灿烂的文化，作为广州地区唯一一个少数民族行政村，畲族村保持着"质朴、自然、宁静、生态"的浓郁乡村风貌。

增城的畲族，1956年前称瑶族，他们的族谱也称瑶族。他们的先祖一直过着游猎生活，北宋元祐五年（1090）到元朝至正元年（1341）相隔了251年，这段历史，估计是没有记载，此后每隔五六年，甚至是一两年，就迁徙一次。直到明朝万历二十六年（1598）才在罗浮山脚正果镇船坑耕种姚宅田，但仍在不断转移地点。崇祯七年（1634）到丹竹窿，仍然耕种姚宅山田，可见相隔不远。

行走在畲族村里，房屋墙壁、路边雕塑、玻璃窗花……游客几乎能在各个角落发现有凤凰样式的图腾。

这个图腾名字叫盘瓠图腾，有久远的历史，是后人为纪念畲族始祖盘瓠而绘成。

在畲族的图腾崇拜中，盘瓠与凤凰是共存的，图腾蕴含的文化是畲族文化结晶，是组成整个畲族文化不可或缺的部分，而关于盘瓠的神话传说至今仍在畲族社会中广泛流传。

畲族村依托悠久独特的民俗文化和优美的自然风光，将文化传承、生态保护与经济发展相结合，吸引了无数游客前来游玩观赏，推动了畲族文化旅游融合发展。

畲族人民长期的生产生活孕育了浓厚的畲族文化和文明，近年来他们积极挖掘畲族历史文化遗产，依托畲族村古村落遗址、千年古刹（畲族盘古王墓），开发古村落原始森林探险（狩猎、捕鱼、捉虾、篝火、木屋等），体现游猎民族本性。

增城畲族村在市、区、镇、村的支持下，以乡村振兴为契机，坚定不移地走"绿水青山就是金山银山"的发展道路，把特色村寨保护与民族特色宣传、美丽乡村建设、民族文化传承、畲族旅游开发有机结合，强力推出了"增城畲族风情之旅"文化生态旅游。

三 讲好红色文化故事

革命老区是派潭镇樟洞坑村宝贵的文化资源。

实施乡村振兴战略以来,广州各个乡村在红色文化资源的挖掘与保护方面都做了大量工作,成为乡村文化振兴的一道亮丽风景。

从化的莲麻村、花都的洛场村、黄埔的洋田村、南沙的涝湄村、番禺的里仁洞村、白云的良田村,都是有名的红色文化建设村。

红色"密码"的激活

增城的派潭镇樟洞坑,把红色文化建设作为激活乡村振兴的"密码",使乡村文化与乡村产业有机融合,成为乡村振兴强有力的助推器。

一直以来,樟洞坑以红色根据地出名,是增城著名的革命老区。

由于地处广州的增城、从化,惠州的龙门交界的偏远山区,樟洞坑村是集结三地革命力量,开展革命斗争和游击活动的最佳地域。解放战争时期,华南地区的中国共产党抗日武装——东江纵队按照上级指示,发动当地群众,建立武装队伍,开展革命斗争,迎接全国胜利的到来。

东江纵队,全称是广东人民抗日游击队东江纵队,是在抗日战争时期,中国共产党在广东省东江地区创建和领导的一支人民抗日军队。在从化、增城各地,有许多东江纵队活动的红色文化遗址。

为了响应号召,1947年的一个夜晚,东江纵队的丘松学等人在樟洞坑村召开了举行武装起义的秘密会议，共有数十名当地村民和来自龙门、从化的群众参加，地点就在丘松学自己的家里。

这一事件，被写进了东江纵队史。而在此后的革命斗争中，樟洞坑人民流血牺牲，饱受摧残，为革命胜利做出了重大贡献。

如何更好地打造和推广樟洞坑的"红色"文化和荔枝产业两大品牌、发挥更大的社会经济效益、助力樟洞坑村乡村振兴？这是几代樟洞坑村干部一直思考的问题，也是樟洞坑村民共同的梦想。

借着乡村振兴的东风，樟洞坑村以乡村文化振兴为抓手，着手配合投资者开展修缮革命历史遗址，建设革命历史陈列馆等前期工作，通过文字图片、实物、音像资料、VR红色教育体验等设施和手段，再现当年的革命场景，把樟洞坑村打造成集乡村旅游、民俗展览、红色教育于一体的特色文化乡村。

同时，推动建设环山绿道，打造革命老区红色大走廊。

为了突破制约乡村旅游开发的瓶颈，近年来，樟洞坑村委一直致力于推动建设兼有荔枝种植作业和旅游观光功能的环山绿道。目前已完成环山绿道的出入口建设以及接通正果镇白江湖公园的公路修建。

环山绿道打通后，就把白江湖国家森林公园（位于正果镇浪拔村）、白水寨景区、牛牯嶂等区内著名的景区、景点连成了一片，而樟洞坑村就成了北部山区生态旅游的关键节点。

同时，也将增城派潭、正果和龙门永汉三大红色片区串联了起来，形成了增城规模最大的"红色驿道"，为做大红色版块、打造革命老区红色大走廊等红色精品旅游线路打下了基础。

红色文化成为激活乡村振兴的"密码"。

活化的樟洞坑村红色资源，将红色文化转化为融教育性、政治性、观赏性、休闲性、娱乐性于一体的旅游项目，带动当地文化旅游产业发展，形成"种植+旅游+文化+商贸"融合新业态。

荔枝产业的发展

文化与产业,犹如两个翅膀,让这个曾经贫穷落后的山乡在增城第一峰牛牯嶂前起飞,成为樟洞坑村乡村振兴的一只展翅飞翔的雄鹰。

在增城,再偏僻的土地也会有荔枝树,随便一棵都是天生丽质。

立足资源优势,以荔枝产业撬动乡村产业兴旺,以红色文化凝聚乡村振兴力量,成为樟洞坑村乡村发展的新动能。

樟洞坑村绵延的青山、整齐的绿化树与绿油油的农田交相辉映,在村道尽头处,漫山遍野,恍如绿色海洋的是荔枝林。

樟洞坑村荔枝的品种基本为优良的桂味,与其他地方的荔枝相比较味道具有明显的区别。

这里的荔枝外壳鲜红,果头大,肉厚核小、爽口,味道鲜甜,吃后回味时间长。这都得益于该村独特的地理环境和适宜的气候。

樟洞坑位于增城市的最北部的山区,地处北回归线,属于高山地形,四面环山,形成一个小盆地的地貌,气候温和,冬暖夏凉,雨水充沛,如世外桃源一般。

独特的地理位置,优美的环境,造就了樟洞坑优良的荔枝品质。

樟洞坑村具有悠久的荔枝种植历史,是增城区最大的"荔枝村"之一。

樟洞坑的荔枝因为品质好、数量有限,曾经是荔枝市场的抢手货,早在1996年,当时,一篮荔枝卖出去就能买一辆摩托车。正是这个好价钱,吸引了家家户户种植起荔枝树来。

近年来,樟洞坑村委会注重保持荔枝品质,每年联合区农业推广中心举办培训班,组织技术员进村指导种植,引导果农更新种植观念,实现科学种植、规范种植,为提高荔枝产量以及扩大种植规模提供技术支持。

樟洞坑村委会还出钱为每棵荔枝树购买保险,将原先果农独自承担的风险转为村委、保险公司、果农共同承担,大大减轻了果农的负担。

2011年,广州市外事办对口帮扶樟洞坑村,为村修建了农产品交易市场,为农民交易农产品打造了平台,并积极利用外事资源,邀请市、区媒体进村报道，大力推广荔枝品牌，樟洞坑荔枝名气随之高涨。

乡村振兴给樟洞坑的荔枝产业发展带来了新机遇。樟洞坑村委在增城区农业推广中心、派潭镇农办的支持下，主动对接电商平台做线上推广，邀请快递公司入村进驻，令村民当天摘的荔枝当天寄出去。同时，积极参加荔枝节系列活动，设展位对外展示樟洞坑荔枝，参加各类荔枝、荔枝园评选活动。在2018增城区名优果园评选大赛中，增城派潭镇樟洞坑果场经全民票选，获得增城荔枝果园综合大奖铜奖、增城网络人气荔枝果园奖。

通过口口相传的好口碑，不少农户直接在微信接单，客人下单多少就采摘多少，当天就能保鲜邮寄出去。

越来越多的果农得益于荔枝产业的兴旺。

樟洞坑在营销过程中，已认识到荔枝品牌化的重要性，采用"公司＋农户"的模式，统一管理、收购、打包，把樟洞坑荔枝提高档次，卖出好价钱，提高效益。

除了对樟洞坑荔枝进行品牌化打造之外，完善村里的基础设施也是樟洞坑村的当务之急。

位于樟洞坑村水口社，隐匿在山林中的客家民宿老宅"慕吉·云溪"特别引人注目，这是樟洞坑村引进的精品民宿项目。

这里的民宿秉承"山、水、云、吉、禅"的设计概念，倚山林而建，把青砖老木镶嵌进建筑中，吸引了众多都市人进村消费。自建成开放以来，客房均要提前预订，周末基本爆满，节假日有时甚至要提前一个月预订。

为打响樟洞坑荔枝品牌，集中优势走出一条富有特色的产业道路，樟洞坑村正以荔枝为核心，通过多项举措推动荔枝产业富农兴村，从而带动乡村旅游、休闲观光、民宿、健康养生等新产业新业态发展，朝乡村振兴之路迈进。

樟洞坑村人正致力于将红色旅游与现代农业、生态观光融合，发挥"荔枝村""红色村"的双重品牌效应，让"老区变景区，田园变公园，产品变商品"，实现"农业强、生态美、百姓富"。

四　番石榴香满太史乡

光辉村东邻湖塘埔，南邻体育馆，西邻增江河，北邻联益村。气温、海拔适中，雨水充足，适合种植粮食、果树等农作物。

在中国的偏远乡村，古代能出一个秀才，都是引以为豪的事；能考上举人，便是村随人荣，一举成名；中了进士，更是百世楷模，千年乡贤。

增城区东部，地处增江街增正公路旁，距增江街政府所在地约3000米，是清朝末年最后一届科举进士、香港大学中文总教习兼教授赖际熙的家乡，这里还保存着他的故居太史第，新建了公共设施太史广场。

赖际熙（1865—1937），字焕文，号荔坨，广东增城市增江街光辉村湖塘埔人。自幼勤奋好学，博览群书，攻读于广州广雅书院。清光绪十五年（1889）中举人。光绪二十九年（1903），在中国历史上最后一次科举考试中，中进士，授翰林院庶吉士，后授翰林院编修、国史馆纂修、总纂。

辛亥革命推翻清朝封建统治，建立中华民国，他移居香港，谢绝国事，专心从事教育和国学研究。民国二年（1913）任香港大学中文总教习兼教授。民国十二年（1923），为提倡国学，得香港及海外热心人士捐款，设立学海书楼，藏书数十万册，又是讲学场所。他讲学文采风流，听者颇众。

他尊崇孔孟之道，每逢孔子诞辰，都亲自主持纪念大会，宣讲孔孟理论。

民国四年（1915）曾参与纂修《广东通志》，后与陈念典、湛桂芬总纂断限于宣统三年（1911）的《增城县志》，又编有《清史大臣传》《崇正同人系谱》《赤溪县志》。

民国二十六年（1937）辞世，享年73岁。后人集其生平所作，编有《荔坨文存》留存于世。

光辉村有赖际熙故居太史第、何济墓等浓厚的历史文化资源，更拥有曲水流杯及飞泉洞摩崖石刻等优美景观。

光辉村人非常珍惜乡村历史文化资源，重视乡风文明建设。在乡村振兴行动中，把保护传统文化遗址作为乡村文化振兴的重要使命，并与新的乡村建设、乡村环境美化有机结合起来。

光辉村大力发展经济建设的同时，注重精神文明建设。结合村情实际，制定了"环卫公约""禁毒公约"等村规民约，将精神文明建设融入到村规民约中，不断提升村规民约执行力，敦化家风、民风、村风。

太史第文化广场，宣扬赖际熙的耕种文化和书香文化等优良历史传承，营造出辖内良好的文化氛围。

树立产业兴村样板

2018年实施乡村振兴战略以来，为了建立乡村振兴示范点，广州市有关领导挂点光辉村，推动实施"千企帮千村"工程。

增城区委、区政府高度重视、积极协调，按照产业兴旺、生态宜居、乡风文明、治理有效、生活富裕的总要求，大力推动实施乡村振兴战略，在光辉村推动实施"千企帮千村"工程，取得明显成效。

具体内容为：

一是着力产业兴旺。

创鲜番石榴农业公园获评2019年广东农业公园（AAA级）。以水果种植为主题，基于"公司＋基地＋农户"，融入"互联网＋供应链"的模式，致力于打造现代化水果种植基地和水果供应链服务平台。

公园以种植、销售胭脂红石榴、四季番石榴等农特产品为主，产值高于其他石榴品种产值两倍，并辐射带动农户种植面积10000多亩，带动周边1000

多户农民就业致富，集体及个人分别获得"全国巾帼建功先进集体""全国农村青年致富带头人"等荣誉称号。

这个项目与光辉村达成对口帮扶关系，推进千亩番石榴标准化种植示范基地建设，依托广东省农科院果树研究所的技术力量，共建岭南特色水果研究中心，引入现代智慧农业管理平台、水肥药一体化自动喷淋系统等现代农业种植技术，提高标准化种植水平。同时，积极完善园内及周边水利、交通、配套等多项基础设施建设，推动项目健康高速发展。

1978电影小镇作为中国乡村旅游创客示范基地，位于光辉村上扶罗合作社，通过规划建设创意办公区、文创产业孵化中心、发呆部落（民宿）、游艇码头、创意商业五大功能区，与创鲜番石榴农业公园相互促进，利用旧村落、农耕园、果树林等有利因素，配合建设拍摄场景，发展文体观光旅游、农村文化体验，推动休闲旅游业的发展。

广东省尚东公益基金会落地打造了"增江街尚东农业生态园罗汉松研发基地"，项目预计第四年产生效益，新增就业岗位数十个。

该项目在基本保持原有种植生产功能的同时，打造增城区集生态罗汉松展示区、生态荔枝林、凉池绿道三位一体的现代生态园。

二是重视生态宜居环境建设。

光辉村始终坚持"两山"理论，切实做好生态环境保护。加大人力物力投入，开展人居环境整治，以"互看互比互学"活动促进整治提速、增效，做好环卫整治、"两违""六乱"管控等工作，全面清除辖内环卫死角，规范禽畜圈养，拆除违法建设，在全市统一治违行动后未新增一例违法建设。

加强日常管理，建立由村"两委"干部带班，群防志愿队、村民志愿者参与的环卫整治轮值查控机制，不断巩固整治成效。

认真落实河长制工作，投资开展光辉涌河涌整治，整修辖内两个污水处理设备，提升治污水平。

加强对一、二级饮用水资源保护区内违法经营行为的治理，增强水域环境卫生的保洁。

大力建设村内基础配套设施，投资建设长约1.1千米的元芳路，村道路网不断完善。辖内生态环境逐步美化，村容村貌焕然一新。

三是强化乡村基层治理。

光辉村坚定不移推动全面从严治党向纵深发展，充分发挥基层党支部的领导核心作用，把党的领导和党的建设压实到乡村治理上。

村"两委"班子注重队伍建设，选优配强"两委"干部，定期开展"两会一课"，强化村"两委"队伍的素质培养，着力提升队伍的政治责任感和使命感。

通过综合治理，村内吸毒人数、警情、信访等数据明显下降，治理成效显著。

四是提升村民的获得感、幸福感，实现生活富裕。

光辉村通过不断引进和发展高质量项目提升村集体收入，拓宽村民工资、土地租金、分红等收入渠道，生活条件明显得到改善，村民的幸福感、获得感和安全感逐步提升。

卖番石榴的女董事长

由广州创鲜农业发展有限公司创建的创鲜番石榴农业公园是光辉村产业兴旺的标本。

刘淑芬，广州市增城区石滩镇人，现任增城区农业企业协会副会长、增城区创业创新协会副会长、增城区政协委员等职务。

2003年9月，刘淑芬毕业于广州鲍思高职业技术学校，曾外出务工，在家人的影响下返乡创业，2010年6月，成立了广州增城民合石厦群兴水果专业合作社；2013年6月，创办广州创鲜农业发展有限公司，任董事长；2016年3月，成立广州市那果电子商务有限公司，任总经理。

刘淑芬自幼在石厦村长大，生于乡村长于乡村，对乡村有着深深的感情。

石厦村盛产番石榴，是种植番石榴的水果村。

番石榴属桃金娘科乔木，原产南美洲。番石榴传入我国至少已有300年历史。20世纪90年代以前，我国大陆少有作为商业性栽培，随着从台湾地区引进推广优良的新世纪番石榴、珍珠番石榴和水晶番石榴等品种，其商业栽培得到了迅速发展，其中主要分布于广东、福建、广西和海南以及云南南部、四川南部、浙江南部等地区。

2009年，由于当时很多种植户分散种植经营，以及水果品质差、价格低的原因，经济效益不明显，番石榴出现滞销的情况。那个时候，网上销售模式兴起，年轻有活力的刘淑芬看到了其中的商机，试着在网上推广番石榴，开辟网络推广渠道。结果出乎意料地收到很多咨询电话，让更多人了解到村民种植的番石榴，刘淑芬感到欣喜不已，她认为网络平台能对她有非常大的帮助。通过在网上的推广，番石榴的销量提高了很多。

不过，销量的提高并未同步带动效益的提升，究其原因主要是农户分散种植、产品质量得不到保证、收购价格受市场影响大以及农户抗风险能力薄弱。所以刘淑芬积极学习农业相关政策，调查了解番石榴市场，寻找解决番石榴种植户增收乏力问题的方法。

2010年6月，刘淑芬组织石滩镇石厦村的农户成立了广州增城民合石厦群兴水果专业合作社。重点指导农民优化种植品种，整合种植面积，形成产业种植，推进科学管理。此举扩大了石厦村及周边的番石榴种植面积，石厦村变成了名副其实的番石榴专业村。

合作社成立后，获得了广东省、广州市农科院、果树研究所提供的专业育种及培训服务，逐渐培育出四季都能挂果的第二代胭脂红番石榴品种"四季红"，村民种植番石榴的产量和质量也稳步提高。

随着合作社的不断发展，番石榴的销售模式也从最初的直接卖到批发市场，升级成农业生产基地直接对接超市。由于和超市直接合作，不用经过中间渠道，增加了利润，也能保证水果的新鲜。

超市销售的番石榴对质量有更高的要求，反过来又促进生产品质提升。为了提升生产品质，刘淑芬为村民们开办培训班，统一教授种植技术。于是，品质好、标准高的水果得到越来越多超市的认可，进而形成了长期合作关系。

村民们的收入增加了，为了让番石榴有更大的市场，2013年6月，刘淑芬创建了广州创鲜农业发展有限公司，担任董事长一职。公司创建了500亩的公司水果种植基地。

通过"公司＋合作社＋基地＋农户"的经营模式，刘淑芬跟社员们积极拓展水果销售渠道，在稳定本地传统的农贸市场基础上，大力拓展珠三角等市场，有效地促进了当地水果产业化的发展。

广州创鲜农业发展有限公司创建后，通过合作社与多家零售商和代理商建立长期稳定的合作关系，与东莞市嘉荣超市、广州市卜蜂莲花等建立了农超对接，以多品种经营特色和薄利多销的原则，赢得了广大客户的信任。

通过整合资源统一管理，创鲜公司聘请专业技术人员对种植户进行技术培训，实施标准化种植，配合当地政府及农业部门对农产品生产质量进行安全监控，切实加强农产品质量安全生产，大大提高了番石榴的品质。

多年来，创鲜公司经历了由小到大、由分散到聚合的发展历程，规模迅速壮大，慢慢建立五大销售平台，其中包括农批市场、社区商超、电商渠道、新零售渠道、农耕体验等。

对于创鲜的发展，"龙头企业＋基地＋农户"发展产业模式初现规模，刘淑芬希望能在电商、新零售平台以及公司品牌提升等方面继续努力。通过不断引进高技术专业人才，提高农产品质量，创新销售模式，跟着乡村振兴战略的脚步，让创鲜的发展形成人才、土地、资金、产业汇聚的良性循环。

刘淑芬认为自己做农业，能带动村民把产品卖出去、共同致富，帮助到各家农户，为家乡的乡村振兴做出自己的贡献，是一件值得自豪的事情。

她致力于结合自身工作实际，做好农业发展工作，做大做强"公司＋基地＋农户"的农业发展模式，打响增城农业品牌，将更多增城农产品销往全国各地，进一步提升经济效益，带动更多乡村实现共同富裕。

2020年，刘淑芬被中国关工委授予"'双带'农村致富青年先进个人"称号。

五 大埔围村的"美丽魔方"

四季花海,以花育人

　　增城区增江街大埔围村,是增城乡村振兴的样板村,历年来,获得诸多荣誉。"广州文明示范村""广州市卫生村""广州名村""广州乡村旅游示范点""广州市观光休闲农业示范村""广州慈善乡村""广东名村""广东省卫生村""广东省文明村""广东省宜居示范村庄""国家AAA级旅游景区""全国美丽宜居村庄""全国农村幸福社区建设示范单位""全国绿色村""全国文明村""广东省文化和旅游特色村"等称号,都是对大埔围村乡村振兴成果的肯定。

　　现在的大埔围村,给人印象深刻的是其整洁干净的村容村貌,特别是村庄前面的一片花海。

　　在这片花海的入口处,有一个由各种花组成的巨大魔方,大家称其"美丽魔方"。

　　这个魔方的一面有乡村振兴的总体要求:"产业兴旺、生态宜居、乡风文明、治理有效、生活富裕"。时刻在提醒着大埔围人和前来参观的观众,乡村振兴是一项需要持续努力的事业。

　　在这个美丽魔方的另一面,还有五大发展理念:"创新、协调、绿色、开放、共享"。同样在告诫大家,在享受美好的花海风景的同时,要坚持绿色发展的理念,让乡村振兴之花成为城乡融合发展的美丽风景。

　　大埔围村的花海,以格桑花、红玫瑰为主要品种,各类时鲜花卉次第开放，珠三角市民闻香而来，游客总数达上万人之多。

正因为这一片美不胜收的花海，大埔围这个广州最东部的偏远小村成了珠江三角洲甚至整个粤港澳大湾区城市群游客乡村旅游的"香饽饽"。

大埔围村是广州市"美丽乡村"试点村。"铁打的村庄，流水的游客"，在"美丽乡村"规划中，如何适应广州城市现代化进程，助推城市近郊乡村游，把游客引来，成为大埔围村党政干部苦苦思索的焦点和难点。

大埔围村曾是一个传统的落后贫困村，由于多年来的无序管理，也出现了环境污染等问题，但这里的山水资源还没有完全破坏，田地村舍的原生态面貌给了大家启发，很快，"以花为媒、用花育人"的乡村治理理念，给了大家启发。引进社会力量，建设以花为主题的文化旅游花园，一个大胆可行的创意被大埔围村的干部群众所接受，并迅速付诸实践。

作为顽强、爱情、健康向上的代名词，格桑花、玫瑰、向日葵，成为种花人的首选。

格桑花很好种，撒下种子，两个月后就能开花，花期也差不多能持续两个月。为了应节，花海经营者一般选择"五一"、"十一"、春节让它们大规模开放。格桑花开的时节，园内其他不同品种的花也相间其中，由于广州的天气一年四季温暖，皆是花期，不同的花在不同的时间开放，应节而开的格桑花盛开的时候，蝴蝶、蜜蜂在花间翩翩起舞，游人穿行在花海里，有如置身仙境一般，无论是单位团建活动，还是家庭亲子游，这里都成了幸福的海洋。

7个相对固定的小游园——玫瑰园、桃花园、盆景园、婚庆园、风车园、植物迷宫、儿童乐园，一个矗立在花海入口的巨无霸魔方，再加上魔方上面熠熠生辉的10个大字——"创新、协调、绿色、开放、共享"，形成大埔围独具魅力的标志性景观——"美丽魔方，四季花海"。

同步运营的还有"亲密农耕园"项目。相较于花海，"亲密农耕园"更注重亲子体验。园区设有百花园、百草园、香草园、农耕园、观光温棚和科普长廊，游客可亲身学习微盆景、多肉植物盆栽制作和体验鲜花、蔬菜的种植乐趣。

园区还设有手工培训，承接家庭、学校、教育培训机构的春游、秋游、夏令营、冬令营等。

花海项目的建立带动了村内旅游业的发展，让村民感受到乡村旅游发展的生机。

花海起到聚集人气、带入人流的作用，游客来了自然要消费，农民的农家乐、小商店、旅舍等经营项目就有了持续客源，农民经济收入就能不断提高。不少村民利用自家的多余房屋办起了农家乐。

家乡的环境好了，人气也旺了，创业氛围也浓厚，村民在家乡既能安居又能乐业。

2020年12月，大埔围村又获"广州最美村庄"荣誉。

一村一景，美丽宜居

在"美丽乡村"建设和乡村振兴行动中，大埔围村重新调整发展思路，以"绿水青山就是金山银山"的"两山"理论为指导，动员村民配合拆除严重污染环境的数十余家"散小乱"养猪场，盘活数百亩土地，引进增城第一家现代化大型养猪场，发展现代特色生态农业产业，每年为村社集体增加收入100多万元，解决了不少村民的就业问题。

同时，坚持大力发展休闲农业和乡村旅游产业，整合80多亩土地引进文旅园项目，打造国家AAA级旅游景区，并出台《大埔围村创业奖励补贴办法》，鼓励村民利用自家庭院、闲置房屋开办特色花店、艺术空间、万家旅舍、农家乐等，一些在外打工的村民开始回乡创业，积极参与家乡建设，村民对走绿色发展道路的信心也更加坚定。

大埔围村坚持"因地制宜，不搞大拆大建"的规划理念，增江街道办深入了解村民，尤其是农村青年的真实想法，由街道办组织规划人员对该村的人口状况、地理条件、房屋现状、资源分布、环境优势、公共配套等进行了详细调查，充分体现"美丽乡村"的核心价值，全方位突出保留传统文化、中国元素、乡村特色。

大埔围村还是东江纵队的抗日游击根据地，村后山坡上有一座革命烈士纪念碑，默默诉说着可歌可泣的抗日故事。为了保护家园，不少村民献出宝贵生命。"战史榔风血染成，群英为国保家兴；干戈揭搏锄匪寇，血迹凝晶耀后人。"村民叶桂芬写的诗，成为大埔围村人不怕牺牲、抗日卫国的生动写照。

大埔围村还携手松田学院、华立学院等周边高校，一起来为"美丽乡村"添砖加瓦。课余周末，大学生们就会到村里开广播、画彩绘、搞演讲，举办各类文化活动。

流连大埔围，细心的游客会发现"一家一景"，村民庭前屋后，都种着不同造型的盆栽、花卉；外墙立面，到处是可爱的卡通、艺术画甚至各色涂鸦；路旁塘边，更是遍布名人警句的石头——"志不立，如无舵之舟""积善之家必有余庆""爱人者，人恒爱之；敬人者，人恒敬之"……

大埔围村在2013年被确定为广州"美丽乡村"试点后，坚持"因地制宜、因难见巧、因势利导"的发展理念，保留延续村落原有建筑文化特色，让村民自己动手，自发参与，自己受益，真正成为"美丽乡村"的主人，使大埔围村成为广州"美丽乡村"的破题之作。

大埔围村启动"美丽乡村"建设之初，组织规划人员进行了详细调查，保持原来村屋的历史风貌，原有村民房子和公共用房不拆，通过整饰让它们错落有致。

对于原有的大量破旧房、空置砖瓦房"抽疏建绿"，给予适当成本价补偿后，村民拆除这些旧房后用于建绿地、公园和广场，种上了大叶油草、桂花、紫薇、大红花、黄金竹等花草，让村庄到处散发花香，一年四季有花。

通过整合公共资源，建成了村文体活动中心。一层是村民活动室，在这里可以聊天、打乒乓球；在二楼，还有一座图书馆，增城市图书馆每个季度都会过来更换一批新书，报纸每天都更新，这里成了村民的知识的海洋。

还设有一个小广播站，为村民播放各项政策、新闻资讯、通知，让村民第一时间了解最新社会动态。每周，广东工业大学华立学院的"广播之星"

们还会到村里实践锻炼，村里的好人好事、失物招领以及最近一段时间的时政要闻，成了村民茶余饭后最好的收听节目。

村里建有多个休闲娱乐广场、健身广场、篮球场，并设立金融服务站、老人活动中心、妇女儿童之家、医疗卫生站，所有村道都架设了路灯。

大埔围村整合村内的鱼塘、水库、水田、园地等资源，建设科普湿地公园、垂钓场、烧烤场、绿道等旅游设施，将闲置的大埔围小学改造成为"万家旅舍"的接待服务中心。还通过建设革命烈士纪念广场，将大埔围村打造成爱国主义教育基地。

实施乡村振兴战略以来，大埔围村更是趁势而上，百尺竿头，更进一步，乡村产业、环境、文化、人才、基层治理同步推进，产业更兴旺了，村庄更美了，村民更富了，文化更丰富了，基层治理更加坚强有力了。

大埔围村已从一个不被人认识的"角落村"，蜕变成备受瞩目的"明星村"。

大埔围村建有广州首个"慈善乡村"文化广场，标志着广州"慈善为民"行动实现了城乡全覆盖。大埔围村挂牌"慈善乡村"，通过"科教扶贫进乡村""爱心帮扶进乡村""慈善超市进乡村""援教助学进乡村"等一系列慈善活动，服务村民，为美丽乡村建设植入慈善因子，助推乡村全面振兴。

大埔围村爱国主义教育基地，围绕大埔围村革命烈士纪念碑，建有抗战历史纪念馆、新时代文明实践站等，通过常态"六个一"活动，即重温一次入党誓词、参观一次展览馆、瞻仰一次革命烈士纪念碑、观看一场专题片、重读一段党章、参加一次宣讲报告会，以充满互动感的活动形式和富有内涵的活动内容，成为珠三角地区市民缅怀革命先烈，进行爱国主义教育的一个重要阵地。

大埔围村革命烈士纪念碑建于1979年，是大埔围村党支部和全体村民为纪念先烈功绩，鼓励后人奋发图强而建，于2008年重修，2017年再次翻新，重修后的纪念碑面貌焕然一新。

围绕革命烈士纪念碑，利用空置教学楼修建了大埔围村抗战历史纪念馆、大埔围村新时代文明实践站等。2017年9月成功申报为"广州市增城区中共党史教育基地",2017年11月申报成为"广州市增城区爱国主义教育基地",2019年8月申报成为"广州市爱国主义教育基地"。

纪念馆以中国的抗战发展为主线,以东纵建立发展为主干,以声光电技术控制、多媒体互动体验、数字化创意展示相结合,集党组织活动和党员学习、教育、培训为一体,采取文字、图片、图表、雕刻、实物、声像、视频等多种表现形式,真实、生动、全面地反映了抗日胜利,重现了东江纵队和大埔围村民抛头颅、洒热血,为民族解放事业献身的峥嵘岁月,揭示了英勇无畏、百折不挠、军民团结、共赴国难的东纵精神和大埔围精神。

新时代文明实践站于2018年建成并对外开放,配备了多媒体播放设备,制作有"信仰坚定,文化自信"等宣传标语和入党誓词,可同时容纳100人参加学习。

如何做到"望得见山、看得见水、记得住乡愁",把乡村的根留住,把城市的客吸引过来?这得益于镇村企联手打出的"组合拳":挖掘传承传统文化,整理弘扬红色文化,引进融入现代元素。

大埔围村在"美丽乡村"规划中,充分考虑在村容村貌中植入核心价值观元素,田间地头和村民生活处处洋溢着风尚之美、环境之美、人文之美。

深入发掘村史,重视培育乡贤文化,用优秀传统文化教育乡里,涵育文明乡风社风,让社会主义核心价值观在农村邻里深深扎根。

2018年以来,增城区委、区政府将大埔围村纳入区级特色小镇规划打造,增江街牢牢把握机遇,主动作为,大力发展青年大学生创新创业和乡村旅游产业,将大埔围村选定为乡村振兴示范基地。

城里来的"大学生村官"

广州乡村振兴的"头雁"工程,主要是针对基层党组织的建设提出的,其中的"头雁"一般指村党组织的书记。

大埔围村的第一书记张帆，既不是来自上级机关的派驻第一书记，也不是增城的返乡大学生，他是一位出生于城市又在城里读书的90后"大学生村官"。

2013年，张帆大学毕业，因缘巧合来到了增江街大埔围村。

作为一个从小生活在城市的人，也想过留在大城市，找一份光鲜亮丽的都市白领工作。但身为青年党员，就应当到基层去，到国家最需要的地方去，强烈的使命担当促使他义无反顾地走进了农村。

当时的大埔围村，处在广州、惠州和东莞三市交界，既普通又没资源，村民也常因村中大小事务跑去上访，相互之间争执是常有的事，可谓是远近"闻名"的问题村。

为了改善村居环境以及规范化养殖，在当时的增城市委、市政府的统一部署下，需要对村里的"散小乱"养猪场整治拆除，同时该村还承担了当时的重点民生"菜篮子"项目，引入一家现代化大型生猪养殖场。

初到农村的张帆，面临着前所未有的压力和挑战，加之村里积累了不少历史遗留问题，让村民对村党委和村委会"两委"的工作有很大抵触。

眼前的这一切让从小在城市里长大、从没接触过农村工作的张帆感到迷茫和焦虑。

加之基层各种烦琐的工作很多，工作难度和强度让他这个"90后"感到压力倍增，还得不到村民的理解。

他开始也觉得很委屈。

但他并没有轻言放弃，而是反思自己哪里做得不够好，并努力寻求改进。

为了得到村民的信任，他通过不断入户走访调研和召开村民大会，连续七天在村委会接访，让村民畅所欲言充分表达诉求。

在了解到村民的心声后，张帆和村干部向村民们许下庄严的承诺，大家齐心协力，一定要在两年之内让大埔围村发生翻天覆地的变化。

正是缘于这个坚定的承诺，村干部赢得了村民的信任，也让张帆坚定了扎根农村基层干一番事业的决心！

随着"散小乱"养猪场的拆除和现代化生猪养殖场的建设并投入使用，

在大埔围的这几年，作为一名驻村第一书记，张帆的角色就是把村干部和群众拧成一股绳，充当政府工作和村民之间的"润滑剂"和桥梁，和群众凝聚在一起，共同为地方的发展努力。

他用自己的青春激情和满腔热血为美丽乡村建设贡献力量，既仰望星空、树立远大理想，又脚踏实地、服务好基层群众，在建设新农村、服务广大人民群众中砥砺青春、书写人生。

风起扬帆正当时，不待扬鞭自奋蹄。

张帆深知自己个人的成长与时代紧密相关，他热爱自己从事的农村工作。在2020年被公选为增城区共青团委副书记的张帆，现在依然奋战在乡村振兴工作的第一线，他认为美丽乡村是乡村振兴"新生活、新奋斗"的起点。

不忘初心，方得始终。

作为一名青年党员，要有理想、有本领、有担当，未来的路还很长，张帆对自己有非常清晰而清醒的认识。

六　小楼镇出了个"菜心王"

产业振兴是乡村振兴的重中之重,广州市推行的"一村一品,一镇一业"行动在乡村振兴中发挥了极其重要的作用,成为带动整个乡村振兴强有力的关键力量。

2020年5月20日农业农村部农产品质量安全中心发布《2020年第一批全国名特优新农产品名录公示》,增城的迟菜心、乌榄、番石榴获全国名特优新农产品称号。2020年9月,由农业农村部市场与信息化司指导的"农产品区域公用品牌热销暨中国品牌农产品展销庆丰收"活动在山东青岛开幕,14个广东农产品区域公用品牌入选,增城的迟菜心为其一。

迟菜心的春天

清宣统时期开始有种植迟菜心的记载,迟菜心是广东增城知名的特产蔬菜品种。

增城迟菜心又名高脚菜心,有菜心之王的美称,品种包括白梗皱叶迟菜心、白梗稍皱叶迟菜心、青梗皱叶迟菜心、青梗稍皱叶迟菜心等。植株高大,基叶阔长,叶面皱或稍皱,绿色或浅绿色,背部叶脉明显。因其时至深冬才上市,比一般菜心要迟,所以称为迟菜心。俗话说:"冬至到,菜心甜"。

增城迟菜心的品牌形成与推广,与当地龙头企业和农民企业家分不开。

小楼镇江坳村的广州绿聚来农业发展有限公司创始人张文彬就是其中的代表之一。

1982年出生的张文彬是增城人，2004年，他大学毕业，最初安排在基层政府工作，开始接触农业。2005年至2007年期间，他一边工作一边参与增城迟菜心的销售工作。在这个过程中，他对农业产生了兴趣，决定返乡创业，得到区、镇、村各级领导的支持，2008年，他成立广州绿聚来农业发展有限公司。

作为一位返乡创业的大学生，张文彬与传统的农民企业家有所不同，他一开始就注重企业文化建设，确立了"生态、共享"的企业发展战略，提出了"绿色发展、创新发展、共享发展"的理念，喊出了"生态绿聚来，共享更精彩"的口号。明确了企业发展的愿景：以绿色、地标农产品为链接，以"绿聚来"生态乡村为平台，联结城市与乡村发展，让城市居民和乡村居民生活更美好。

张文彬带领他的团队，从三条路径入手，致力于乡村产业振兴。

一是对乡村生态环境进行保护。

绿聚来公司尊重每个地方的自然生态和社会文化生态，致力于发展当地优势特色农业，带动群众增收致富。

绿聚来公司产品开发，致力于为市民甄选出每个地域特色的绿色食品认证、地标产品，并推广销售到全国各地。

二是对乡村生态生产进行优化。

绿聚来公司提高生态效益和经济效益，采用"稻菜轮作，稻鸭共作""菜渔共生""林下立体种养"等绿色循环农业方式进行农产品生产，同时，利用现代科技与管理，致力于推进全产业链融合发展。

三是对乡村生态社区的再造。

致力于发展乡村生态共享社区。发展"绿聚来"品牌农业，以绿色、地标农产品为链接，将最"鲜"、最"特"、最"安全"的农产品及时摆上千家万户的餐桌，联结城市与乡村共生，让城市居民和乡村居民生活更美好；通过城乡资源共享，发展"绿聚来"乡村生态共享社区。以农村闲置房屋和土地租赁、托管为抓手，以城乡投资、消费资金为关键，盘活农村发展资源，促进农村资金融通，让城市居民和乡村居民既是高品质乡村生活投资人，又是收益人，还是乡村生活消费者，让乡村居民可以轻松、放心入城，让城市居民可以愉快、安心回乡。

广州绿聚来农业发展有限公司，位于广州市增城区小楼镇正旭现代农业孵化园。公司作为增城区增城迟菜心省级现代农业产业园牵头实施主体，2019年至2020年全力打造增城迟菜心现代农业产业园核心区。

公司通过租地带动、订单农业带动、吸纳就业带动等多种方式，有力地推动了周边现代农业发展，盘活了农村闲置资源，解决了一批农户的就业，带动了一批农村青年创业致富。

为确保产品质量和产量，使企业和农户的经济效益最大化，公司建立从育苗到种植、收获整个过程的安全质量管理体系，明确产品安全质量管理目标：生态、环保、优质、高产。

通过绿聚来公司的市场推广，配合配送中心的加工，增城迟菜心以"绿聚来"牌销往珠三角，甚至全国各大城市，以品牌、品种、产量的优势，争夺特色农产品市场的制高点。

张文彬返乡创业的成就得到各方面认可，他个人获得"十佳增城好人"等称号。

七 宜居宜业，美丽增城

青山做伴，绿水同行

千百年来，增城人与青山做伴，与绿水同行。

增城是广州的文化之乡、乡村之根，乡村传统文化底蕴深厚。

这里有广州最古老的人类生活遗迹，即金兰寺贝丘遗址，是广州本地知名的历史人物崔与之和湛若水的故乡。

增城有"一江两河三山"的生态走廊，增江、西福河、派潭河、南香山、白水山和白水寨，皆是优美的乡村山水风景。

2020年12月，增城区"魅力派潭"岭南精品民宿乡韵之旅获"广东美丽乡村精品线路"荣誉。

实施乡村振兴战略以来，增城区加大工作力度，投入专项资金推进乡村振兴，获"四好农村路"全国示范县、中国丝苗米之乡、中国特色农产品优势区、广东省脱贫攻坚突出贡献集体奖等称号，成功列入首批国家城乡融合发展试验区。

开展乡村振兴以来，增城很多乡村都旧貌换新颜，包括莲塘村、石迳村、下围村、濠迳村、上邵村、大吉村等村落均建设成为宜居宜业的美丽乡村。

| 第七章 |

满山梅荔自成庄

清代学者李文田题玉岩书院的楹联这样写道：

泉石清幽，地辟千年，一洞烟霞堪入画；
峰岚拥护，天国图壁，满山梅荔自成庄。

玉岩书院，又名萝峰寺，始建于宋代，为萝岗钟姓始祖钟遂和所建，为南宋进士钟玉岩读书讲学遗址，广州历史上12间著名的古书院之一。玉岩书院收藏有宋代以后名人的题咏和书刻。主要有宋儒朱熹"忠孝廉节"题字，以及相传文天祥手书的绝句四首木刻和清代郑板桥的春、夏、秋、冬四时画竹刻等。

玉岩书院在黄埔区的萝岗香雪公园内，李文田的联语写的就是当年这里周边的乡村风景。

那个时候，玉岩书院一带，农民们在田野里种满了梅树和荔枝树，冬天梅花开，夏天荔枝熟，每一个乡村都是绿水青山，因而有了"满山梅荔自成庄"之语。

"黄埔"，环绕南海神庙前的珠江河段，古称为"黄木之湾"，整个河段称为"黄木河"，沿河两岸都称为"黄木"，由于乡音的关系，"黄木"遂转变成"黄埔"。

另一说与海珠区新滘镇的黄埔村有关，黄埔村是南宋时对黄木河南岸一自然村的命名，该村面向珠江，呈椭圆形，开村时有黄、关、卫三姓，宋末先后来了罗、冯、胡、梁四姓居民。

古时，该村是珠江边的泥滩，称为"浦"，传说有一凤凰飞来该村地头洗身，所以叫"凤浦"，后因黄姓人较多，且是开村人，故改为黄埔。

第七章　满山梅荔自成庄

一　白兰香溢莲塘

白兰花醉了莲花池

2020年12月,广州媒体从全市乡村中评出40个"广州最美村庄",黄埔区九佛镇的莲塘村名列其中。

广州地处珠江三角洲水乡,种莲是乡村的传统,有不少以"莲塘"为名的村庄,一听村名,便知是莲荷之乡。

黄埔区九佛镇的莲塘村,也种莲,荷花满池、蛙叫蝉鸣的夏景自然是有的,而在这个莲塘村,还有一种风景令人印象深刻,那就是白玉兰盛开的乡野风光。

提起莲塘村,一听村名,人们会联想到夏日里无边的莲叶,但这个莲塘村还有一种特产,那就是白兰花。

广州是白兰花的主要产地,而九佛是广州白兰花的主要种植地,在九佛的诸多村落中,又属莲塘村种得最多。

在莲塘,白兰花种植是乡村传统,几乎每家每户都种白兰花,当地村民中很多人都有关于种植和售卖白兰花的少时记忆。

由于地处丘陵地区,水土没有受到污染,莲塘村所种的白兰花香气十分浓郁,摘取后的白兰花也大多用于香精制作。

后来,由于制作工艺的改进,白兰花的需求大幅度减少。如今莲塘村依然可以看到白兰花的影子,房前屋后,在村道的转角处,人们时不时地会看到那高大的白兰花树。在村落西部有一处白兰花公园,仍留有当年莲塘村广

种白兰花热潮的痕迹。

夏天的时候，莲塘村的池塘里莲叶翠绿，各色莲花怒发，蜻蜓和鸟儿在莲叶间飞过，而高大的白兰花树上，知了在叫个不停，白兰花满树的芬芳四溢。

夜幕降临之后，静静的莲塘里蛙鸣声声，塘边的草丛里，萤火虫闪闪发光，白兰花在月光的照射下若隐若现，与那青葱的白兰花树叶相间，如白玉点缀于翡翠之间，花香在晚风里四溢。

这个时候，再抬头看看满天的星星，低首看看水中倒映的月影，仿如置身于世外桃源。

这样的风景，这样的夏夜，只有这个莲塘村才有，别的乡村是复制不了的。

历史中走来的文化印记

莲塘村，围绕圆帽山而建。自然环境优美，拥有莲塘公园、白兰花公园、圆帽山等多种原生态资源，具有典型的"山、村、水、田"相间的广府传统村落格局，传统街巷"梳式"布局的肌理清晰、完整，保存有较为完整的传统风貌建筑群，体现了清末至民国时期的历史真实性和连续性。

莲塘村有800年的历史，在广州的乡村中算是一个历史久远的乡村。村民多为陈姓。

莲塘村位于九佛镇的西部，北临枫下村，东接燕塘村、重岗村，南接白云区。

莲塘村的建筑形式有其独特处，既有夯土墙的，也有青砖墙的建筑，既有常见的三间两廊式布局的民居，也有五龙过脊式的大家庭聚集式院落。在这些民居之间如同梳子般插入其中的便是古村的纵向交通体系——巷道。

根据所处位置不同，村落又分为上头庄与向南庄。

古村共有10条古巷，其中荣华里、人和里、中和里、平安里、长安里属于上头庄；安仁里、未知里名、亲仁里、兴人里、居仁里属于向南庄。

建设最早的是上头庄，所存建筑多建于明清时期，除祖厅使用青砖砌筑外，民居大多是土坯房子。到清末民初，向南庄才形成完整的肌理。村中的时四陈公祠，处于两庄之间。

古村中唯一的祠堂——时四陈公祠，建造年代为清光绪二十五年（1899），建祠时间，比上头庄迟，较向南庄早。

时四陈公祠规模较大，这在其他村庄中尚不多见。祠堂坐北向南，三路三进，规制完整。

时四陈公祠，面朝荷塘，看莲花在夏季徐徐盛放，看荷叶在冬季悄悄枯萎。春秋冬夏，万物荣枯，都可在村前的莲塘中看得见。

在莲塘村，除了各色民居和时四陈公祠之外，曾还有多处书室、私塾等建筑，如鸿祐家塾、季昌书室、友恭书舍、罗祖书室，这些建筑部分沿用祠堂形制，但规模不大，布局灵活自由。

莲塘村在悠久的历史中形成了当地风俗和习惯，舞狮、粤剧，还有添丁摆灯酒等传统风俗，承载着异常丰富的历史文化内涵，交织着各种各样的古老信仰、情感和观念，构成了异彩纷呈的非物质文化遗产。

莲塘古村的夏天更为迷人，走在石板路上，穿过那布满岁月皱纹的古巷，听一池蛙叫一片虫鸣，遥望那缀满星星的夜空，夜风拂过莲塘，白兰花香渗透在空气里，静下心来，纤尘不染。

2019年10月，《广东省历史文化名村莲塘村保护规划》获广东省人民政府批准。

按照规划方案，莲塘村整体山水格局、古村落传统街巷肌理都被列入保护重点。规划4.5千米绿道将莲塘村各景区串联，形成"山、林、水、田、村"一体的美丽乡村。

结合正月初四"上灯"、清明节祭祖等传统风俗，在罗祖书室、鸿佑家塾、时四陈公祠、古榕树等处开展民俗文化周，以及组织广州陈姓宗亲大会等活动。

根据规划方案，村域整体景观保护规划包括山体保护、林地保护、水体保护、农田保护、街巷保护等。

"千企帮千村"的行动在黄埔发挥重要推力,知识城集团与合生创展集团紧密围绕黄埔区、九佛街道"快批、快拆、快建"的工作要求,快速成立莲塘村旧村改造工作小组,确保各项利民举措落实。

2020年8月1日,广州黄埔区九佛街莲塘村热闹非凡。

村口的莲花池畔,在一片喜庆的锣鼓声中,全体村民共同见证了莲塘村拆迁仪式正式启动,这也标志着村民翘首以盼的旧村改造工作正式进入实质性操作阶段。

拆迁仪式上,九佛街领导表示,莲塘古村具有很好的历史保护价值,将按照黄埔区委、区政府指示,以"核心区保护+名村建设+三旧改造"的模式有序推进,打造九太路醉美长廊、万亩花海等特色景点,成为集休闲、娱乐、参观、游览于一体的历史文化名村。

本次改造项目首次尝试"旧村改造+乡村振兴+历史名村"的创新改造模式,进一步深挖乡村本土文化与价值,打造岭南文化精品村。

二 梦回水乡南湾

江南的古村以水乡为名,而岭南的古村多依山傍水,为山水之乡。

广州市黄埔区穗东街的南湾古村在村口也竖了一块巨石,上书"南湾水乡",但在临广深公路的村口却看不到水。

人们必须深入到村子里面,才会发现,在这个古村里,水文化的印迹真的无所不在。

南湾村与广州经济技术开发区相邻,东接夏园,南濒珠江,西迄庙头,北连广深公路。

南湾自古水陆物产资源丰富,农田肥沃,水网纵横,稻香鱼跃,佳果四时,农渔并举,有"鱼米之乡"的美誉。

南湾村保存着完好的乡村古建筑,吸引着国内古代建筑专家前来采风、考察。

许多影视剧,诸如《三家巷》《危情姊妹》《大话黄飞鸿》《外来媳妇本地郎》等,都来这里取景。

南湾村有汉代广州古海石遗址,至今仍保留一处古市集遗址,为此这里每年都引来数万海内外参观游客。

南湾社区原为南湾村,自明朝洪武二十九年(1396)建村至今已有600多年历史,2002年转制为南湾社区。

老房子背后的故事

明朝洪武二十九年（1396），南湾村的先祖，一个来自番禺的叫麦必达的人，他的一个孙子来到了这里，开启了南湾600多年的历史。

南湾最初叫西湾，麦氏建村之后，改名为南湾。

麦氏宗祠是南湾最古老的祠堂，名"序睦堂"，始建于清朝雍正年间，在道光时重修，为三进石脚青砖马头墙建筑，祠堂内雕梁画栋，有古壁画30多幅，有4条降龙木圆柱，虽经百年仍然光滑如故。

走进麦氏宗祠，最引人注目的是祠堂两边悬挂着的两个直径约1.2米的大灯笼。

灯笼的一面写着"麦"字，一面写着"文武世家"。

如今，每逢重大的节日，村里仍然要悬挂这些灯笼。

麦氏的祖先非常重视读书，只要在该村读书的孩子，村里的太祖公都会帮他出学费和校服费。

在麦氏祠堂里，有一件很奇特的东西，那就是晒书台。

所谓晒书台，就是祠堂前一块十多平方米的石铺地板。

这个晒书台并不是每个祠堂都有的，建造之前需要经过礼部的批准，只有某些显赫家族的祠堂才能建造此台。

由于麦氏家族出了很多名人，这些人也向祠堂供奉了很多宝物，但是时间长了，宝物难免潮湿生霉，建造此台就是为了在每年天气好的时候，把这些书籍和供奉之物拿出来晾晒。

南湾还保留了许多传统的水乡风俗，每年例行的游龙舟、食粽子等自不在话下。为了适应广州城市发展对乡村旅游业的新要求，自2011年3月开始，每年都要在相同的时间举办"南湾水乡旅游文化节"，集中展示南湾水乡的旅游资源，举办丰富多彩的旅游活动，宣传推介南湾，吸引各方来客。

唐宋时期，位于广州东部的黄埔就已是世界著名的商埠和重要的贸易港口。这里古迹众多，处处展现着浓郁的海港风情。

与南海神庙水陆相连的南湾水乡，以亭台楼阁、龙舟码头、秋枫古堤构成了最具岭南水乡特色的风情画卷。

广东是中国最早开放的地区，广东人也是最早走出去看世界的先驱，尤其是先富起来的广州人，他们出国经商、留学，带回了新观念、新思想，影响了近现代中国。他们的故居与那些古老的村落就是历史文化的载体，南湾村就是这样一个样本。

南湾古村落里还有100多户古民居。

这里不仅有麦信坚故居，还有粤剧名家麦炳荣的故居。

保护名人故居，挖掘老房子背后的故事，南湾人是下了很多功夫的。

小桥流水、青石绿瓦、百年宗祠、秋枫古堤，都是南湾宝贵的乡村资源。

这里既有秀丽的自然风景，也孕育了底蕴深厚的人文胜迹。

古今交融，让水"活"起来

实施乡村振兴战略以来，南湾村坚持党建引领，充分发挥地域优势和文化优势，既快又稳地推进城市更新，同时保留、传承、发扬水乡文明，依托南海神庙作为广州海上丝绸之路的发祥地，将南湾打造成为独具水乡特色的海丝国际文旅小镇。

面对数量众多的历史建筑群，如何通过党建引领，让水"活"起来，令600年文明得以传承下去？

南湾初心馆便是一个于实践中探索形成的生动典范。

2020年6月，经过穗东街党工委精心筹划和布置，在中国共产党建党99周年之际，南湾初心馆在南湾人民会堂正式落成，为"七一"献礼。

南湾初心馆所在的南湾人民会堂，始建于1958年，是当时广州城郊最大的一所会堂。作为极具时代特色的珍贵文物，会堂还入选了黄埔区"不可移

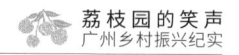

动文物"名录。

穗东街党工委和南湾村党委充分挖掘南湾红色文化,在时代感厚重的会堂精心打造初心馆,让南湾人回味乡愁,感受初心,并且立足当下,坚定使命,为新时代水乡"扬帆起航"增效赋能。

初心馆展览主要围绕南湾村的历史发展脉络,分为"寻根溯源""砥砺奋进""筑梦未来"三大板块,用10个南湾发展故事、20个地名和建筑故事、30个人物故事、100多张照片、2万多文字生动讲述了南湾历代党员干部、广大群众积极进取、奋进向上的发展轨迹,再现了南湾紧随时代浪潮、建设美好生活的强大活力。

从泛黄的黑白照,到高清彩印图片;从年代久远的祠堂,到南湾未来的发展蓝图,600多年来一代代南湾人在追求美好生活的道路上所坚持的"南湾精神"展现得淋漓尽致。

南湾初心馆将南湾地标建筑与红色元素相结合,对人民会堂进行与新时代相契合的深化开发,赋予了这座有特殊历史纪念价值的建筑新的生命。

南湾初心馆已成为南湾的"网红打卡点",不少游客慕名前来参观。

作为极具广府特色、岭南风情的古水乡,南湾村因地制宜,在南湾核心区域建设集生产、交易、休闲、居住、旅游、文化六位一体的多功能园区。

为了大力扶持粤剧文化,带动传统文化的本土发展,穗东街党工委大胆探索,开创出一条粤剧传承新道路。

2020年9月,麦炳荣艺术馆在南湾村揭幕。

艺术馆不仅通过图文介绍、实物展示的方式将粤剧表演的头饰、戏服、道具等物品一一呈现在观众面前,而且馆内还设有大型舞台和看台,每隔一段时间就组织一场粤剧演出。

粤剧艺术与南湾水乡的安谧古朴和人文底蕴融为一体。

2020年,南湾正处于更新改造的关键历史节点,为保障旧村改造工作稳步推进,穗东街以党建引领旧村改造,成立了旧改铁军攻坚联动党委,在南湾成立了攻坚联动党支部,通过"联动党委+党支部"模式,铸就旧改铁军工作队伍。

由村"两委"班子、党员干部做到"三个带头",即带头宣传旧改、带头签约、带头拆除,形成头雁领航,群雁齐飞的良好局面。

在穗东街党工委的部署下,旧村改造过程遵循优化城市功能布局与保护、传承、发扬乡村历史文化相结合的原则,分片打造古今交融的多功能新型社区。

2020年5月,广州市黄埔区穗东街道在南湾社区隆重举行了"海丝国际电商总部动工仪式"。

此次动工的海丝国际电商总部,是未来南湾村的重点产业规划之一。

海丝国际电商总部依托华南便捷的物流、先进的制造业优势,规划发展片区引领型高端产业办公、电子商务总部,引进互联网、数字技术、信息技术等电子商务企业总部,结合服务城市的商业娱乐等功能共同打造复合一体化的建筑群体。

在功能定位上,海丝国际电商总部将承载南湾"互联网+"电子商务产业发展,着力发展创新型企业商务总部,并打造体验型配套商业,形成"互联网+"体验式商业两大主导功能。

海丝国际电商总部建成后将成为黄埔东路沿线和穗东街全新的地标建筑。

三　航天小镇洋田村

洋田村东邻增城中新镇，南接新龙镇新田村，西接龙湖街旺村、汤村，北接龙湖街何棠下村。以陈、李两姓为主，还有廖、涂、张、曾、范等姓，其中陈姓最多。

洋田村村内地势北高南低，生态良好，北部主要是山地和水库（柯木䃟水库、水响水库），林木资源丰富；南部地势平缓，主要是耕地和村庄。

作为全国"美丽乡村"创建试点乡村之一，也是广州市2016年第四批71个市级美丽乡村之一，洋田村的山水田园资源独特。

2007年，洋田村被确定为广州市20个蔬菜专业村之一，也是现在黄埔区全区唯一的蔬菜专业村；村内有汉华、恒丰等蔬菜种植场，其中汉华菜场是广州市蔬菜种植龙头企业，实行有机种植。

2020年1月，由市、区供销社共同推动，黄埔区首个助农服务中心在新龙镇洋田村挂牌成立。

洋田助农服务中心结合洋田村美丽乡村建设、人居环境整治、垃圾分类示范试点等工作实际，有针对性提供农资农技咨询对接、乡村旅游推广、垃圾分类宣传、老人服务、学生托管、文化传承等综合性生产生活服务，实现为农服务多样化、便捷化，构建适应黄埔区现代农业发展需要的综合性、规模化、可持续的助农服务体系，打通为农服务"最后一千米"，实现农民持续增收、农村产业振兴。

洋田村是国家级美丽乡村试点村、乡村治理示范村，省定特色精品试点村、卫生村，市健康村、蔬菜专业村。

全村地域为纯客家村落，拥有丰富的自然人文旅游资源，传承客家山歌、貔貅舞等市、区非物质文化遗产，村内还设有一处东江纵队烈士纪念碑。

村内农业天然种植条件优越，有一处野生稻自然保护区，曾为恢复和发展市名优特产"增城丝苗米"做出卓越贡献，村内全兴汉华菜场是市蔬菜种植的龙头企业，农产品出口国外，并获得欧美多个国家蔬果质量认证。

全兴汉华菜场生产基地是外资企业全兴汉华农业发展有限公司于1997年兴办的菜场，生产菜心、小白菜、鹤斗白菜、生菜、芥兰等30多个蔬菜品种，产品主销香港、东南亚等地以及广州、东莞、深圳等地的超级市场。

该场利用大棚生产设施，开发有机蔬菜生产，产品已获得了国家环保局有机食品发展中心OFDC认证书。

全兴汉华菜场经过几年的投资建设，壮大了蔬菜基地综合生产的实力，增加了科技含量，提高了蔬菜产品品质。蔬菜产品获得了"广东省无公害蔬菜"认证，公司注册的"绿缘"商标菜心获得了广州市名优农产品认证。公司对菜心产品制定了质量标准，通过了广州市质量技术监督局认证，进行标准化生产，被广州市农业局、广州市质量技术监督局定为蔬菜标准化示范区之一。

党建引领，凝心聚力

2019年12月，为贯彻落实中央关于推进乡村治理体系与治理能力现代化的决策部署，发挥典型经验的示范引领作用，在全国乡村治理示范村名单中，广州市黄埔区新龙镇洋田村与白云区太和镇大源村、南沙区南沙街深湾村入选。

党建引领是关键，制度建设是保障，产业发展是基础。

洋田村在乡村治理工作中，充分发挥党建引领作用，深化"头雁领航"，凝聚社会乡贤等各方力量，依法推动基层治理规范化，大力实施乡村振兴战略，探索出"党建＋"洋田新模式，凸显乡村治理成果，不断改善民生，增进人民福祉，为全国提供可复制、可推广的经验。

实施乡村振兴战略以来，洋田村不断推进政治、法治、德治、自治、智治"五治同创"，融合社会治理体系建设，不断提高人民群众的安全感、幸福感和获得感。

深入开展"不忘初心、牢记使命"主题教育，坚持将党建与乡村振兴有机结合。

一是突出党建引领，探索"党建+"模式。

旧村改造中，充分发挥党员先锋模范带头作用。2020年疫情防控期间，洋田党委始终把人民群众生命安全和身体健康放在第一位，成立党员先锋岗和党员巡查队，立体化全方位编织洋田防控网，保障村民生命健康安全。

二是党员干部模范带动。

全村党员每家每户家门口均悬挂"共产党员户"光荣牌，便于监督、检查和自我鞭策。每月开展党员志愿活动，充分发挥党员干部在乡村振兴人居环境整治、村庄微改造建设、社会管理和服务等工作方面的模范带头作用，村风民风更加和谐，党群关系更加密切，形成了"党建带村建，模范带群众"的良好氛围。

三是开展主题鲜明的党建教育活动。

开展党员"双报到"活动，区科技局、区老干局、开发区金控集团、火炬中心、黑格科技集团、区老干部摄影协会、镇社工服务站等党组织与洋田村党组织开展交流、共建活动，组织党员干部参观学习党史、创业史，重走一遍革命故地，重温一次入党誓词，不断激励广大党员传承红色基因，让理论学习教育往深里走，往实里行，切实提高了全村党员的政治理论水平和全心全意为人民服务的宗旨意识。

强化制度建设，为乡村振兴提供组织保障。

坚持硬环境治理和软环境治理齐头并进，强化乡村治理。

一是制定符合洋田村实际的管理制度。

在乡村治理、村庄微改造建设、村道硬化、村庄绿化、路灯亮化、环境卫生等工作上，充分发挥了党组织战斗堡垒和党员先锋模范带头作用。

二是实行乡村治理记分制管理。

村委人员、党员、社长、联防队员和保安人员由洋田村委统一管理,环卫工人由镇环卫部门和洋田村委共同管理,实行记分制,原始分为100分。包片干部全天候进村入户指导、检查工作,村委不定期在全村进行检查,包括环境卫生整治、家禽圈养、基础设施维护、违建、综治维稳等乡村管理事务,根据每次巡查发现的问题情节严重程度酌情扣分。

环境整治和服务管理落实到每名干部,切实做到一村一巷都有人员在行动,以达到"党员领头干,干部做模范,群众跟着走,共建新家园"的工作氛围。

三是构建问题发现、处理、反馈机制。

成立村务服务队。在村委联防保安队员中优选人员组成村务服务队,各片区负责人员发现问题及时上报,由村务服务队处理,并将处理结果反馈给上报人员,上报人员将对村务服务队的反应速度、处理成效做出评价,形成问题上报、处理、反馈、结案的村级事务办理闭环。

洋田村充分发挥和利用村内资源优势,发展特色精品乡村旅游经济。

一是打造红、绿特色经典旅游村。

改善环境是"筑巢",发展产业是"引凤"。

洋田村佛子庄被政府授予"革命老区"光荣称号,现有东江纵队烈士纪念碑、美荔公园和革命文化室。洋田村将乡村振兴融入党建红色元素,打造乡村"红色基因"旅游品牌。

同时,为盘活集体资产,增加农民收入,引入航天科技高端农业,建设特色观光农业实验基地,形成客家红、洋田绿,红绿结合的特色经典旅游景点。

二是建设航天科技科普基地。

建设观赏体验采摘一体化科普园区、原乡民宿、移动树屋,集航天科技、文化、产业、科普、教育、互动、体验、旅游、人居于一体的产业综合体,打造粤港澳大湾区中国航天科技展和航空航天爱国主义教育基地,以此带动集体经济快速发展,实现村民共同富裕。

三是乡村振兴与旧村改造相结合。

打造"生态+文化"为特色的城市名片，建造具备区域影响力的高品质城市居住区和独具特色的观光旅游区。洋田村以旧村改造为抓手，大力实施乡村振兴战略，助力粤港澳大湾区和中新广州知识城创新驱动发展，推动洋田村全面振兴。

旧村改造，农旅结合

洋田村将自然资源与生态农业资源有机融合，突出乡土文化，保留有比较完整的旧村落，形成了以启荣何公祠、文昌陈公祠、文绪涂公祠为主的祠堂文化观光景点。

2018年以来，洋田村全力推进旧村改造与乡村振兴，致力打造"生态+文化"为特色的高品质城市居住区和独具特色的农业观光旅游区。

2020年，洋田村的美丽乡村产业发展取得新突破，太空农业硅谷首期项目基本完工。

同时，洋田村村庄规划建设融入特有的红色元素和红色文化，突出东江纵队红色文化，成为爱国主义教育基地。

据文献记载，作为抗日力量的重点根据地，基础条件最好的是洋田村佛子庄。

红色文化丰富了洋田村的乡村文化振兴内涵，使之成为黄埔区重要的党建和爱国主义教育基地。

洋田村的客家文化特色明显，舞貔貅、舞春牛、客家山歌等都是客家传统民俗文化的标记。尤其是在客家山歌的传承上，洋田村的客家山歌活动，具有丰富的人文价值，也是客家人联谊的必备"见面礼"。客家山歌的诸多功能与作用，对于广州客家文化的社会学、历史学、语言学、民俗学等都有宝贵的研究价值。

洋田村自然环境优美，山清水秀，空气清新，有河伯㘵水库、水响水库、美荔公园、荔枝园、绿道和蔬菜种植基地等特色乡村旅游景点。

依托中新广州知识城的开发建设，洋田村正在建设集观光、休闲、康健为一体的"宜居宜业宜游"美丽乡村，打造最美的亲子乡村游胜地。

洋田村的美食与特产有竹艾糍、竹筒饭、竹筒菜、竹筒汤和荔枝蜜等。

洋田村的高端民宿于2019年底建成，以太空长期驻留为设计理念，打造具备生活化的专业服务及智能设备条件的太空主题田园民宿区。

民宿结合了航天科技新材料、新技术，打造未来化智慧人居体验环境。规划在乡村绿色田园之上，使游客能有亲近大自然的体验。

与别的乡村不同的是，旧村改造是黄埔区知识城版块建设过程中的一个重点任务。实施乡村振兴战略以来，新龙镇、龙湖街、九佛街都掀起了旧改高潮。继红卫、凤尾、何棠下、旺村、汤村等村揭开旧改序幕后，新龙镇洋田村于2020年5月启动安置房首开区建设。

洋田村珍惜难得的发展机遇，团结一致，齐心协力，真正实现快签快拆快批快建，竭力打造旧村改造与乡村振兴结合示范，开启洋田人民幸福生活。

2021年，洋田村也步入全面建成小康社会之后的乡村振兴的新旅程。

四 稻香大吉沙

2020年，对黄埔区大吉沙岛而言，是一个高光之年。3月，疫情防控依然严峻的情况下，广州市相关领导到黄埔区大吉沙，实地调研隆平国际现代农业公园项目。

5月，广州市黄埔区、广州开发区与国家杂交水稻工程技术研究中心、湖南杂交水稻研究中心签署战略合作框架协议，签署仪式以视频连线方式在广州和长沙同步进行。

根据协议，广州市黄埔区、广州开发区、国家杂交水稻工程技术研究中心、湖南杂交水稻研究中心将共建"国家杂交水稻工程技术研究中心粤港澳大湾区中心"，开展杂交水稻种质创新、新品种选育、病虫草鼠综合防治、绿色高产栽培（包括杂交水稻新型专用肥）等前沿研究项目，共同打造农科领域的人才高地，提高广州水稻种植创新、新品种培育以及产业发展等方面的研发水平。

协议中有一项重要内容，就是建设大吉沙岛的隆平国际现代农业公园。

少有人知的江心乡村岛

大吉沙是广州市一个少人知晓的小岛，总共两个村庄。

住在上面的人们出岛的唯一工具是船。

大吉沙岛是广州唯一一个不通车、没有桥、出行需要渡船、岛上有居民的江心岛。

大吉沙是广州黄埔水域的一个小小江心岛，与长洲岛、黄埔港隔江相望，为隶属黄埔的一个自然村落。

大吉沙四面环水，渡轮是目前唯一的出入交通工具。

去大吉沙，须在乌涌码头坐渡轮过江，可一览黄埔港的胜景。

乌涌渡口紧挨着黄埔港，小船在大船之间来回摆渡，形成"百舸争流"的别样水上交通景观。

岛上居民可在乌涌渡口免费搭乘部分渡船，游客也只需付十元八元即可过江。

乌涌码头是黄埔旧港的码头，吊机高耸，远看的话会很壮观，昔年羊城八景中的"黄埔云樯"就是这里了。

大吉沙为冲积岛屿，处在珠江前航道、后航道交汇处，其周边岸线，正好是广州老港所在地，古时海上丝绸之路起始处。

整个海岛包括三块：洪圣沙、白兔沙、大吉沙，中间有水道相隔。

岛上果树繁多，有荔枝、杨桃、番石榴、香蕉等，以前还种有甘蔗，现在改种水稻了。

果树都是很多年前留下来的。留下来的荔枝老树，新种的番石榴、香蕉，让大吉沙绿树成荫，瓜果飘香。

在林间小道或漫步，或骑行，仿如画中行。

紧挨河涌的房子，大多半跨在水中，房下水面成为"船库"，泊着自家的交通船。一些房子建成两三层的小楼，院中有茂盛的莲雾，一些房子废置多年，已长出绿苔。

对岸是繁华的黄埔港，岛上却风轻树静。近年来，越来越多的人发现了这"广州最后一片净土""广州的世外桃源"，纷纷到岛上打上"岁月静好"卡，它渐渐成了"网红岛"。

大吉沙岛的原始生态保留较好，一些鹭鸟发现了这块风水宝地，筑巢繁衍，随着时间的推移，岛上的鹭鸟越来越多，据当地村民介绍，岛上鹭鸟的种类多达数百种。

许许多多摄影爱好者和游客上岛,为的就是一睹这岛上鹭鸟的风采。

如果在早上六七点或者夕阳西下时来岛上,沿着环岛的公路行走,就能看到成群结队的白鹭群在水田间飞舞,让人情不自禁地举起相机,想要拍下鹭鸟的千姿百态,定格精彩瞬间。

春末夏初,岛上的木瓜、香蕉、番石榴都抽了蕾,青青绿绿地缀满了枝头。荔枝树上的花也已经谢了,长出了密密麻麻的果实。

随处可见散养的走地鸡在果树下奔走,连岛上的小狗都是一副懒洋洋的样子,偶尔能见到三三两两聚在一起聊天的村民,与一水之隔的江对面岛外繁忙的都市生活形成了鲜明的对比。

几年前,大吉沙还是一个无人知晓的小岛,就连住在距离乌涌码头只有几百米的金逸雅居社区的居民,大多数也不晓得这个小岛的存在。在这个由大吉沙、生渔洲、剑草围组成的小岛上,常住岛民依旧过着原始的生活,没有无线网络,不通汽车,夜不闭户。

大吉沙岛有着怎样的历史?岛上的居民过着什么样的生活?

20世纪早期,大吉沙还是一个无人岛。

据老村主任利水林回忆,1947年前后,他只有十二三岁,有东圃和双岗的老板雇人到大吉沙岛开荒种水稻,他的父亲便是其中一个被雇用的人。随后,他们一家在大吉沙岛居住下来。

利婆婆一家亦是为了"揾食"(粤语方言,意为谋生)从番禺而来,"记不清是哪一年了,当时新中国还没成立,家里穷到没东西吃,和爸爸妈妈从番禺划小船到了这里,种地打鱼,从此定居在这里"。利婆婆记得,当年住的是茅草房,用本地话来说,叫"茅棚"。种的是甘蔗,卖甘蔗来换粮食或其他东西。岛上台风多,来台风的时候,茅草屋总是漏水,外面下大雨,屋里下小雨。后来,种植甘蔗存了一点钱,换上了砖房,住得才安全了些。

利水林介绍,最开始整个岛只有20多个人,解放初期大吉沙岛隶属于番禺,后来才被划入黄埔区。以前有两个村,分别是大吉沙和生鱼洲,就是现在的第八经济社和十一经济社。

大吉沙岛的岛民多来自周边乡村，番禺、新滘、增城、珠江村、裕丰围、新溪片等地都有。

大吉沙岛上有郭、张、李、利、何、陈等多个姓氏，村中没有祠堂，只有综合楼，大家的风俗也各有千秋，可见并不是一个原始的村落。

大吉沙岛原本只是珠江上的一个冲积沙洲，后经几代人努力修建成如今模样。

最初岛上没有停船的码头，生鱼洲码头是在二十世纪六七十年代由岛上居民自发筑起的，之后船才有了靠岸的地方。

漫步大吉沙岛，人们会发现，岛上几乎每家每户都临水而建，到处停靠着小船。原来，打鱼是大吉沙岛最早一批岛民的营生之一。

在大吉沙岛的岸边停泊处，还可以看到不少废弃的小渔船，一些虾笼成了装饰品。从岛民口中得知，捕鱼现如今还在继续，但主要捕的是自己鱼塘的鱼。最近几年，有不少外来人口承包田地做水产养殖。划船在岛边玩耍和下池塘捞鱼捞虾，成为小岛青年业余娱乐生活的一部分。

除了打鱼，岛民还靠种地为生：一开始种的是稻谷、芭蕉、甘蔗，经济效益低；后来引入香蕉、番石榴、杨桃、龙眼、蔬菜等，收入有所提高。如今，大多数岛民的土地被租赁。

虽然大吉沙岛有人居住的历史并不久，也不大为外人所知，但新中国成立后的土地改革、农业合作化运动、人民公社化运动等，一个也没少经历。"解放年间分田之后实行的是集体生产制度，一打铃，大伙一起到水稻田里干活，到点大家就一起吃饭，十分开心。"利伯伯回忆道。这种邻里间的集体精神也流传了下来，大吉沙岛上的人彼此都认识，到现在大家还会不时一起吃饭。

岛上台风多，台风来的时候，年轻的岛民会一起筑坝维护小岛，共同守护家园。

2018年9月，台风来临前夕，168名留守在岛上的岛民有史以来第一次全部撤离大吉沙岛。据黄埔街党工委副书记阎新民回忆，9月13日，他和街道工作人员连同经济联社工作人员首次上岛劝离时，发现部分岛民不想离开，甚至有的岛民这辈子还从未离开过这个岛。

张伯伯的一番话道出了他们不肯走的原因，"台风时如果没有人维护，家家户户会水浸得厉害。政府担心我们的安全，但我们也很担心岛的安全"。

20世纪60年代，岛上的下沙小学分校建立。当时只有一至三年级，最多时有20多名学生。学生大多数是岛上居民的孩子，也有少部分是岛外渔民的孩子。因为学生人数少，等到70年代时，学校便取消了。如今，岛上的20多名中小学生每天都要一早乘船出外上学。

关于旧时的痕迹，在大吉沙岛上已经难以寻找，少数能挂上钩的，生鱼洲上的一处断壁残垣算一个。这里是三四十年前的村委办公楼旧址，后来变成了牛棚，再后来又被荒弃。

见证大吉沙岁月的，还要算上岸边那棵岛上最古老的大树，在大吉沙岛还是荒岛的时候，这棵树就已经在这里了。它枝繁叶茂，见证了大吉沙岛的悠悠岁月，看着大吉沙岛上一代又一代的人出生、成长、老去。

大吉沙岛上有不少古树，尤其沿着河岸和机耕道两旁的荔枝树，一年四季葱绿浓荫，荔枝熟时，枝头的荔枝如一颗颗红玛瑙装点在翠盖之上，红艳诱人。

是什么让袁隆平选择了大吉沙

2019年，黄埔街将大吉沙岛列入重点工作区域，乡村振兴项目、高标准农田建设、示范社区建设三大工作在大吉沙岛开展，大吉沙在黄埔区的乡村振兴蓝图里，展现了独特的风采。

2020年3月，大吉沙岛水稻公园正式启动建设。

这是袁隆平院士亲自选址的一个水稻试验基地。

根据广州市级农业公园创建工作部署，隆平国际现代农业公园（以下简称"隆平公园")4月在广州市黄埔区大吉沙岛开园。

隆平公园由袁隆平院士谋划、选址、题名，规划面积约6662亩，包含大吉沙、长洲、深井三大片区，打造集农业、科研、观光于一体的现代农业公园。

2020年2月，隆平公园开耕后，短短两个月，葛林美集团专家团队在国家杂交水稻工程技术研究中心指导下完成160亩试验田早稻种植，华南农业大学团队开展无人机撒播、机械直播和旱地直播技术应用示范推广。

公园开耕时，袁隆平发来贺信，寄予促进华南地区粮食生产大幅增产和保障国家粮食安全的厚望。

黄埔区正在全力推进大吉沙岛垦造水田的水稻种植管护和岛上人居环境综合提升工程，加快完善公园基础设施配套服务，为进一步提升岛内耕地质量、改善居民生活、打造旅游休闲胜地奠定了坚实基础。

隆平公园给人们提供了人与自然，特别是与农业生态环境紧密接触的机会。

人们既可以领略传统的农耕文化，也可以看到现代化的农业生产，看到采用最先进的育种技术培育的水稻、蔬菜和水果品种，以及无人驾驶拖拉机、收获机等先进的农业机械化生产技术。这对实现人与自然和谐共生，对人们了解"农业是立国之本"、了解"科学技术是第一生产力"都具有重要的意义。

农业和休闲度假的紧密融合，也将带动当地农业不断转型升级，促进三大产业高度融合，吸收农村剩余劳动力就业，实现农业增效的同时带动农民不断增收，实现良好的经济社会效益。

以隆平公园为切入点，下一步，项目还将发展具有生产、观赏、体验等多种功能的农旅组合产业，挖掘黄埔军校、长洲岛等具有黄埔特色的文化元素，串联黄埔乡村文化脉络，提升黄埔区乡村旅游品牌影响力。

隆平公园正成为黄埔区实施乡村振兴战略的重点项目和重要抓手。

"相信不用多久，这里会有最自然的田园风光、最清新的泥土气息、最美好的农事体验。"项目投资方、黄埔文化集团相关负责人介绍，隆平公园将成为广大城市居民亲密接触大自然、农业生态环境，了解农业智能化生产的现代都市田园。

对包括大吉沙在内的长洲岛及相邻江心岛的规划，广州市从2017年就开始酝酿了。

当时，广州市赋予长洲岛"珠江国际慢岛"的定位，对岛上空间、产业、生态和历史景观等进行保护利用。

围绕珠江国际慢岛的开发建设，长洲岛及相邻江心岛启动农地流转集中工作。2019年，大吉沙及白兔沙岛完成了集体农用地承包约1790亩，并计划在此发展多产业相融的生态休闲农业。

明确了定位和方向，江心岛群的各项规划工作开始紧锣密鼓地推进。其中，尽快引进高端农业科技项目成了规划者们的工作重点。

广东葛林美公司董事长蒋宜真提出了"粤港澳大湾区田园综合体"概念。在最初的构思里，他希望能通过政府搭桥，引入院士团队和优质资本，结合农业、文化、旅游，共同打造集科研、生产、观光为一体的"田园综合体"。

这或许便是隆平公园和隆平院士港项目的萌芽。深耕农业多年，蒋宜真曾与袁隆平等院士开展过数次合作，积累了不少实践经验。而这一次，他把目光放在了广东。

在项目落地广州前，蒋宜真一直在广东境内寻找合作城市。2019年11月，机缘巧合之下，通过黄埔区政府的引荐，蒋宜真接触到了黄埔区区属国企黄埔文化集团，该集团恰好是大吉沙岛及相邻江心岛的规划管理方。

经过洽谈和协商，规划者们发现，葛林美公司的项目构思，与黄埔文化集团对大吉沙等岛屿的规划考量不谋而合。

共同的理念，让双方迅速达成共识。在与黄埔文化集团接触三天后，蒋宜真决定奔赴海南，向袁隆平递交项目报告书。

在袁隆平家中，蒋宜真向袁隆平展示了项目规划图。没想到，图上位于长洲岛北端的黄埔军校旧址，引起了袁隆平的兴趣。

聊起黄埔军校，袁隆平的兴致很高，"黄埔军校不得了！"，当时袁隆平说。

在交流过程中，袁隆平讲述了许多他与黄埔军校的渊源，并表达了他对黄埔军校的喜爱之情。

听闻隆平公园将选址黄埔，其中隆平院士港还将与黄埔军校南北相望，袁隆平当即表示支持和认可。

这是一个让人惊喜的缘分。

有了黄埔军校在中间"牵线搭桥"，项目加快了后续的合作进程。

2019年12月，在广州市政府的支持下，黄埔区领导带队前往海南，就建设隆平公园和隆平院士港的规划征求袁隆平的意见，并获得袁隆平的授权同意。项目最终得以落地实施。

2020年2月，隆平公园一期项目——大吉沙岛水稻公园在大吉沙岛开耕。

6月，在距离黄埔军校不到2千米的长洲岛南端，隆平院士港也正式启动建设，计划于2023年建成投入使用。

这又是一个让人惊喜的缘分。

黄埔军校是名将辈出的将帅摇篮，而隆平院士港则要打造成现代农业科技的"黄埔军校"，由袁隆平领衔，罗锡文、邹学校、刘少军、刘仲华等院士支持，建设粤港澳大湾区农业科研培训、学术交流、大众科普的重要基地。

有院士团队的进驻，有科研力量的加持，自此，长洲岛及相邻江心岛，包括大吉沙，开启了蝶变之路。

大吉沙岛上的居民，没想到袁隆平团队会选择在此种植杂交水稻。

这座岛已经近30年没有种植过水稻了。

由于是江心岛，此前这里存在着土壤肥力不足、受台风影响较大、农业基础设施不完善等制约因素，不利于水稻种植。

在这个地方开展优质高产水稻种植攻关，能顺利完成目标吗？

随着专家和规划者们的不断考察、调研、努力，疑虑被逐步打消。

袁隆平曾公开表示，农业生产要高产优质，需要良种、良法、良田、良态"四良"配套。其中，良种是核心，良法是手段，良田是基础，良态是好的气候和生态条件。

在这片试验田里，良种有品质。在试验田里种下的早稻"湘两优900"，它的品种结实率高，根系发达、抗倒伏、抗病虫害功能强，而晚稻"叁优一号"则不早衰、不落粒、不倒伏。两个攻关品种，均是袁隆平的得意之作。

良法有保障。葛林美公司配合专家团队，为高产攻关提供技术支持。如华南农业大学教授廖宗文的团队提供新型肥料"有机碳肥"，弥补农作物碳短板；中国工程院院士罗锡文的团队提供无人机撒播、机械直播和旱地直播的技术支持等。

早在2018年，黄埔区就对大吉沙及白兔沙岛实施了土地综合整治，并于次年完成耕地质量升级，为种植优质高产水稻奠定了基础。根据规划，未来，大吉沙岛还将用两年时间，完成基础种植调整、基础设施建设、土壤及水质环境改良，提升整体生态环境质量。

经过团队前期评估，大吉沙符合袁隆平要求的"四良"配套。

大吉沙岛有区位优势，地处科研创新资源聚集区，具备"集团军作战"的优势。同时，技术辐射能力强，未来可立足广州，对其他区域产生引领效应。

大吉沙岛及相邻江心岛，不仅要承担起优质稻种的高产攻关任务，还要推动岛上农文旅产业融合发展，成为市民观光休闲、接触农业的好去处。

这正是隆平公园落户后，人们对大吉沙的期许和想象——这里既是现代农业科技的创新高地，也是可以亲身感受农业实践的现代都市田园。

这也是袁隆平的心愿。他曾在许多场合公开表达过，希望能向人们展示传统农业和现代农业的相互交融，让更多人投身到农业中。

诚意、机遇、缘分、优势、愿景……

或许，这些因素正是袁隆平选择广州，选择黄埔，选择长洲岛，选择大吉沙的原因。

五 打造现代农业的"黄埔军校"

2018年,广东省、广州市先后出台了国家乡村振兴战略的实施意见,黄埔区立足本区情况,在多年来建设美丽乡村的基础上,有针对性地采取各项措施,全面加速推进本区的乡村振兴。

2018年8月,黄埔区城市更新局以"三旧"改造为抓手,提出了政策更新、规划更新、面貌更新、观念更新的"四个更新"口号,在旧村改造实施方案中提高产业导入、文化传承的权重,增加村民社会保障、集体经济发展等要素,达到推动乡村经济多元化发展、加快乡村基础设施提档升级、强化乡村社会保障体系建设的目标。努力实现产业兴旺、生态宜居、乡风文明、治理有效、生活富裕,推动乡村振兴高质量发展。

2019年9月,黄埔区召开实施乡村振兴战略工作推进会。会议要求,全区党员干部要提高政治站位,正确把握区域协调发展与城乡协调发展的关系,结合区域特点协调推动乡村振兴,下功夫解决城乡发展二元结构问题,把短板变成"潜力板",让广大农民在乡村振兴中率先有更多更好的获得感、幸福感、安全感。

会议强调,乡村振兴要坚持规划先行,做到一张蓝图绘到底,持之以恒搞建设。村庄规划要接地气、能落地,充分体现农业农村优先发展和城中村、城边村、远郊村等不同类型村庄的发展要求,全面提升规划的功能统筹、产业融合能力;同时要强化产业引领,产业要有特色。

2020年4月,疫情防控转入常态化之初,黄埔区首推了"壮大集体经济10条"助推乡村振兴,多措施增强农村集体"造血"功能,推动解决农村集体

经济发展"不平衡不充分"问题,为推进实施乡村振兴战略提供重要支撑和保障。

黄埔区处于白云、从化、增城与广州的中心城区天河之间,有着明显的超大城市城郊乡村的区域特点,与白云区有些类似,属于典型的城乡过渡地带。

城市边缘农村区域的空间形态、农村风貌及发展动力机制明显区别于大城市城区和传统农村,其在乡村振兴五个重要内涵上的发展路径也存在较大差异。

黄埔区城乡融合发展的实践与路径选择,为其他城市城郊农村的乡村振兴发展提供了参考。

万象更新,乡村"再生"

黄埔区的乡村有着明显的城镇化发展倾向,旧村改造成为乡村振兴的抓手,乡风、民俗、产业、文化、人才、基层治理等,都受到周边城市体发展的影响。

这是黄埔区乡村振兴的一大特色。

稻、花、果、蔬,"四个万亩"助推乡村振兴。

近年来,黄埔区贯彻落实实施乡村振兴的重要部署,不断推动农业产业融合发展。围绕长洲岛珠江国际慢岛开发建设,长洲岛及相邻江心岛大力推进农地流转集中,带动岛上居民就业和增收,推进城乡发展有机融合,建设让广大城市居民亲密接触大自然、了解农业智能化生产的现代都市田园。

黄埔区在2020年的政府工作报告中提出,要推进乡村振兴"一二三四"工程,即打造隆平国际现代农业公园"一个龙头",建设广汕路、九龙大道"两条主轴",创建迳下、莲塘、麦村"三个精品村",实施水稻、水果、蔬菜、花卉"四个万亩"农业发展计划。黄埔区要高标准建设隆平院士港,在生物种业、智慧农业等方面探索创新,打造现代农业科技的"黄埔军校"。

2020年12月,广州媒体评选的"广州最美村庄"中,黄埔有南湾、莲塘、洋田、深井、庙头5个村榜上有名。

践行"两山"生态理念

黄埔践行"两山"生态理念,多措并举,乡村生态文明结硕果。

中国环境科学研究院生态文明中心组织专家对广州市黄埔区创建国家生态文明建设示范区工作进行了现场核查。核查组现场调阅了资料,察看了污染防治攻坚战指挥系统及部分河涌治理情况,并走访了高新技术企业代表。

专家一致认为,黄埔区积极践行"两山"生态理念,严格按照建设规划推进工作,各项创建任务均得到落实,涉及创建工作的全部考核指标,包括生态制度、生态安全、生态空间、生态经济、生态生活、生态文化六大领域的指标均达到体系标准要求,创建成效值得肯定,理念和举措发挥了引领、示范作用。

自创建国家生态文明建设示范区工作以来,黄埔区多措并举,全力推进相关工作,区域环境质量得到全面改善,为区域发展注入了新动力,乡村振兴取得明显成效,生态建设和经济发展呈现双赢局面。

第八章

湿地唱晚

南沙原是古海湾，海水连天，岛丘错落。经海洋平面几进几退变化，沙泥淤积，渐成洲坦。南沙先民很早就在这片岛丘、沙洲上生息、劳作。

南沙街道鹿颈村出土的先秦遗址，揭示距今三千多年前南沙先民采用农耕与渔猎相结合的生产方式和定居生活方式。随着社会和自然地理的长期发展演变，逐渐形成南沙区及其辖境轮廓。

南沙人民世代在江海、河涌、堤围、滩涂边生活，逐渐形成了丰富多彩的生活习俗和水乡文化。

一　东涌镇的绿色沙田

东涌镇处于珠江三角洲的腹部，北隔沙湾水道与石基镇、石楼镇、市桥相望，南隔西樵水道与灵山镇相接，东临珠江口。

东涌镇于2006年1月由原东涌镇、鱼窝头镇、灵山镇西樵村合并而成。

2012年12月，东涌镇由番禺区划入南沙区管辖。

东涌镇下辖沙公堡村、庆盛村、西樵村、天益村、鱼窝头村、东深村、长莫村、细沥村、马克村、小乌村、大简村、太石村、大同村、大稳村、石基村、东导村、东涌村、南涌村、官坦村、石排村、三沙村、万洲村22个行政村，鱼窝头社区、东涌社区两个社区。

东涌镇围绕"岭南水乡文化、绿色沙田生态"的创建主题，着力乡村振兴，以繁忙都市中的乡村小镇为定位，打造成广州的江南水乡。先后荣获全国重点镇、全国文明镇、国家卫生镇、全国宜居小镇、广东省教育强镇、第三批全国发展改革试点城镇、广州市特色名镇、2018中国乡镇综合竞争力100强、2019年度全国综合实力千强镇等荣誉称号。

2020年7月，东涌镇被全国爱国卫生运动委员会重新确认为国家卫生乡镇（县城）。

2020年12月，获评2018—2020年度"广东省文明村镇"。

人文底蕴深厚的岭南水乡

在广州的乡村,南沙区的东涌镇,既有江南水乡的自然风貌,更有岭南水乡的人文底蕴。

这里以水为主题,以水为媒,整个镇建设于水涌之边,"丫"字形的河涌在镇的中心穿过,两边限高的岭南风韵的民房整齐地立于涌边,天朗气清的时候,与涌边的树影倒映在水中,就是一幅色彩斑斓的水乡风景画。

河涌边有小码头,系着一排排的木制人工小船,船帮或船头飘着红丝带,穿着客家风情服饰的船娘或在岸边,或在船中,等待着游客的到来。

她们是镇上请来的东涌本地的女工,大多都有一副水乡女子的好身手,有过很值得骄傲的青春。这些女子曾是东涌女子龙舟队的队员,不仅是游泳好手,更是划船能人,获得过很多傲人的龙舟赛成绩。

近年来,东涌镇着力推进水乡乡村游,这些妇女们又找到了她们的新舞台,被镇里请来划着这些小船,带领游客们穿行于镇上的水道上,领略东涌特有的水乡风情。

东涌镇一直注重水乡传统文化的保护与发掘,建了许多公益文化场馆,也保留了不少当地的传统民俗与民间信仰。

这些传统的风俗现在多在相关的文化场馆的场景中展示,一些相关节日里,东涌的百姓们也会以娱乐的方式进行场景再现表演,成为东涌文化建设的重要内容。

东涌镇非常重视水乡文化建设,近年邀请了许多全国著名作家前往采风,组织创作了许多与东涌有关的文学书籍,开展了丰富多彩的文学竞赛活动,大大提升了东涌历史文化和水乡风情的知名度与美誉度。

大稳村变身"城市氧吧"

处处鸟语花香，河涌水质清澈，花果琳琅满目，绿油油的红树林倒映在河中……

这正是被称为"城市氧吧"的东涌镇大稳村的绿色沙田风光。

东涌镇环拥水乡风情和广袤优美的田园风光。

其中兼有水上绿道和岸上绿道的大稳村，更是光彩夺目，先后荣获省、市特色农村，省历史名村，市观光休闲农业示范村等荣誉。

过去东涌一带由于交通不便，大稳村的村民婚姻嫁娶的时候靠洼艇出行。为了重现过去的风俗，大稳村首创水上绿道，设置载客游艇十余艘，穿梭于沙鼻涌和三稳涌。游客能在游艇上领略大稳的风光，观赏河涌的自然生态。

此外，岸上26千米的绿道，骑自行车也很惬意，吸引游客不断。

在大稳，1.5千米的瓜果长廊既能让游客观赏奇珍异果，更带动了当地产业的深入融合。

不仅如此，农事采集区是一家人体验采集收获的乐园；湿地公园是摄影爱好者的聚集场所；农家旅店则解决了游客住宿问题——大稳村乡村旅游产业已初具规模。

大稳村正以旧村改造为契机，充分利用现有的自然生态资源，在旅游配套上下功夫，大力发展都市型农业和乡村旅游。

大稳村最吸引人的，就是那瓜果藤条搭建的瓜果长廊，是全广州同类瓜果长廊中最长的一条，全长1.5千米。

每走一小段，都有不同的瓜，长的、短的、红的、白的、绿的，还有资料介绍它们的习性；瓜棚边有亲水亭，可以坐着休息，可以欣赏田园风光；小朋友可以喂鱼，钓小螃蟹；小水涌里的鱼儿悠闲地游着，追戏着，无暇去顾游人的喧闹。

在入秋季节，走在清幽的瓜果长廊，听着悠扬的广播，别有一番闲情。

瓜果成熟的季节，这里会挂满南瓜、冬瓜、葫芦瓜、丝瓜、节瓜等果蔬。还有比较少见的老鼠瓜、长柄瓜。

满眼都是那象征着丰收的瓜果，挂满在藤条上。

如果你有兴致的话，也可以在村里的绿道上来一段骑行。

湿地公园、大稳牌坊、三稳涌、沙鼻涌、骝岗画廊、文化广场、游客服务中心，一处处驿站，都有为游客准备的贴心服务。

在绿色长廊的下面，骑车的人们谈天说地，悠然自得。

行走在长廊，还能看到地面上关于二十四节气的介绍，最适合大人给小孩科普，边玩还能边长知识。

锦屏藤也是瓜果长廊的一部分，这是绿色长廊最有意思的地方。

从植物茎节的地方长出细长红色的气根，悬挂于棚架下，拍照美爆了。

湿地公园种植了各种水生植物，荷花、风车草、狐尾藻、桐花，不同的时节有不同的花儿开放。

尤其是那满园的格桑花，每隔数月的传统节时，都会应节开放，置身花海间，心情变得美美的。

荷花池塘边淡紫色的梭鱼草，随着微风摇摆，在绿叶的映衬下，别有一番情趣。

由于地近海边，大稳村内还有一片红树林，这里遍布无瓣海桑。果实成熟后，果皮颜色由绿色变为灰白色，带有淡淡的香味。

湿地是小螃蟹的最佳栖息地，爬上河边围基的小螃蟹，密密麻麻，不时吸引着游客驻足。

大稳村另外一个特色就是疍家文化，来到这里必须体验一番水上"撑艇仔"。

大稳村建有广州首条水上绿道，为了给游客助兴，村里专门在水边设了供游人体验的水上"撑艇仔"项目，供游人自选。

一艇限定6人，在这悠长的水道上穿街过市，尽享水上人家的风情，领略水韵东涌的缩影。

听着水道上撑船的阿姨唱着咸水歌，坐在船头看两旁的疍家建筑，便能感受到浓浓的水乡味道。

大稳村展览馆也是体验疍家文化的必经之地，里面展示了一些常用的农耕用具，还有舂米用的舂砧、磨米磨面用的石磨等。

这些农具蕴藏着的疍家人的勤奋和智慧，无声地诉说着这个水乡的历史。

大稳村的疍家美食很多，其中疍家糕承载了本地特色的水乡饮食文化，它香糯软滑的口感，给人留下深刻印象，有着浓浓的乡村味道。

农业耕作用地主要用于种植甘蔗、香蕉、大树菠萝、花卉等经济作物，同时对于种植水稻的农户也发放政府专项补贴，从土地、资金、政策等各方面助力大稳村农业发展，努力实现居民收入与经济同步增长。

大稳村是东涌24个村社之一，在乡村振兴中取得的成就有一定的代表性。

来到东涌任何一个村社，一路上，田园美景都在，或是绿油油的菜园，或是一棵棵满是木瓜的木瓜树，还有田边的小屋圈养着大大小小的鸡，水塘里欢快地戏水的鸭子。

在东涌，无论在水道还是陆路，放眼四望，到处都是绿色的沙田乡村风光。

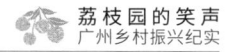

二 万顷沙的沧海桑田

在南沙,有一个镇与东涌镇一样,入选了"2018年度全国综合实力千强镇""2019年度全国综合实力千强镇",在南沙的乡村振兴中,表现出色。那就是万顷沙镇。

万顷沙被认为是广州的最南端,与广州最北的从化莲麻镇相距200千米。

南国水乡,都市绿洲

南沙的大部分乡村,都处于珠江口泥沙冲积平原上,万顷沙正如它的名字,更是一处成陆非常年轻的冲积沙地。

200多年前,万顷沙一带称乌珠大洋。

由于它地处珠江口,来自陆域的东、西、北江河流径流和南海海潮的互相作用,使大量泥沙淤积在虎门、蕉门、横门、洪奇沥四大出海口,万顷沙镇境内原为浅海滩涂。

清道光十八年(1838),东莞明伦堂在此围垦,寓意是在汪洋巨海之中,造成万顷沙良田,万顷沙镇因此而得名。

万顷沙有独特的地理与环境优势,有庞大优质尚未开发的土地,二十几条原生态河涌纵横交错,小小河流数不胜数。

万顷沙有着独特的沙田水乡文化,镇内有百万葵园、人工湿地游览区、永乐农庄、水果世界、海福农庄、出海游等景点。

这里每年还会举行咸水歌、赛龙艇、赛龙舟等活动，广州市每年都在该镇举办"广州市水乡文化节"。

百万葵园与南沙湿地

百万葵园是中国首个将向日葵作为观赏性植物并设计成超大型主题园林的公园。

百万葵园占地面积26万平方米，种植100万株向日葵，成为全国第一家全部采用进口种子（以日本为主）的观赏性向日葵乐园。

园区内除了百万葵花园外，还建起了全国首个有1000多只松鼠居住的松鼠乐园——天地松鼠谷。占地5000平方米的超大松鼠谷，新颖而独特。它不同于植物园，可它依然林木扶疏，芳草萋萋；它不同于动物园，可它也配以松鼠乐园，有1000只以上的松鼠。游客可以买一包饲料，通过遥控模型车把松鼠吃的饲料运到生活区，喂食众多的松鼠。整个设计是一种乐趣性的，一改传统动物园铁笼的做法。

此外，蚂蚁王国和白鸽广场等主要景点，也受到中外游客们的热烈欢迎。白鸽历来是和平与幸福的象征，是人类忠诚的信友，设在园区入口处的白鸽广场也给远道而来的嘉宾们增添了一道亮丽的风景线。

南沙湿地景区位于广州最南端，地处万顷沙镇十八涌与十九涌之间，被誉为"广州之肾"。

南沙湿地为人工湿地，原为珠江入海口滩涂，在20世纪围海造田中成陆。经过多年科学的人工改造，逐渐形成了"碧波荡漾、绿树成荫、荷花飘香、万鸟齐飞"的美景。

南沙湿地具有极大的生态、经济和社会价值，在维持生物多样性、调节气候、提供动植物产品等方面发挥着越来越重要的作用，是开展科普教育与科学研究的生态环保基地。

在这里游览，可享受"曲水芦苇荡，鸟憩红树林，万顷荷色美，人鸟乐游悠"的意境。

南沙湿地良好的生态环境每年吸引十多万候鸟来此栖息过冬，占广州市候鸟总数的50%以上。

据华南濒危动物研究所统计数据显示，在南沙湿地监测发现的鸟类多达148种，被誉为珠江三角洲的"候鸟天堂"。

由于万顷沙独特的区位优势和得天独厚的水乡环境，一些与广州城市发展和南沙经济社会发展紧密相关的高新科技产业也开始在这里布局，给万顷沙的乡村振兴带来新机遇。

放眼万顷沙全域，三江六岸、五水汇湾，从北向南规划定位非常清晰，产业、科研、医疗、交通、旅游融合于一体，也是南沙明珠湾区高端产业布局、前沿基础科研落地最重要的区域，是南沙科学城的开发主导区。

"中心沟"渔业产业模式

作为一个由滩涂变良田的珠江口沙田区，农渔产业是传统的乡村产业。

在万顷沙近年兴起的农业龙头企业中，广州市中心沟水产养殖发展有限公司的渔业产业被称为"中心沟"渔业产业模式，声名远扬。

2012年，广东顺德人潘国文看中了万顷沙的渔业发展前景，成立了广州市中心沟水产养殖发展有限公司（以下简称"中心沟"）。

珠三角地区地势平坦，水网密布，气候湿润，自然条件优良，很适合发展水产养殖业，吸引了不少养殖企业在珠三角地区布局。

南沙区万顷沙镇位于珠三角各大城市的几何中心，紧靠珠江入海口的蕉门水道、洪奇沥水道，沙田水乡地势平坦，河涌纵横兼咸淡水交汇，地理条件优越，这也是潘国文决定将中心沟水产在万顷沙布局的重要原因。

该公司位于咸淡水交汇的万顷沙镇十二涌，环境优美，水质优越。

2016年初，中心沟采用以高效增氧推水装置为核心，集多种工艺技术于一身的池塘工程化循环水环保养殖技术，即"推水养殖"。从场地改造、水质监控、养殖技术等各个生产环节，严格监控，确保操作规范，生产过程执行标准化养殖规范。

为了更好地把控质量和安全，中心沟更定时委托具有资质的水产品检测单位，对基本的养殖环节、生产投入品、产品质量进行检测，养出了更优质的健康鱼。中心沟严控质量，实力打造品牌鱼，形成了声名远扬的"中心沟"模式。

推水设备助力绿色渔业，中心沟是广州市池塘工程化循环水环保养殖技术模式的范例。

中心沟建成包括工程化池塘、养殖水槽、养殖污物收集池、养殖污水沉淀区、净水区、高效增氧推水装置、水质监控系统、自动装卸吊机、管道等设备组成的技术系统。

升级版池塘工程化循环水环保养殖系统则由跑道式养殖水槽、新型分隔式高效增氧推水装置、新型高效增氧提水装置、污水沉淀、复合型生物生态机械化活机鱼装运系统等组成。

在中心沟推水养殖场内，现场并没有集粪的装置，取而代之的是放养自带"粪便回收功能"的底层鱼如鲫鱼、鲮鱼、塘鲺等。

底层鱼不用投喂饲料，依靠养殖水槽中养殖鱼类所产生的粪便为食。

如养殖水槽里投喂了2500公斤的饲料，就大约产生1.5万公斤的粪便，能被2.5万到3万公斤的底层鱼类消耗。

"技术＋工业＋市场化"就是成功的关键。

中心沟的养殖水槽采用中央供氧，就比普通的两侧供氧高效很多。

为保障生产安全，潘国文还安装了智能化养殖管理系统，用"智慧之眼"进行实时水质监控，并在养殖场中央控制中心监控停电自动预警报警。

在物联网技术的帮助下，一旦发现水中氨氮、溶氧、pH值等指标发生变化，监控就会发出警报，第一时间通知值班工作人员，以便采取紧急处理措施。

潘国文从公司成立伊始就坚持品牌经营的发展理念，并注册了全国商标"中心沟"品牌，摸索出了一条"中心沟"特色的生态健康养殖模式。

为了维护品牌和保证品质，中心沟的鱼都要经过20多天的"瘦身"，在多功能气提式过滤装置、复合型生物生态基、污水回收处理系统等设备的助力下，通过吊水和增加鱼的运动量，达到去除鱼腥味和提高鱼肉品质的目的，打造"中心沟瘦身草鱼"品牌，并形成"活鱼养殖—运输—销售"产业链模式，实现从养殖到餐桌的可追溯体系。

在广州街头常能见到"中心沟鱼坊"线下销售门店。

中心沟主要养殖咸淡水鲩鱼、加州鲈和罗非鱼，多年来产销一体，减少中间环节，大部分产品直供机关食堂、茶楼食肆。

"减少了中间流通环节，就能把最大的效益给到顾客。"以品质取胜，尽管"中心沟"品牌鱼售价略高于市价，但前来购买的市民越来越多。

为了经营出属于自己的品牌和更好地将优质鱼推广到市场，潘国文开创了"中心沟鱼坊餐厅"。他将精心养殖出来的鱼，直接运达自己经营的餐厅，进行产业延伸。在那里，鱼演绎出不同的美味，搭配米线或者香米，变成营养丰富、秀色可餐的一道道菜肴。

广州市中心沟水产养殖发展有限公司的市场销售由南沙区辐射到广州、佛山、东莞、深圳等地区，年销售四大家鱼、罗非鱼等达2000多吨，先后获"广东省特色水产养殖示范基地""广东省名牌产品（农业类）企业认证"等称号。

万顷沙镇在番石榴、香蕉等农产品种植，水产养殖和渔业以及绿色休闲农业旅游方面有着丰富的资源和优势。

近年来，万顷沙镇在广州市和南沙区政府的支持下，认真贯彻落实国家关于"三农"和乡村振兴工作的重要论述和对广东重要讲话及指示批示精神，立足自身实际，加强资源统筹，认真梳理研究农村和涉农企业存在的困难和问题，在做深做细做实乡村振兴各项工作举措上下功夫，在推动乡村一二三产业、农村生态和旅游等融合协同发展上下功夫，在加强对外宣传推广上下功夫，擦亮了万顷沙"南国水乡、都市绿洲"名片。

三 榄核镇的硬核

榄核镇位于南沙区沙湾水道以南、蕉门水道以西、李家沙水道以东。

占地面积45平方千米，土地肥沃，素有"鱼米之乡"之称。

全镇河涌交错，水陆交通便捷。

容奇水道、沙湾水道环绕西北。

榄核镇是贯通穗港澳的交通枢纽，距南沙港（国家一级港口）、莲花山港仅30分钟车程，到顺德港5分钟即可直达。

2004年，榄核镇被确定为全国重点镇。2007年，成为广东省教育强镇。2009年6月，被确定为广东省中心镇。2012年12月，榄核镇成建制从番禺区正式移交给南沙区管辖。

榄核镇党委认真践行新时代党的建设总要求，坚持和加强党对农村工作的全面领导，以高质量党建加快推进乡村治理体系和治理能力现代化，加快推进农业农村现代化，启动农村发展"强引擎"，跑出了乡村振兴"加速度"。

冼星海故里湴湄村

湴湄村以种养为主，主要农副产品有果蔗、香蕉、蔬菜、湴湄粉葛、花卉、四大家鱼、桂花鱼、河虾、龟鳖，等等。

湴湄村是我国现代著名的音乐家、作曲家冼星海的故里。

冼星海真正的出生地是在海边的一处疍家人生活的寮棚里，由于年代久远，冼家人迁往别处生活，已找不到最原始遗址。

后来根据村里老人回忆，涝湄村人在村边靠海的一处水湾做了一个标记，其中最明显的印记，据说就是水边那棵大榕树。

20世纪中后期，当人们要在涝湄村寻找冼星海的出生之地时，村里一些与冼星海母亲同时代的老人还健在，他们根据自己的记忆，认定了冼星海出生时那棵寮棚旁的大榕树，人们就在那里做了一个标记。

由于地形地貌不适合重建寮棚，现在，人们到涝湄村来，需要在村民的引导下，才能顺着海堤找到那棵大榕树。

那一片海，没有变，远处可望的小山峦，也没有变，海边已不见停靠着的渔船，冼星海已无亲人生活在这里，但村民们依然以冼星海为骄傲。

涝湄村仍是一个"小桥流水人家"的清幽小村庄。

一条小河从村中流过，小河上泊着一两艘小舟，河水清清，有三两个村姑在河畔洗衣服。

小河边是两排民居，有砌着白瓷片的小楼房，但更多的是砖木构造的旧房子，甚至有一所茅舍。

因为偏远，小村以渔业和农业为主，没有受到工业污染，较好地保持了天然面貌。

这个安静的小村处处显露着冼星海的印迹，入村的主路叫"星海路"，村内的小路也分别以"星海街""海生街""星河街"为名。

位于村口的涝湄村公园内，立着冼星海塑像。

村里最具代表性的景点是冼星海文化馆。

馆内综合运用文字、图片、视频等多种形式讲述了冼星海伟大的一生。

循环播放的《黄河大合唱》激荡着每一个游人的内心。

这里成为南沙区各党支部和中小学生的爱国主义教育学习基地。

涝湄村有4000多亩农业用地，没有工业用地，种植业、渔业是当地村民的主要收入来源。

涝湄村因地制宜，建设红色文化旅游项目，形成"农业＋旅游＋文化"

一体化发展格局，实现产业融合发展。

实施乡村振兴战略以来，涝湄村基础设施建设不断完善。

此外，涝湄村现已形成以高速公路、省道和县道为主骨架，向周边城市辐射的高等级交通网，交通便捷。

该村以农业生产和水产养殖为主，土地肥沃，水质清美，无污染，水产资源品种繁多。

为了转变产业结构、促进产业振兴，涝湄村开展招商引资，引进淡水鱼深加工项目，筹建以高品质即食风味鱼片制品为代表的系列生态旅游休闲产品，进一步延伸淡水鱼养殖产业链，提高淡水鱼的附加值，充分发挥冼星海故里的文化优势，打造涝湄村地标性的产品品牌。

涝湄村近年来基础设施建设不断完善，村容村貌显著改善，生态环境明显优化，公共服务水平大幅提升。

同时，星海故里音乐小镇已招标落地。

涝湄村通过南沙区"百企帮百村"工程，与中国金茂控股集团有限公司、广州南沙城市建设投资有限公司结对帮扶。

企业力量的注入极大促进了村各项建设提速，有着"星海故里"美誉，文化底蕴深厚的涝湄村未来可期。

兰花香满牛角村

2020年8月底，广东省农业农村厅正式公布首批省级"一村一品、一镇一业"专业村和第二批省级"一村一品、一镇一业"专业镇名单，南沙区榄核镇牛角村获得首批省级"一村一品"兰花专业村称号。这是榄核镇党委、政府高度重视乡村振兴、全力打造农业"一村一品"工作的成果。

每到传统节日，广州地区规模最大的兰花种植基地——南沙区榄核镇牛角村便进入了销售旺季。几乎每天都有来自珠三角各地的花商前来装货，把这里的兰花发往全国各地。据悉，这里种植的兰花在国内最远销到新疆和东北，在韩国等国家也颇有市场。

这里有成片的兰花种植园，花场一间接着一间。

兰花场内，花农们紧张有序地包装、入箱、装车、发运，一派繁忙的景象。

花农张景光是最早一批到这里种植兰花的村民，他从小就喜欢在自家阳台上种兰花。长大后，就在番禺沙湾种植兰花，后来，由于城市化的发展，土地不断减少，地价也不断上升，2013年，他就到牛角村尝试租地开展兰花种植。尝到了兰花种植的甜头，张景光一步步将兰花种植扩大到现在的42亩。

牛角村的兰花种植业不断发展。2020年，牛角村兰花种植面积已达400多亩，整个榄核镇的兰花种植面积有近700亩。

兰花种植作为该村的一个特色产业，不仅解决了部分农民的就业问题，对农户增收、牛角村种植业做大做强更是有良好的促进作用。

牛角村创新发展模式，增强发展"内生力"，提振产业联盟"竞争效应"，探索"党建＋产业"融合发展之路，成立兰花专业合作社，打造兰花产业联盟，实现本地商业棚、兰花展览馆、多肉馆及花卉市集等产业发展，构筑集兰花生产基地、花卉世界、美食广场、乡村度假、艺术文化、科普教育于一体的田园综合体。

国际舞台上的香云纱

榄核镇的乡村产业以香云纱文化创意园影响最广。

这里不仅是中国传统的"非遗"印染工艺香云纱的传承基地，也是中国最大的香云纱产品生产基地。

2019年12月，一场"非遗"与时尚的碰撞在广州城市副中心南沙区上演。

本次时尚大赏包括丝绸之路国际时装周颁奖礼和南沙文创产业发展大会两大内容。

期间上演"非遗"展演、红毯入场式、著名设计师跨界时装秀和设计师联展、中国"非遗"海外巡展影像大赏、丝绸之路国际时装周金嫘奖颁奖礼等活动。

跨界维度新、创意来源广，成为本次活动的另一个亮点。

来自十几个国家和地区的创意工作者带着自己的创意和作品在广州南沙进行一场以"非遗与时尚"为主题的年终大赏，展演将中国的传统文化、"非遗"元素与科技、服饰、音乐等融合跨界呈现，为观众带来一场全新体验和视觉盛宴。

广州市级"非遗"香云纱染整技艺在这次"非遗"时尚大赏中亮相。

香云纱又名"响云纱"，本名"莨纱"，是采用植物染料薯莨染色的丝绸面料，是世界纺织品中唯一用纯植物染料染色的丝绸面料，被纺织界誉为"软黄金"。

香云纱具有多种优点，它挺爽柔润，日晒和水洗牢度佳，防水性强，易洗易干，色深耐脏，不沾皮肤，轻薄不易起皱，柔软而富有身骨，经久耐穿，适合炎热的夏天穿着，受到消费者欢迎。曾远销欧美、印度、南洋等地，被海外人士誉为"黑色闪光珍珠"服装，成为中国丝绸的著名产品。

由于社会和时代的变迁，香云纱的制作工艺一度衰弱。

为了更好地挖掘香云纱的价值，邻近顺德的榄核镇以乡村振兴为契机，成立了香云纱文化研究中心及香云纱工作室，并组建香云纱服饰设计团队，以香云纱为切入点，充分挖掘文化产业的经济价值。

为了研究、传承香云纱这项古老"非遗"技艺，榄核镇吸引社会资源，组建团队，投入了大量的人力、物力、财力，走访各个晒场与老工匠，不断寻求与镇村、高校、企业加深合作的机会，推进自主创新和研发设计的进程。

近年来，榄核镇的香云纱产品多次登上国际时尚舞台。

榄核镇成为珠三角香云纱天然的原创传承基地之一。

2012年榄核镇划归到南沙区之后，香云纱染整技艺也就成了南沙自贸区为数不多的非物质文化遗产。而且，它的产量，居然占到了中国香云纱的半壁江山。

据史料记载,早在明永乐年间,广东番禺、南海等地就开始生产香云纱。

现在榄核镇每年香云纱生产产量占了全国一半以上,成为亮丽的高质量乡村文化和产业招牌。

乡村振兴,榄核镇坚持以党建为引领,以夯实基层组织为突破口,落实镇村基层党建"书记项目",注重经验做法总结凝练,深入挖掘内涵,形成"一村一党建品牌",更好护航工作开展,开创党建引领乡村振兴新格局。开展抓党建促联建助推"村村、村企共走振兴路"行动,推动旧村改造、盘活村内集约土地等优质项目,增强村级经济发展后劲。

榄核镇紧跟广州超大城市发展的新形势、新要求,放眼珠江三角洲及粤港澳大湾区现代城市群崛起的新动态,结合榄核镇香云纱、湴湄村星海故里红色旅游资源,打造榄核党性红色教育基地、培育农业"一村一品"、构筑"一村一景""一村一韵"的乡村发展新格局。

四 古港深湾展新颜

南沙街位于广州市南沙区东南部。

街境主要由低丘台地和冲积平原组成,东南面向珠江口,东北有虎门、西南有蕉门两水道出海。黄山鲁森林公园海拔295米,是区内最高点。

南沙街人文历史悠久,大角山炮台是虎门要塞的第一道防线,这里打响了鸦片战争的第一炮,是全国重点文物保护单位。

辖内还有天后宫、横档岛、鹿颈村南沙人遗址、大角山公园等重点文物保护单位和旅游景区。

鹿颈村有广州新石器晚期的南沙人遗址,是广州早期人类生活的印记。

但南沙现有乡村的历史很少有一千年以上者,南沙的大部分地区都是珠江口的冲积沙田,成陆时间较晚,而且远离都市区,宋元以后,这里才开始有村落形成。

最古老的海边村落

在这些村落中,南沙街的深湾村是其中最古老的海边村落之一。

2019年12月,深湾村被中央农办、农业农村部、中央宣传部、民政部、司法部认定为全国乡村治理示范村。

2020年12月,深湾村又被广州媒体评为"广州最美村庄",与子沙村一起,成为入选的40个"广州最美村庄"中位于南沙的两个村庄。

深湾村原为古代渔、船民避风停泊的港湾，村民多姓朱，于元代迁来定居。

据记载，朱氏三世祖朱中阳迁居南沙深湾村约在元代至顺年间（1330—1333）。

深湾村坐落在南沙街道东南部，北靠风景秀丽的黄山鲁森林公园，南向烟波浩渺的珠江入海口，山环水抱，人杰地灵。

新时代的新面貌

在乡村振兴的实践中，深湾村以发展为主线，以服务为核心，勇于实践、大胆探索，立足粤港澳大湾区建设，聚焦村民发展需要，深入挖掘自身潜力，打造共建共治共享的乡村治理格局样板。

为改善村居环境，深湾村紧扣"美丽乡村"建设主题，以国家乡村振兴战略实施为契机，结合本村实际，科学规划，统筹推进，大力开展"三清三拆三整治"，推动垃圾分类，建立卫生保洁制度，形成长效机制。

深湾村垃圾分类工作落实到位，村里做了大量的工作，注重公共事业，肯花大笔资金投入到污水处理工程、山体防滑坡工程等。

深湾村作为南沙区垃圾分类示范村，垃圾分类各项工作始终走在前头，在多次市、区、街的人居环境、垃圾分类检查中，受到了上级部门的大力赞扬。

在全体村民的共同努力下，房前屋后的垃圾不见了，杂草清理了，道路干净了，水库清澈了，村容村貌得到了很大提升，深湾村先后被评为广东省、广州市美丽宜居村以及垃圾分类示范村。

深湾村内文体设施配备齐全，除了有村民室外康乐健身设施、篮球场，还有老人中心、社综中心一体的室内健身场所，村民们可以尽情享受文娱设施带来的便利生活。

2019年，深湾村在上级部门的大力支持下，对村内主要道路铺设沥青，坑洼的泥路被干净整洁的沥青路代替。

2019年建成的村路口广场公园，规划有序，绿植繁茂，干净整洁，成为深湾村的一张名片，同时给村民群众一个饭后休闲散步的好地方。

村内配备污水处理站，对村内的污水进行集中处理，在兼顾环保的同时，村民也多了一个绿化小公园。

深湾村以党建为引领，以发展为主线，以服务为核心，打造山清水秀、物阜民丰、安居乐业的岭南山水乡村。

深湾村立足粤港澳大湾区实际，聚焦村民发展需要，深入挖掘自身潜力，走出了一条具有特色的乡村治理道路。

深湾村已连续多年荣获南沙区"零发案村（社区）""无毒村（社区）""人口与计划生育工作先进单位"等称号。

深湾村村委会会议室内，一排排牌匾展示着这个曾经的古港乡村振兴的新成就。

村容整洁，规划有序，乡风文明。千百年来，由于海浪与河沙引起的海边自然环境的变化，在深湾，或许已难觅曾经的海边古港旧迹，干净、整洁、美丽的村容村貌，正展现着独具特色的海边乡村风采。

五 乡村如诗，南沙风光如画

南沙区是广州城市副中心，位于广州市最南端，珠江虎门水道西岸，西江、北江、东江三江汇集之处，是广州最新成立的行政区。

南沙全区下辖万顷沙镇、黄阁镇、横沥镇、东涌镇、大岗镇、榄核镇、南沙街道、珠江街道、龙穴街道共9个镇（街道），区人民政府驻点在黄阁镇。

南沙地处珠江出海口和粤港澳大湾区地理中心，是连接珠江口两岸城市群和港澳地区的重要枢纽节点。

全区农业呈现南北差异布局，北部以果蔗、香蕉为主，南部以热带特色水果、围垦水产养殖为主。

农产品种类多，主要有热带、亚热带水果（番石榴、番木瓜、香蕉），新垦莲藕，甜玉米，咸淡水养殖（金鼓鱼、黄鳍鲷、青蟹、小虎麻虾），葵花鸡，万珠黑珍珠生猪等。

全区9个镇街中，尤其以榄核镇最为典型，全镇23个村均以农业为主导，甚至榄核镇的中心村（榄核村）耕地面积也有3100亩。除此以外，还存在零工业、零服务业的村落，例如榄核镇子沙村、万顷沙镇红港村等。

南沙湿地景区位于广州最南端，地处珠江入海口西岸的广州市南沙区万顷沙镇十八涌与十九涌之间，是珠三角地区保存较为完整、保护较为有力、生态较为良好的滨海河口湿地，素有"广州南极""广州之肾"之称。

与广州的其他涉农区一样，2020年是南沙区实施乡村振兴战略三年行动的收官之年。

南沙瞄准村居环境提升、促进现代农业高质量发展、加强和改善乡村治理等重点领域和薄弱环节，采取切实有效措施，强基础、补短板，推动实施乡村振兴战略不断取得成效。

全区落实"千企帮千村"结对帮扶。通过参与旧村改造、联结发展现代农业项目、解决农民就业、协助村庄保洁、捐资敬老等多种方式进行帮扶。

乡村改造如火如荼

东涌镇鱼窝头片区对老旧小区进行微改造工程，为东深苑小区楼宇、居委路段楼宇、旧工程楼与教师楼。

这些小区都建于2000年之前，建筑主体主要以砖混结构为主，由于年代久远，日久失修，3个小区建筑主体结构老化，外墙周边明显脱落，公共环境差、公共设施配套不完善等问题一直困扰着小区的住户。

为让老城区焕发新活力，东涌镇按照市、区关于深化城市更新工作、推进高质量发展会议精神，加快老旧小区微改造工程的施工建设，狠抓质量与改造进度。

2019年，东涌镇为该3个小区申请纳入当年的老旧小区微改造项目计划，引入市区资金为小区的公共部分进行修葺维护，完善功能配套。

2020年，该微改造项目正式开工。

微改造内容主要分为两大部分：房屋建筑本体公用部分和小区公共部分。

其中，房屋建筑本体公用部分，进行了包括维修安装楼栋门、维修楼道墙面、安装楼道灯、维修屋面防水、更换栏杆、更换公共楼道窗户6个部分。

而小区公共部分，则对楼栋"三线"进行了整治，更换小区排水、建设小区公共空间等，完善公共配套设施及消防系统，优化公共绿化等。

本次微改造项目得到了3个小区居民的高度认可。

与深湾村同时入选"广州最美村庄"的子沙村位于榄核镇的东面，是广州市革命老区村，广州市第二批"美丽乡村"建设示范点，2017年被评为广州市第二批旅游文化特色村，2018年被评为广州市第十二批市级文明示范村。

子沙村风景秀丽、环境清新、幽静雅致，土地和水系资源丰富，人居环境整治效果显著，农户房前屋后、村道巷道、村边水边、空地闲地全面实现绿化美化，村域内现有水面、水质得到有效保护，着力打造"生态子沙，美丽水乡"品牌。

村"两委"抓住乡村振兴实施的有利时机，以农村人居环境整治为突破口，"两委"干部建强班子，带领党员、村民整治村庄卫生，取得了显著的成效。

子沙村创新考评机制，开展环境"卫生之家"评选活动，每月对环境卫生整治较好的家庭给予奖励。由各生产队长推选，每一个生产队评选一户，大家都看在眼里，公平公开，同时也有了对标的榜样。

不仅如此，子沙村注重完善基础设施配套、改善村容村貌。

近年来，村里完成机耕路硬底化里程11.3千米，大大提升道路的通达性，方便村民生活生产的同时，亦提高了农产品的销售价格和土地出租价。

此外，路灯亮化工程、自来水管网升级改造工程、老人活动中心工程、文体活动广场工程的建设，为村民提供了便利的生活条件，丰富了村民的文娱生活。

实现美丽乡村"全覆盖"

南沙区全面实施乡村振兴战略，努力实现农业强、农村美、农民富。

一是乡村振兴战略机制不断完善。

成立区委实施乡村振兴战略领导小组，制定《南沙区乡村振兴战略规划

（2018—2022年）》《南沙新区乡村建设规划（2018—2035年）》《南沙村庄民居风貌提升指南》等系列文件，落实五级书记抓乡村振兴的要求，形成齐抓共管的良好氛围。财政投入稳定增长。

二是农业现代化发展不断加快。

全国首个数字渔场开园，全市首个渔业院士专家工作站挂牌成立，南沙渔业产业园成功入选省级现代农业产业园创建名单。

成功举办"首届中国水产种业博览会""农民丰收节"等活动，形成品牌效应。

三是农村综合改革不断深化。

承包地经营权确权颁证登记全面完成。全区农村集体产权制度改革基本完成。充分发挥农村"三资"管理服务平台作用，严格规范农村"三资"管理。

四是农村人居环境不断美化。

全区村庄完成"三清三拆三整治"，达到省定干净整洁村标准，村庄保洁覆盖面和垃圾处理率、卫生户厕普及率、行政村公交（客运）覆盖率、饮用水水源地水质全面达标。

后　记

接下这个写作任务，原本不在我2020年的计划之中。

那是2020年4月的一天，全国疫情防控还处于很严峻的时候，时任花城出版社的副总编张懿女士致电我，问我是否有兴趣写一本关于农村题材的纪实文学作品。

这让我很吃惊：一是此前我们彼此并不认识，尽管我是花城的老作者；二是我对乡村题材有着浓浓的情结和敬畏，我是土生土长的农村人，但不敢轻易碰触乡村的写作题材，因为我清楚，那会让我深陷其中，不能自拔，自由散漫惯了的人，不想在某一个领域里不能抽身，当然，除了历史题材之外。

感到意外的同时，我是有些感动的，主要在于我平时看起来有些虚张声势，但有非常脆弱的一面，也就是很容易被他人的认可与肯定所击倒。张懿女士的谦虚与诚意显然让我无法拒绝，我表示可以一试，甚至动情之处，还自我推荐了一番。

接下这个任务之后，我发现自己做了一件非常正确的事，因为，我真的是一个适合写广州乡村题材的人，主要有这么几个方面的原因：

一是我出生于赣北的一个山水之乡，鄱阳湖边的一个山村，是喝着山里的水长大的。年轻时，我可以挑着100多斤的大粪、木柴或粮食艰难地在羊肠小路上跋山涉水，身体被压扁了，但造就了我永不退缩的坚强意志。一直到30岁才真正离开农村，乡村的一山一水，一草一木，风月云雨，都是我所熟悉的。

二是我的第一份工作是江西省供销社的秘书，跑遍了江西的许多农村，写过许多农村方面的新闻报道，熟悉了解国家的"三农"工作。

三是我对广州的城乡发展历史了解而且熟悉。2001年初至2004年下半年，我在广州电台为《广州故事》专栏撰稿，独立创作了关于广州城乡的1000多个故事，对这个城市的城乡历史文化底蕴有很深的印象，有深厚的情感。而且25年的广州生活，让我的足迹遍布了广州城乡，对本世纪以来这个城市的乡村的发展变化，是一位亲历者、见证者。

一个时代的乡村真实记录

说到乡村，在中国近代学者中，有两个人物是受到人们关注的：一是社会学家费孝通，他的《江村经济》被称为研究中国农村的范本；一是哲学家梁漱溟，他推行的乡村建设和乡村教育实验至今为人所乐道。

我于1994年第一次到广州，到了当时还是乡村的广州南海神庙，看到周边都是香蕉园、芭蕉地。1996年春天，我正式到南海神庙工作，住在庙内的旧房子里。

那个时候，南海神庙周边都是农田，附近有各种工厂，大多以制鞋、制袜、制衣的私人工厂为主，也有一些破败的国营化工厂。

周边的村民基本不自己种田，要么把田租给外来人员种菜或养鸡、猪、鸭等，要么让田抛荒。他们主要靠村里厂房出租的分红或自家建房出租为生，少部分人自己开厂做小老板。

那个时候，乡村的流水是污浊的，南海神庙周边有一条小河，不仅水里常漂着各种垃圾，水边的泥沙是黑浊的，而且散发着难闻的臭味，不是植物的腐烂味，而是刺鼻的化学气味。

每到晚上，沿广深公路，从庙头村到开发区路口，除了路边的工厂还亮着灯，有夜班工人在加班外，沿途乡村边上，聚满了下了班的白天在工厂打工的人，站街女成群结队地在路口与过往的人们讨价还价，她们一点都不避

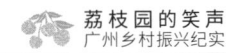

嫌,说话声音还顶大,村巷里全是各种发廊,那些年轻的女孩子穿着暴露,公开地坐在门前揽客。

这些情景,我后来在广州周边别的乡村也见过,至今印象深刻。

20多年过去了,南海神庙周边的环境已经完全改变。南海神庙已建成旅游景点,附近的庙头村和南湾村在2020年12月被广州媒体评为40个"广州最美村庄"其中之二。

如何书写广州乡村振兴的题材,对我而言,绝不仅仅是一项政治写作任务,我更想通过这个写作,为广州乡村留下一段真实的时代记录。

广州市委宣传部的陈思女士在张懿副总编的联络下,及时与我取得了联系,进行了很好的沟通,并通过广州市委宣传部与广州市乡村振兴办取得了联系,为我的实地调研与文献收集提供了便利。

在这个过程中,得到广州市、各涉农区、镇、村乡村振兴工作的各级领导重视,深入到从化、增城、花都、白云、黄埔、南沙、番禺7个涉农区的乡村现场调研。从夏至秋,荔枝熟时,我们出发;柿子红时,我们返程。历时半年,行程数万里,走访了30多个村庄,涵盖各种类型,采访人员100余人,收集文字资料100余万字。

广州市乡村振兴办为调研和资料收集做了大量的沟通与协调工作。

创作过程中,我参考了大量的各级乡村振兴工作机构提供的工作总结素材和媒体报道资料,由于体例和叙事方式等原因,为了阅读的流畅,没有一一注明出处,以免写成一本资料汇编。

这本书的创作,有很多人的贡献。这是需要特别说明的。

本书作为一个非虚构的纪实文学作品,在创作过程中,坚持以事实为依据,以文字资料为参考的写作原则,立足于为时代留下真实记录。它的定位是:一本广州乡村振兴的报告书,一部广州最美乡村的百科全书。

超大城市城乡融合发展的广州模式

桂峰山、王子山、凤凰山、帽峰山、芙蓉嶂、牛牯嶂,青山叠翠;巴江、流溪河、增江、珠江,绿水环流。

花都瑞岭的盆景、赤坭的空中草莓园,从化南平的溪流、西和的万花园,白云秀水村的稻花、沙田的柠檬,增城小楼的菜心、畲族村的枇杷,黄埔莲塘村的白兰花、大吉沙岛上的稻田,番禺大岭村的莲池、海鸥岛的鱼塘,南沙榄核的香云纱、万顷沙的湿地……广州的乡村,到处都充满着生机与活力。

村道通了,民房新了,农田绿了,河涌清了,村民富了,广州的乡村美了。

实施乡村振兴战略以来,广州市坚持"人民城市人民建,人民城市为人民",向存量要空间、以质量促发展,在全国超大城市、老城市中率先探索统筹推进"三旧"(指旧城镇、旧厂房、旧村庄)改造、"三园"(指村级工业园、专业批发市场、中心城区物流园)转型、"三乱"(指违法建设、黑臭水体、"散乱污"场所)整治等城市更新九项重点工作,促进城市生态修复和城市功能修补,努力探索城市有机更新、探索老城市焕发新活力的有效模式。

广州以乡村振兴为新时代做好"三农"工作的总抓手,在广东实现"四个走在全国前列""两个重要窗口"勇当排头兵的实践中,全力推进全域乡村建设,决胜全面建成小康社会,牢固树立新发展理念,落实高质量发展要求,紧紧围绕统筹推进"五位一体"总体布局和协调推进"四个全面"战略布局,坚持农业农村优先发展,按照产业兴旺、生态宜居、乡风文明、治理有效、生活富裕的总要求,依托国家中心城市和超大城市优势,统筹推进农村经济建设、政治建设、文化建设、社会建设、生态建设和党的建设,加快推进乡村产业振兴、人才振兴、文化振兴、生态振兴、组织振兴,加快推进农业农村现代化，努力在全省乡村振兴中当好示范和表率，走出了一条具有广州特色的超大城市乡村振兴之路。

广州的乡村振兴，创造了许多不同范式与样本：西和实践、南平经验、大源样板、瑞岭路径、大埔围模式、大吉沙方向、大岭底蕴、榄核蓝图，都是可圈可点的广州乡村振兴的成功范例。

超大城市城乡融合发展的广州模式是：破解城乡二元发展的广州难题，突破小康之路上城乡发展困境，以产业振兴为战略核心，以人才振兴为第一资源，以文化振兴为铸魂工程，以生态振兴为重要支撑，以组织振兴为动力引擎，以美丽生活为核心理念，以城乡融合为根本之策，全面实施乡村振兴战略，实现广州超大城市城乡融合发展。

具体内容：

一是将城市发展与乡村建设紧密地联系在一起，改变以往城乡二元发展的思维，形成城乡融合发展的共识。

促进城市生态修复和城市功能修补，探索城市有机更新、老城市新活力的有效模式，实践中充分认识到乡村对城市环境改善的重要性，在乡村振兴中，把乡村环境的改善与乡村社会建设摆在重要位置，及时出台了实施国家乡村振兴战略的意见和多项配套文件，作为全市实施乡村振兴战略的政策指导。

紧随着国家战略和省、市政策的出台，广州各区根据各自的具体情况，及时制订了乡村振兴三年行动计划，提出了2018年至2020年三年时间的乡村振兴部署。

二是将领导责任制与基层组织建设有机结合起来，形成良好的上下联动治理机制，全面理顺乡村振兴的每一个环节。

在市、区、镇的层面，成立了主要领导负责制的工作机制，形成了高效的上下联动模式。针对村、社两级，区别不同情况，对基层组织通过强化、重建等不同形式进行优化，实行"头雁"工程，改善基层治理结构，提升基层治理效能，以乡村组织振兴为抓手，完善基层治理。

从广州市的主要领导到各基层干部，都有各自联系的乡村振兴责任村、社，基层党员、干部与每一户村民结对帮扶，力度之大，渗透面之广，都是前所未有的，全面覆盖，这为广州的乡村振兴事业快速取得成绩创造了条件。

三是采取了城市经济反哺乡村的对口帮扶策略。

在市的层面，推进"千企帮千村"乡村振兴计划，鼓励和支持有实力的国有企业、集体企业、大型民营企业对口帮扶乡村，珠江实业集团与从化南平村结对帮扶等，都取得了明显成效。

各涉农区也推出了"百企帮百村"计划。

这些城市经济实体对乡村的帮扶，在乡村基础设施建设、村容村貌改造、环境美化、产业发展等方面，都发挥了看得见、摸得着的实际作用。

四是把解决重点、难点问题作为推进乡村振兴各项工作的突破口。

由于乡村长期以来发展进程中积累的问题多，一些黑恶势力成为乡村振兴中极大的阻力，因为土地、工程等利益驱动，一些以家族血缘或经济利益为纽带的乡村利益团体，严重影响了乡村的社会治安与稳定，造成了乡村基层社会的人心动荡。

对此，广州市开展有针对性的工作，借助国家"打黑"专项工作，对盘踞各乡村的黑恶势力进行严厉打击，同时，由主要领导带头，广州市的各级领导都确定了重点乡村的挂点督导责任制。

五是将乡村自然环境美化与人文环境建设有机融合。

通过拆违建、清河污、农村"厕所革命"、垃圾集中处理等专项工作，在全市各乡村开展了清洁乡村工作。在这个基础上，对各乡村的民房、田地、道路、山水进行美化，使广州的全部乡村都在2020年达到了广东省要求的干净整洁村庄的要求，大部分都建成了美丽乡村。

同时，各级乡村振兴组织，在增强农民的获得感、幸福感的过程中，从乡村文化建设入手，重视乡村传统文化的保护与传承，通过新时代文明实践活动，将农村文明新风建设与传承传统文化结合，增强村民的荣誉感，提升广大农民的精神素养，将自然环境美化与人文情怀提升有机地融合在一起，实现净化人心、美化心灵、提振精神的新的乡村社会建设目标。

六是把农民利益摆在首位。

将乡村产业结构调整与优化放在广州超大城市现代化和粤港澳大湾区城市群崛起的大环境下思考，准确提升"一镇一业，一村一品"乡村产业发展的竞争力和可持续发展支撑力。

广州的乡村处于城市发展的腹地，珠江三角洲与粤港澳大湾区城市的发展对广州乡村产业有直接的影响力。

广州市很好地利用广东省推行的粤港澳大湾区"菜篮子""米袋子""果盘子""鱼塘子"等工程，根据各个乡村的水土、气候、交通条件，结合传统产业优势，有针对性地发展乡村产业。在水果、蔬菜、水产养殖、花卉种植等方面，结合城市现代化发展的要求，选准产业方向，以提高农民利益为着力点，不断调整和优化产业结构，实现乡村产业的可持续发展。

七是将乡村振兴的现实任务与长远目标紧紧地联系在一起。

乡村振兴作为一项国家战略，有具体的现实要求，广州在这方面下足了功夫，各项政策的制定，各项措施的实施，都紧紧围绕着国家战略的要求细化、推进。

同时，广州在实施乡村振兴战略过程中，延续以往成功的做法，科学调整新的策略，并结合国家对乡村振兴的长远规划与要求，在乡村产业、人才、文化、生态、组织振兴方面，前承后延，保持各项乡村建设的持久支撑力。

八是广泛学习借鉴，突出广州特色。

广州在实施乡村振兴战略中，既按照国家战略的要求，向国内外乡村建设的成功经验学习，同时，又注重广州乡村建设的特色。

广州的乡村有深厚的客家文化底蕴，是广府文化的根脉所在，花都、从化、增城的北部山村，中部的白云、黄埔的城乡接合部乡村，以及番禺、南沙的南部水乡，各具特色。为此，广州采取的是一村一策的做法，没有搞千村一面的做法，尊重乡村发展的多样化，重视不同乡村的个性化发展，这一点应该说是非常成功的。因而，尽管广州的美丽乡村很多，但每一村的产业、风景、人文各有千秋，各有精彩。

九是全面动员，责任细分。

广州市在制定关于推进乡村振兴战略的实施意见的过程中，充分进行了调研，将各项任务具体化，所有党政机构全面动员，任务细化，出台了各机构在乡村振兴工作中的任务清单，在实施过程中，也明确了考核指标。

十是舆论宣传工作贯穿于乡村振兴的全过程。

从国家乡村振兴战略的出台，到广州市乡村振兴实施意见制定，到乡村振兴在广州的全面展开，包括2020年乡村振兴行动的三年收官举措，宣传舆论工作都扮演了重要角色。在乡村振兴的政策宣传、动员，先进人物、事迹、经验的推广方面，广州的宣传工作者和媒体一直都在场，为乡村振兴鼓舞士气，传播经验和力量。

凡事皆有两面性，在实地调研和文字资料研究过程中，我认为作为超大城市的广州，乡村振兴成绩的取得固然不易，广州模式、广州特色、广州经验的形成有其主、客观因素，其实也是有一些情况值得思考。主要是：

1. 由当前城市对乡村的单向反哺如何转变为城乡良性互动？

2. 由政府政策强力推动的乡村振兴如何转变为乡村自身的主动求变及自我激发？

3. 由国家财政输血性的扶持和来自上级的人才、技术支援如何转变为乡村的自力更生？

4. 由企业对口帮扶和政府指导的示范性乡村的高光如何延续？

5. 对乡村自然环境与社会生活的人为强力干预会否衍生别的问题？

6. 农村人口的空心化问题依然没有根本解决。

7. 高新农业企业，包括一些院士产业园区的资本、人才、技术如何能真正发挥效能？

8. 广州中心城区的一些老旧社区，特别是越秀、荔湾更新与改造的任务非常繁重，内街内巷的破旧现象与近年来的广州乡村环境美化形成反差，不利于广州城市宜居宜业整体形象的展示。

9. 作为全城面积大、人口数量多的超大城市，如何在乡村振兴中将空间优势和人口资源优势转化为城乡融合发展的超大城市整体竞争力，值得思考。

10. 乡村振兴中，经验总结、宣传得多，对于推进过程中暴露的新情况、新问题，也需要形成危机意识，才更有利于乡村振兴事业的长远发展。

2018年，广州提出连线连片建设生态宜居美丽乡村的思路。思路要求从化区重点围绕莲麻、西塘、西和、南平，增城区重点围绕增江、西福河、派潭河、南香山、白水山和白水寨"一江两河三山"生态走廊，花都区重点围绕梯面、赤坭、花东、花山、炭步，番禺区重点围绕"新水坑村—旧水坑村—坑头村"、海鸥岛，南沙区重点围绕万顷沙、东涌、榄核等进行建设；白云区重点结合流溪河、帽峰山及巴江河周边旅游资源，把太和镇打造成生产生活生态融合发展美丽乡村示范区。

2020年12月，"广州乡村振兴璀璨夜"系列活动在海心沙亚运公园盛大开幕，广州乡村振兴成果斐然，点亮璀璨之夜，这是一次广州乡村振兴成果的集中展示。

当晚的系列活动含"广州乡村振兴璀璨夜"主题活动以及"巡展2020广州世界观赏鱼珍品大观"，在广东省、广州市领导的见证下，举行了广州市"省级农业龙头企业"授牌、"广州最美村庄"评选活动颁奖，进行了一系列重要协议的签约仪式、农业产业重大项目集中投产仪式以及"美丽乡村游"黄金线路发布、2021年粤港澳大湾区"菜篮子"产品订货会开幕、京东粤港澳大湾区"菜篮子"特产旗舰店上线等活动。

当晚，熠熠生辉的璀璨之夜展示了广州农业农村发展成果，是广州乡村振兴三年行动的一次总结。

时光进入到2021年，广州的乡村，一村一品牌，千村不同样。

广州的村庄有的依山，坐享帽峰山、王子山、凤凰山系的延绵风光；有的傍水，开门就是流溪河、巴江九曲河、珠江航道的绝美水色；有的在历史长河的冲刷下，依旧保留赛龙舟、舞醒狮、北帝巡游等古韵十足的民俗；有的则如世外桃源一般，天然沙滩、原始山林、碧波湖水等景致散发着自然的气息。

  这本书与读者见面，应该到了2021年珠江潮涌、荔枝红时。

  荔枝是广州最具代表性的乡村产品，它实际早已成了广州重要的城市符号。广州有一个老城区叫荔湾，那里有一个城市中心公园叫荔枝湾，那里是百年前广州的西郊乡村，是千年前南汉王朝皇帝郊游的林苑，因水岸长满荔枝而得名。

  现在，广州城内的古老荔枝树已不多见，但在荔枝熟时，到广州的荔枝之乡从化走一走，到增城看一看，那里的农民会笑着对你说："听说从化不想来，来了从化不想走。"

  广州的乡村真的很美，荔枝熟时更美。